Dante Alighieri, L. Bachenschwanz

Von der Hölle

Aus dem Italienischen übersetzt

Dante Alighieri, L. Bachenschwanz

Von der Hölle
Aus dem Italienischen übersetzt

ISBN/EAN: 9783743362543

Hergestellt in Europa, USA, Kanada, Australien, Japan

Cover: Foto ©Andreas Hilbeck / pixelio.de

Manufactured and distributed by brebook publishing software (www.brebook.com)

Dante Alighieri, L. Bachenschwanz

Von der Hölle

Dante Alighieri

von

Der Hölle.

Aus dem Italiänischen übersetzt
und mit Anmerkungen begleitet
von
L. Bachenschwanz.

Mit Churfürstl. Sächs. gnädigstem Privilegio.

Leipzig,
auf Kosten des Uebersetzers, und bey demselben zu finden.
1767.

Der

Allerdurchlauchtigsten,
Großmächtigsten
und Unüberwindlichsten
Kaiserinn und Frau,

FRAU

Catharina Alexiewna,

Kaiserinn und Selbstherrscherinn
aller Reussen,

zu Moscau, Kiow, Wolodimir, Novogrod, Zaarinn
zu Cassan, Zaarinn zu Astracan, Zaarinn zu Siberien, Frau
zu Plescow und Großfürstinn zu Smolensko, Fürstinn zu
Esthland und Liefland, Carelen, Twer, Jughörien, Permien,
Wiatka, Bolgarien und mehr andern; Frau und Großfür-
stinn zu Nowgorod des Niedrigen Landes, zu Ezernigow,
Rezan, Rossow, Jaroslow, Bieloserien, Udorien, Obdorien,
Condinien, und der ganzen Nordseite Gebietherinn und
Frau des Jverischen Landes, der Carthalinischen und Grusi-
nischen Zaarinn und des Carbadinischen Landes, der Cyr-
kassischen und Gorischen Fürstinn und mehr andern
Erb-Frau und Beherrscherinn;

Meiner Allergnädigsten
Kaiserinn und Frau.

Allerdurchlauchtigſte,
Großmächtigſte
und Unüberwindlichſte
Kaiſerinn,
Allergnädigſte Frau,

Beſtreuet Italien, nun ſchon
faſt fünf Jahrhunderte
hindurch, mit Blumen der Ehre
das Grab ſeines vorzüglichen Dich⸗
ters

ters; setzet die gelehrte Welt seinem unsterblichen Namen noch
immerfort neue Denkmäler des
Ruhms eines wahren Edlen und
Weisen; ja, sind die Seltenhei-
ten der lehrreichen Gemälde eines
Dante auch für gelehrte und
weise Prinzen würdige Gegenstän-
de ihrer höhern Einsichten und
Bewunderungen: o! so wage ich
es mit der allerehrfurchtsvollsten

Frey-

Freymüthigkeit, **Eurer Kaiser-**
lichen Majestät, einer huldrei-
chesten Prinzessinn meines ehemaligen **Durchlauchtigsten Lan-**
desvaters, und einer der weise-
sten Fürstinnen, gegenwärtige deut-
sche Uebersetzung allerunterthänigst
zu Füßen zu legen.

Von **Eurer Kaiserlichen**
Majestät über alles Lob erhabenem Character darf ich izt nicht
anders,

anders, als in den verehrungsvoll-
sten Empfindungen reden. Denn
selbst die Menschenliebe, die Wahrheit, die Weisheit, die Gerechtigkeit und die Tugend, selbst diese
Heiligen des Himmels, stehen
schon in festlichen Zubereitungen,
Allerhöchstderoselben weises und
großes Herz, als das erhabenste
Muster für alle Monarchen und
Fürsten, freudigst zu rühmen, und

so

so das unausbleibliche Glück der Menschen, zum Vergnügen des Himmels, zu feyern.

Eure Kaiserliche Majestät müsse dann das glücklichste Leben bis in das späteste Alter stets glorreichst erfreuen! Dieß Glück des Rußisch Kaiserlichen Hauses, dieß Glück für Allerhöchstderoselben Länder, Reiche und Staaten, dieß Glück der Welt, ist

ist das Ziel der feurigsten Wünsche,
welche die reinste Ehrfurcht zum Himmel empor sendet, mit der ich bis an
das Ende meines Lebens in der aller-
tiefsten Unterthänigkeit verharre

Allerdurchlauchtigste,
Großmächtigste
und Unüberwindlichste
Kaiserinn,
Eurer Kaiserlichen Majestät

Leipzig,
den 2 May 1767.

allerunterthänigster Knecht,
Lebrecht Bachenschwanz.

PRIVILEGIVM.

Der Durchlauchtigste Fürst und Herr,
Herr Xaverius, Königlicher Prinz in Pohlen und Litthauen rc. Herzog zu Sachßen rc. der Chur Sachßen Administrator rc. in Vormundschaft Dero Herrn Vettern, des Churfürsten zu Sachßen, Friedrich Augusts Durchl., haben, auf Lebrecht Bachenschwanzens, Candidati Iuris in Leipzig, beschehenes unterthänigstes Ansuchen, gnädigst bewilliget, daß er des ehemaligen Italiänischen Dichters und Prioris zu Florenz,

Dante Alighieri divina Commedia erc. oder
Gedichte von der Hölle in 34. —
— — von dem Fegefeuer, in 33 — und
— — von dem Paradiese, ebenfalls in 33 Gesängen, in deutscher Uebersetzung, unter Churfürstl. Sächß. Privilegio drucken lassen, und führen möge, dergestalt, daß in dem Churfürstenthume Sachßen, desselben incorporirten Landen und Stiftern, kein Buchhändler, noch Drucker, oberwehnte Gedichte in den nächsten, von unten gesetztem dato an, zehen Jahren, bey Verlust aller nachgedruckten Exemplarien und dreyßig Rheinischen Goldgülden Strafe, die denn zur Helffte der Churfürstl. Sächß. Renth-Cammer, der andere Theil aber ihm, Bachenschwanzen, verfallen, weder nachdrucken, noch auch, da dieselben an andern Orten gedruckt wären, darinnen verkaufen und verhandeln, worgegen er mehrgedachte Gedichte fleißig corrigiren, aufs zierlichste drucken, und gut weiß Papier dazu nehmen zu lassen, auch so oft sie aufgeleget werden, von jedem Druck und Format zwanzig vollständige Exemplaria in das Churfürstl. Sächß Ober-Consistorium, ehe sie verkauft werden, auf seine Kosten, einzusenden schuldig, und dieß Privilegium niemanden, ohne des Herrn Administra-

ſtratoris Koͤnigl. Hoheit, noch auch kuͤnftighin ohne Hoͤchſtgedachter Sr. Churfuͤrſtl. Durchl. Vorwiſſen und Einwilligung, zu cediren befugt ſeyn ſoll. Geſtalt er bey ſolchem Privilegio auf die bewilligten zehen Jahre geſchuͤtzet und gehandhabet, auch, da dieſem jemand zuwider handeln, und er um Execution deſſelben anſuchen wuͤrde, ſolche ins Werk gerichtet, und die geſetzte Strafe eingebracht werden ſoll. Jedoch, daß er, und zwar bey Verluſt des Privilegii, nicht nur von itziger, ſondern auch von allen kuͤnftigen Auflagen ſothaner drey Gedichte die obenbedungenen Exemplarien zur beſtimmten Zeit wuͤrklich und vollſtaͤndig liefere. Immittelſt und zu Urkund deſſen, iſt dieſer Schein, bis das Original-Privilegium ausgefertiget werden kann, und ſtatt deſſelben, in dem Churfuͤrſtl. Saͤchſ. Kirchen-Rathe und Ober-Conſiſtorio unterſchrieben und beſiegelt ausgeſtellet worden, welchen er durch den beſtallten Buͤcher-Inſpectorn, Chriſtian Ernſt Haubolden, denen Buchhaͤndlern zu inſinuiren, widrigenfalls die Inſinuarion vor null und nichtig erkannt werden ſoll. So geſchehen zu Dreßben am 6. Aprilis 1767.

Peter Freyherr von Hohenthal.

Emanuel Conſtantinus Riedel, S.

Vorbericht

des

Uebersetzers.

Ich muß die Bescheidenheit der verdienstvollen Männer und würdigen Gelehrten öffentlich rühmen, deren unpartheyischer
Beurtheilung ich gegenwärtige Uebersetzung
eines so großen, als schweren Dichters un=
terworfen habe. Ich muß diesen weisen
Menschenfreunden, für ihren Beyfall und für
ihre liebreichen Erinnerungen, öffentlich dan=
ken. Und ich werde, von ihren gütigen Auf-
munterungen zur Uebersetzung der beiden
übrigen Gedichte, den erkenntlichsten Ge=

brauch

brauch machen. Denn ich muß der gegrün=
deten Meynung beypflichten, daß ein jeder
edeldenkender und scharffinniger Leser endlich
aus überzeugenden Gründen bekennen wer=
de: Dante ist ein großer und nützlicher
Zeuge der Wahrheit.

Aus=

Auszug

der Lebensumstände

des Verfassers.

Dante Alighieri stammt aus einem alten adelichen
Geschlechte in Florenz, und ward im Jahre nach
Christi Geburt 1265. daselbst gebohren. Er zeigte
bald ein großes Genie. Seine Aeltern, sein Hofmeister, Brunetto Latini, und seine Anverwandten
gaben ihm mit vereinigten Kräften eine weise, tugendhafte und freye Erziehung. Er machte von den pflichtmäßigen und edeln Bemühungen dieser wahren Wohlthäter auch einen
pflichtmäßigen, erkenntlichen und edeln Gebrauch, that sich nach
und nach in allen Wissenschaften ausnehmend hervor, führte eine
rühmlich freye Lebensart, und gieng endlich aus eigenem edelmü-
thigen Antriebe unter dem Cavaliercorps mit zu Felde, und in
die campaldinische Schlacht, wo er überall klug und tapfer für sein
Vaterland stritte, kam mit neuen Vorzügen wieder zurück, und
bestrebte sich nun eifriger, als iemals, sich gelehrt und tugendhaft

und

und zu einem würdigen Bürger der Welt und seines Vaterlandes rühmlich zu arbeiten. Er studirte unabläßig, und schien, als stu= dirte er nicht, so munter, so artig, und so angenehm war sein lieb= reicher, nützlicher und großer Umgang mit allen Menschen. Ein wahrer Beweis ächter Gelehrsamkeit, edler Erziehung und eines guten Genies, das einzig und allein solcher Vorzüge mir fähig ist. Dante vermählte sich mit dem adelichen Fräulein Gemma aus dem Geschlechte der Donati, und hatte die Freude, verschiedene hoff= nungsvolle Kinder aus dieser Ehe zu sehen, und rühmlich zu erziehen.

Nunmehro wurden ihm, wegen seiner vorzüglichen Einsicht und würdigen Lebensart, von der Republik die wichtigsten Regie= rungsgeschäffte aufgetragen, bis er endlich, ohngefähr in seinem fünf und dreyßigsten Jahre, aus freyer Wahl zum Prior, oder zu einem von den höchsten Richtern, ernennet ward. Dieß Glück war sein Unglück.

Florenz war in die zwo bekannten Parteyen der Welfen und Gibellinen getheilt, wovon jene endlich die Stadt und Oberhand eine geraume Zeit behaupteten. Selbst unter den Welfen ent= standen hernach, und ursprünglich zu Pistoia, die zwo neuen Par= teyen der Weissen und Schwarzen. Florenz wollte diesem Uebel abhelfen, rief schleunigst beyderseits Häupter zu sich, zog aber eben hierdurch, wegen der vielen Anverwandten und Freunde, die diese in der Stadt hatten, sich selbst das größte Unglück zu. Auch die bil= ligsten Vermittelungen waren fruchtlos. Alle Familien, alle ein= zelne Personen erklärten sich in kurzen entweder für die eine oder für die andre Partey. Streit, Unruhe und Drohungen wurden plötzlich, bis zum öffentlichen Aufstand, allgemein. In diesem fürchterlichen Zeitpunkte war Dante eben Prior.

Die Schwarzen hielten in der Kirche zur heiligen Dreyfal= tigkeit eine Privatversammlung, und ihre Abhandlungen und Ent= schlüsse, bis zum Erstaunen, geheim. Und nur der Erfolg zeigte, daß sie mit dem Pabst Bonifacius, dem Achten, gemeinschaftli= che Sache gemacht hatten, der Carln von Valois nach Florenz

schickten

schicken sollte, um durch diesen die Stadt wieder in Ordnung bringen zu lassen.

Die Weissen schöpften sofort aus dieser geheimen Zusam-
menkunft gegründeten Verdacht, waffneten sich, stellten sich
freundschaftlich, giengen zu den Prioren, beschwerten sich, daß
iene für sich, und ohne sie, über den Zustand der Stadt geheime
Berathschlagungen gehalten, die blos dahin abzielten, sie zu ver-
zagen, und drungen also darauf, dergleichen Frevel zu bestrafen.
Die Schwarzen, sich ihrer am besten bewußt, griffen gleichfalls zu
den Waffen, erschienen vor den Prioren, klagten iene an, daß sie
ohne öffentliche gemeinschaftliche Berathschlagung sich gewaffnet
und befestiget hätten, und sie unter allerhand Vorwänden verjagen wollten, verlangten mithin, sie, als Störer der öffentlichen
Ruhe und allgemeinen Sicherheit, gehörig zu bestrafen.

So standen indessen beyde Parteyen, mit Truppen und
Freundschaftsverstellungen gewaffnet, überall fertig, und erwarte-
ten blos, eine iede für sich, einen erwünschten richterlichen Ausspruch.

Bey diesen allgemeinen Bewegungen, die Furcht, Schrecken
und Gefahr gleich groß machten, gab Dante in solcher Verlegenheit den Rath, man müsse das Volk zu gewinnen, und sich und
die Stadt dadurch unterdessen in Sicherheit zu setzen suchen.
Diese vorsichtige Bemühungen hatten in so ferne einen erwünschten Erfolg. Allein, so bald man sich auf diese Art sicher sahe,
schickten die Prioren die vornehmsten Häupter von beyden Parteyen ins Elend fort. Dante schien hierüber ungemein schwierig,
ohngeachtet er der Partey der Weissen zugethan war. Man rief
sogar die Häupter von den Weissen bald wieder zurück, und ließ
hingegen die von den Schwarzen in ihrer Entfernung. Auch hier
entschuldiget und rechtfertiget sich Dante.

Gnug, wegen solcher Ungleichheit schickte Bonifacius den
Carln nach Florenz. Die Stadt, aus Ehrfurcht gegen den Pabst
und gegen Frankreich, empfing ihn mit allen Ehrenbezeigungen.
Carl rief so fort die Häupter der Schwarzen zurück, und verjagte

A 2 bald

bald darauf die ganze Partey der Weiſſen. Die Urſache hiervon
iſt dieſe: Ein Freyherr von Carln brachte einen ſchriftlichen Auf=
ſatz zum Vorſchein. Dieſer war, ſeinem Vorgeben nach, von drey
Cavalieren der Weiſſen verfertiget, unterſiegelt und unterſchrie=
ben. Kraft dieſes machten ſie ſich anheiſchig, ihm, als Gouver=
neur, Prato zu überlaſſen, wenn er auf dieſes ihr ſchriftliches An=
ſuchen es bey Carln dahin vermittelte, daß die Partey der Weiſ=
ſen die Oberhand behielte. Man hält dieſe Schrift für verdäch=
tig. Carl ward jedoch darüber äuſſerſt ungehalten, und ſo aufge=
bracht, daß er alle Weiſſen verjagte.

Dante befand ſich um dieſe Zeit als Abgeſandter in Rom,
wohin er kurz zuvor von der Republik abgeordnet war, um die Ei=
nigkeit und den Frieden der Stadt in Vortrag und zu Stande
zu bringen. Aus Rache, weil unter ſeinem Priorate die Verban=
nung der Schwarzen erfolget war, fiel man in ſolcher Abweſenheit
ſeine Häuſer, ſeine Güter und ſein Vermögen öffentlich an, plünder=
te, und richtete alles zu Grunde. Zu gleicher Zeit machten die
Schwarzen ein ungerechtes Geſetz, kraft deſſen der Podeſta alle im
vorigen Priorate begangenen Fehler unterſuchen und dawider erken=
nen mußte, obgleich alles Vergangene ſchon völlig geſchlichtet und
beygelegt war. Dante wird citirt, und als er nicht gleich erſchienen,
erfolgte ſeine Verurtheilung, Verbannung und die Einziehung ſei=
ner Güter, die vorhero ſchon geplündert und zerſtört waren. Er hörts,
verläßt Rom, eilt, flieht nach Siena. Hier erfährt er ſein Unglück
näher, wird ſchlüßig, berathſchlaget, und vereiniget ſich mit den übri=
gen Verjagten. Arezzo wird der Ort ihres Aufenthalts. In dieſer
Gegend beziehen ſie ein großes Lager, wählen Alexandern von Ro=
mena zu ihrem Feldherrn, und zwölf Kriegsräthe, unter denen Dante
auch war. Hier machen ſie die äuſſerſten Verſuche zur Ausſöhnung,
und warten in immer neuer Hoffnung verſchiedene Jahre. Alles, al=
les war fruchtlos. Nun ſahe man weiter kein Mittel. Und nun brach
die ganze und große Menge nach Florenz auf. Sie kamen unverhofft
vor die Stadt, bemächtigten ſich ſofort eines Thores, faßten Fuß,

mußten

mußten aber, dem allen ohngeachtet, am Ende unverrichteter Sache
wieder abziehen.

Nun verlohr Dante alle Hoffnung, aber keine Zeit mehr, ſondern gieng nach Verona, wo er von den Herren della Scala ſehr gü-
tig aufgenommen ward, bey denen er ſich einige Zeit aufhielt. Hier
ſuchte er durch vorzüglich edle Handlungen, und ein beſonderes de-
müthiges Betragen ſich beliebt zu machen, daß Florenz ihn freywillig wieder zurück rufen ſollte. Er ſchrieb auch an verſchiedene Perſonen von der Regierung ſo wohl, als an das Volk, und unter andern au
dieſes einen ſehr beweglichen Brief, der ſich alſo anfängt: O mein ge-
liebtes Volk! was habe ich dir gethan? — Während dieſer neuen Hoffnung, durch den Weg der Verzeihung wieder in ſein Vaterland zurück zu kommen, ward Heinrich, Graf von Luxemburg, zum Kayſer
gewählet, weshalb ganz Italien in großen Erwartungen ſtand. Vielleicht glaubte Dante, nun auch alle gelinde Mittel verſucht, und ſich
gnug gedemüthiget und erniedriget zu haben. Vielleicht hatte er
auch Grund zu glauben, daß ihm auch die Hoffnung zur Verzeihung
fehl ſchlagen werde. Gnug, er wartete ſie nicht ab, fing vielmehr an,
aus einem eifrigen Tone wider Florenz zu ſprechen, nannte ihre
Richter harte und ungerechte Menſchen, und drohete mit der Macht
und Gerechtigkeit des Kayſers, der auch wirklich Florenz belagerte.
Allein der Kayſer ſtarb nicht lange darauf, und mit ihm nun vollends alle Hoffnung für unſern Dante, zumal, da er ſo eifrig und
frey ſich wider die höchſten Richter von Florenz herausgelaſſen hatte.
Er hielt ſich alſo hin und wieder in verſchiedenen Städten Italiens
auf, ward überall von großen Herren als ein würdiger Gelehrter verehrt und unterſtützt, und endigte zu Ravenna 1321. ſein ſo unglückli-
ches, als ruhmvolles Leben.

Er ſtarb, von Freunden beklagt, die mit unrühmlichen Thränen
Noch nie die Gabe des Mitleids entehrt;
Er ſtarb, von Freunden verehrt, die ſelbſt den Größten nicht ehren,
Wenn ohne Tugend der Purpur ihn ſchmückt.

                       Gellert.

Dante war von Person und Ansehen einnehmend, im Umgange artig und beliebt, ein wahrer Menschenfreund, von seinem Geschmack und Witze in der Musik, im Zeichnen und in andern schönen Künsten; ein erfahrner und geprüfter Kenner der Menschen, nicht stolz, nicht hochtrabend, nicht rangsüchtig, sondern ein bescheidener, wesentlicher Gelehrter, ein verdienstvoller Staatsmann, und einer der vortreff: lichsten und berühmtesten italiänischen Dichter.

Dieser würdige Mann ist der Verfasser der drey in italiänischen Versen geschriebenen Gedichte von der Hölle, dem Fegefeuer und dem Paradiese. Er fing diese schöne und große Arbeit noch vor seiner Verbannung an, und brachte sie in seinem Unglücke zu Ende. Und von diesem nützlichen Werke sind mehr, als hundert Ausgaben von Werthe ans Licht getreten.

Er hat in diesen Gedichten die Stärke seines Genies, seine feine und unerschöpfliche Erfindungskraft, seine Belesenheit, Kenntniß der Welt, Erfahrung und Gelehrsamkeit, in der natürlichsten und den verschiedenen Gegenständen angemessensten Schreibart, sattsam gezeiget. Er beschreibt die traurigen und vergnügten Wohnungen der Ewigkeit, der alle Menschen zueilen, wo sie alle erscheinen, und wo sie ewig bleiben müssen. Erstaunender Gegenstand! — Auf diesen ewigen Schaubühnen läßt er die merkwürdigsten Personen von allen Hauptständen, unglücklich oder glücklich, auftreten, nützlich für noch lebende Menschen reden, und schildert alles in den schönsten, lebhaf: testen, lehrreichsten und anmuthsvollsten Bildern und Gemählden, als sähe, als hörte man es, als wäre man selbst zugegen. Je öfter man sie lieset, je mehr Schönheiten wird man entdecken, und je mehr Stoff zum Nachdenken und zur Bewunderung wird man stets darin: nen finden. O Dante, von deiner Nachwelt nie gnug gepriesener Dichter!

Vor deinem Grabe sitzt stets der Kenner künftige Nachwelt:
Und er, der Liebling des guten Geschmacks,
Bestreu mit Rosen es stets, und sag aus deinen Gedichten
Die schönsten Stellen den Fühlenden vor!   Gellert.

Erstes Gedicht

von

er Hölle.

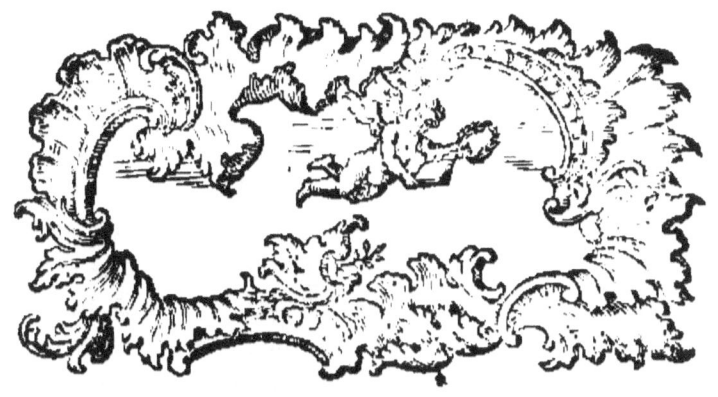

Erstes Gedicht
von
der Hölle.

Erster Gesang.

Inhalt.

Dante beschreibt seine Verirrung in einem schrecklichen Walde. Gegen frühen Morgen kommt er an einen Berg. Auf
diesen will er hinaufsteigen, wird aber von einigen wilden Thieren daran verhindert. Indem er vor dem einen
Thiere fliehet, findet er da den Virgilius. Dieser spricht
mit ihm, erbietet sich, ihn zu seiner Errettung durch die
Hölle und durch das Fegefeuer zu führen, und versichert
ihn, daß er alsdenn auch ins Paradies geführet werden
solle, worauf er und sein Führer endlich diese grose Reise
unternehmen.

Mitten in der Hälfte menschlicher Lebenszeit befand ich mich in einem düstern und
grausen [1] Walde, weil ich mich von dem
rechten Wege verirret hatte. Und so schwer es ist, zu sagen, wie dieser wilde, rauhe und starke Wald eigentlich
war, dessen Angedenken Furcht und Schrecken wieder
in mir erneuert — eben so schmerzhaft ist es, und nur
der Tod wird wenig schrecklicher seyn.

Allein

[1] Dante lebte unter einem Volke, dessen Parteyen in einem Zustande eitler Gesinnungen, ehrgeiziger Verblendun-
gen und aufgebrachter Leidenschaften sich befanden. Er,
als ein Staatskluger, sahe im Geiste alle die unglücklichen
Erfolge davon voraus, und fand sich, als ein Anhänger der
einen Partey, in einer nun unabhelflichen und unvermeidlichen Verlegenheit, die er mit Recht als eine Verirrung
unter den fürchterlichsten und gefährlichsten Aussichten ansehen konnte. Der rechte Weg des menschlichen Glücks
ist nur die Bahn der Tugend, ein Berg von Schwierig-
keiten und Ueberwindungen, dessen Höhe aber wahre Ehre, wahres Wohl und Vergnügen umglänzen. Die drey
wilden Thiere, die der Ersteigung dieses Berges sich widersetzen, sind die Wollust, der Hochmuth und der Geiz.
Von diesen Ungeheuern befreyen uns vorzüglich ein würdi-
ges und tugendhaftes Leben der Regenten, Obrigkeiten
und großer Gelehrten, sodann wichtige Geschäffte, oder
endlich Schicksale und traurige Erfahrungen, von denen,
als nicht von ohngefähren Zufällen, eben der Mensch einen weisen und tugendhaften Gebrauch, und dadurch, mit-

ten

Allein um des Guten willen, so ich da fand, will ich andere Sachen erzählen, die ich daselbst erfahren habe.

Ich weiß zwar nicht zu sagen, wie ich eigentlich hinein gekommen war, so voll Schlafs muß ich eben da gewesen seyn, als ich den rechten Weg verfehlte. Allein, so bald ich endlich unten bey einem Hügel angelanget war, da, wo sich das Thal endigte, welches mein Herz so lange mit Furcht und Angst gefoltert hatte, sahe ich in die Höhe, und ward gewahr, daß die Strahlen der Sonne, die einen doch überall aufrecht und sicher führet, bereits die Spitzen desselben umglänzten. Hierauf ließ die Furcht in etwas nach, welche die ganze Nacht hindurch mit so bangem Schmerze mir am Herzen gelegen hatte.

So wie einer, der unter todesängstlichen Athmen und Aechzen sich aus dem Meere bis ans Ufer heraus gearbeitet, da nach den gefährlichen Fluthen noch einmal sich umkehret und hinsiehet — so sahe mein immer noch schüchterner Geist zurück, um den Weg noch einmal zu betrachten, der noch nie jemanden lebendig durchgelassen hat.

So bald mein abgematteter Körper nur etwas ausgeruhet hatte, setzte ich meinen Weg durch die wüste Gegend wieder fort, so, daß ich beständig bergan steigen mußte. Und auf einmal erblickte ich da an dem Fuße des

ten in allem Unglücke, zu seinem wahren und überirdischen Glücke und Ruhme sich würdig machen soll. Und dieß ist die Reise durch die Hölle und durch das Fegefeuer zum Paradiese und Himmel.

des Berges ein leichtes und flüchtiges buntschäckigtes
Pantertbier. Dasselbe wandte kein Auge von mir. Es
hinderte mich vielmehr so sehr im Fortgehen, daß ich
mich schon zu verschiedenen Malen umgewandt hatte,
wieder zurück zu kehren. Das war am frühen Morgen,
und da die Sonne in Begleitung jener Sterne aufgieng,
die sich bey ihr befanden, als die göttliche Liebe im Anfange allen den schönen Sachen ihr Daseyn schenkte.
Und so gab das anmuthige Fell dieses wilden Thieres, die frühe Morgenstunde und die angenehme Jahreszeit
mir doch Anlaß, etwas Gutes zu hoffen, als eben da
der unvermuthete Anblick eines Löwens neue Furcht bey
mir erregte. Es war, als wenn derselbe mit aufgereck-
tem Kopfe, und mit einer so grimmigen Freßbegierde
auf mich loskäme, daß sogar die Luft darüber sich zu entsetzen schien. Ja, eine im höchsten Grade gierig schrei-
ende, und ganz ausgehungerte Wölfinn, die schon so vielen das Leben vergället hatte, diese machte mit ihrem
gräßlichen Anblicke mir das Herz dermaßen schwer, daß
ich alle Hoffnung, den Berg hinan zu kommen, gänzlich
aufgab.

So, wie einem, der gerne erwirbt, zu der Zeit zu Muthe ist, da er verliert, daß, so zu reden, jeder Gedanke in
ihm weinet, und sich betrübet — so unruhig und ängstlich
machte mich dieses Thier, welches, da es auf mich zu kam,
mich nach und nach zurück, und wieder in ein sonnenlo-
ses Thal hinunter trieb. Indem ich so hinuntertau-
melte, bekam ich Einen zu Gesichte, der, vermuthlich, weil
er lange nicht geredet, wie heisch zu seyn schien. So
bald ich den in der großen Wüsteney erblickte, schrie ich
ihm zu: O, erbarme dich über mich! — du magst seyn,
wer du willst, ein Geist, oder ein natürlicher Mensch —

Kein

Kein Mensch mehr, antwortete er mir, aber ein Mensch
gewesen. Meine Aeltern waren aus der Lombarder,
und beyde gebürtig aus Mantua. Ich ward fast zu
Ende der Regierung des Julius Cäsars gebohren, und leb=
te in Rom zu Zeiten des gütigen Augusts, und zur Zeit
der heydnischen falschen Götter. Ich war ein Dichter,
und besang den frommen Sohn des Anchises, da er von
Troja kam, als das stolze Ilion gänzlich eingeäschert
war. Allein, sage mir, warum gehst du so ängstlich
zurück? — Warum steigst du nicht vielmehr auf den
anmuthigen Berg hinauf, welcher der eigentliche Sitz und
Inbegriff aller Lust und Freude ist? —

Du bist also, antwortete ich ihm ganz bestürzt und
ehrerbietig, Virgilius! — die Quelle der Wohlre=
denheit, die sich in so reichen Strömen ergießt? —
O du Zierde und Glanz aller Dichter! Dank sey dem
unablässigen Fleisse, Dank sey der großen Liebe, die mich
deine Werke haben durchstudiren lassen! Du bist ja mein
Lehrer! Dich habe ich ja zu meinem Muster erwählt!
Du allein bist ja der, von dem ich die schöne Schreibart
erlernet habe, die mir Ruhm und Ehre gebracht hat! —
Siehe, das Thier da hat gemacht, daß ich wieder umge=
gekehret bin. Mache mich doch, o du weltberühmter
Weise, von ihm frey! denn ich zittere und bebe, und kann
kein Glied dafür stille halten.

Wenn du, antwortete er, da er mich weinen sahe,
aus diesem wilden und wüsten Orte wieder heraus willst,
so mußt du einen ganz andern Weg nehmen. Denn
das Thier, vor welchem du so schreyst, läßt keinen bey sich
durch. Es verhindert ihn vielmehr so lange, bis es ihn
endlich gar umbringt. Hiernächst ist es von so verderb=
licher und bösartiger Natur, daß es seine unersättliche

Freß=

Freßgier nun und nimmermehr stillt, ja, daß ihm vielmehr nach dem Fressen der Hunger erst recht, und noch weit toller ankommt, als zuvor. Die Menge der Thiere, mit denen es sich beläuft, ist bereits groß, und wird noch größer werden, ehe der Jagdhund [2]) kommt, der die Bestie erbärmlicher Weise umbringen wird. Dieser wird seine Weide keinesweges im Irrdischen suchen. Nein, Weisheit, Liebe und Tugend wird seine Speise seyn. Er stammt aus dem Feltrinischen, und wird dem Nieder-Italien, dem zu Liebe die junge Camilla, Eurialus, Turnus und Nisus schmerzhaft an ihren Wunden starben, Heil und

[2]) Can Grande della Scala, damals Herr zu Verona, der durch seine Gerechtigkeit und Tugend dem Nieder-Italien wieder helfen würde, das von wollüstigen, stolzen und geizigen Regenten und Kriegern ganz erschöpft und zu Grunde gerichtet, danieder lag. Dieser würdige Landesherr war es, der einst in Gegenwart vieler characterisirten Hofpersonen, unter denen sich ein so genannter lustiger Rath befand, mit vorzüglich lauter Stimme an den Dante die unerwartete Frage that: Woher kommt es aber, mein lieber Dante, daß der Narr hier allen gefällt, Sie hingegen, als ein so gelehrter und weiser Mann, nicht? — worauf Dante unverzüglich antwortete: Nur die Aehnlichkeit, gnädigster Herr, und die Gleichförmigkeit der Denkungsarten und Sitten, erzeugen unter den Menschen Zuneigung und Freundschaft gegen einander.

Welch freudig Schrecken nimmt mich ein!
„ Ich sehe sie — doch diese Scene
Will nur gefühlt, und nicht beschrieben seyn.

Gellert.

und Seegen bringen. Er ist es, der dieses Unthier überall, und so lange herumjagen wird, bis er es endlich
wieder hinunter gestürzt hat, hinunter in die Hölle, von
dannen es der Neid zuerst herauf gebracht hat. Also finde
ichs zu deinem Besten für rathsam, du folgest mir. Ich
will dein Führer seyn, und dich von hier aus durch die
Ewigkeit führen. Da sollst du die eigentlichen Geräu-
sche der Verzweiflung hören. Da wirst du jene schon
lange lange traurenden Geister erblicken, die alle nach einem zweyten Tode schreyen und seufzen. Da sollst du
hernach auch diejenigen sehen, die mitten in den Flammen
dennoch zufrieden sind, weil sie die Hoffnung haben, es
währe so lange als es wolle, doch endlich einmal zu der
seligen Schaar zu gelangen. Willst du alsdenn auch
zu dieser hinaufsteigen, so wird es an einer hierzu wür-
digern Seele, als ich bin, nicht ermangeln. Mit selbi-
ger muß ich dich lassen, und mich entfernen. Denn der
Monarch, der dort oben herrschet, und dessen Gesetze ich
entgegen gewesen bin, will nicht, daß jemand durch mich
in seine heilige Stadt komme. Zwar herrscht er überall; dort aber ist seine Residenz, da ist seine Hofstatt, und
da sitzt er auf seinem erhabenen Throne. Glückselig ist der,
den er dahin auserwählet hat! — Hier fiel ich ihm
in die Rede, und sagte: Großer Dichter, ich bitte dich
um des Gottes willen, den du nicht erkannt hast, mache, daß ich diesem und noch größern Uebeln entkomme,
und führe mich dahin, wo du itzt gesagt hast. Ja, komm,
zeige mir die Thüre des heiligen Petrus, und laß mich die
sehen, die du als so Unglückselige beschreibest!

So fort machte er sich auf, und ich hielt mich dicht
hinter ihm.

Zweyter Gesang.

Inhalt.

Der Dichter merket die Abendzeit an. Nach seiner poetischen Anrufung klagt er über große Furcht, die sein Herz einnehme, wenn er das wichtige Geschäffte seiner Reise überdächte. Virgilius, um ihn anzufrischen, erzählt ihm, wie er vom Himmel, blos zu seiner Errettung und Hülfe, gesandt sey. Und so wieder gestärkt, setzt er nun mit seinem Führer die angetretene Reise fort.

Der Tag vergieng, und die hereinbrechende Nacht entfernte die auf der Erde lebenden Thiere von ihrer Arbeit zur Ruhe. Nur ich allein war beschäfftiget, mich mit der Reise, und mit dem Mitleiden herum zu plagen, ein Zustand, den die untrügliche Selbstempfindung wieder abbilden wird.

O ihr Musen! o Apollo! itzt stehet mir bey!

Und o Empfindung! die du das, was ich erfuhr, aufgezeichnet hast, hier, hier wird deine natürliche Pracht in festlichem Schmucke sich zeigen!

Ich fing also an; Großer Dichter, du, mein Führer, o! prüfe zuvor meine Kräfte, und siehe, ob ich vermögend bin, es auszuhalten, ehe du mich den großen Schritt thun lässest. Du sagst zwar, auch der Vater des Silvius sey, noch sterblich, und sich dessen bewußt, in

das

das Land der Unsterblichkeit ³) gegangen. Allein,
wenn der heiligste Feind alles Unrechts solches erlaubte,
so geschah es, weil er den wichtigen Erfolg sahe, der
durch ihn, den Aeneas, entstehen sollte, und der sowohl,
als dieser, einem vernünftigen Menschen nicht unwürdig
vorkommen wird. Denn er ward zu des erlauchten Roms
und seines Reichs Vater, oben im Himmel, ward er dazu
erwählet. Und Stadt und Reich wurden eigentlich blos um
des heiligen Stuhls willen errichtet, auf welchem der Nachfolger des heiligen Petrus sitzet. Und mithin vernahm er
durch solchen Hingang, den du so rühmlich für ihn schil-
derst, Sachen vernahm er dadurch, welche die Ursache seines Sieges und der päbstlichen Würde waren. So
ging jenes auserwählte Rüstzeug ebenfalls dahin, um
dem Glauben, der der Grund zum Wege des Heils ist,
Kraft und Stärke zu verschaffen. Aber ich! warum sollte
ich dahin gelangen? oder auf wessen Erlaubniß? Ich bin
Aeneas nicht, ich bin nicht Paulus. Auch halte weder ich,
noch hält sonst irgend jemand mich hiezu für würdig. Also,
wenn ichs wage, dahin zu gehen, so befürchte ich, als ein

Thor

---

3) Dieser Gang des Aeneas in die Ewigkeit ist seine bekannte
Reise durch die Hölle und Elisdischen Felder, die er unternahm, seinen Vater Anchises wieder zu sehen, und von
ihm seine künftigen Schickfale zu erfahren. Hierauf erfolgte der blutige Krieg wider den Rutulischen König Turnus, der Sieg des Aeneas, und durch diesen nach und
nach das ganze mächtige und große Römische Reich.
Der Gang des heiligen Paulus in die selige Ewigkeit war
seine Entzückung in den dritten Himmel, oder ins Paradies.

B

Thor dahin zu kommen. Du weißt und verstehst es besser, als ichs sagen kann.

So, wie es sich mit einem verhält, der, was er erst will, nun nicht will, und auf wiederholtes Nachdenken vom dem gefaßten Vorsatze wieder abgeht, so, daß alles Angefangene nun gleichsam verschwindet — eben so war es mit mir in dieser düstern Gegend. Denn das Nachdenken zernichtete den Entschluß gänzlich, der anfänglich so schnell und ernstlich gefaßt war.

Daferne ich dich recht verstanden habe, antwortete mir der Schatten dieses großen Geistes, so ist deine Seele von Kleinmuth sehr eingenommen. Und diese setzt den Menschen oft in so große Verlegenheit, daß sie ihn von einer rühmlichen Unternehmung abschreckt, so wie oft ein Pferd vor einem bloßen und nichtigen Schatten scheu wird, und zurück weicht. Damit du von dieser eiteln Furcht dich befreyest, so will ich dir sagen, warum ich hieher gekommen bin, und was ich da gehöret habe, das mich zum erstenmale um dich betrübt gemacht hat.

Ich war dort unter denen, welche im Mittelzustande der Ewigkeit sich befinden. Da rief mir eine so liebenswürdige und selige Schöne, daß ich selbige nur bat, mir zu befehlen. Ihre Augen funkelten heller, als die Sterne, und sie redete in ihrer Sprache, mit englischer Stimme, liebreich und bescheiden mich also an: O du beliebte Mantuanische Seele, deren Ruhm in der Welt immer noch fortdauert, und bleiben wird, so lange ihre Bewegung währet; mein Freund wird, und nicht von ungefähr, dort in der wüsten Gegend auf seinem Wege so sehr gehindert, daß er aus Furcht wieder umgekehret ist. Ja, ich besorge, er habe sich schon so verirrt, daß ich mich, ihm zu Hülfe, nach dem, was ich im Himmel von ihm

gehöret,

gehöret, vielleicht zu spät aufgemacht habe. Eile also,
und sey, zu meiner Befriedigung, mit deiner beliebten
Beredtsamkeit und mit dem, was er zu seiner Befreyung
nöthig hat, sein Engel, sein Beystand, sein Helfer! Ich
bin Beatrix, die wünscht, daß du dahin gehest. Ich komme aus dem Orte, wo ich so sehnlich wieder hin verlange.
Liebe bewog mein Herz, und hat meinen Mund geöffnet.
Und wenn ich dort wieder vor dem Throne meines Herrn
anbete, so werde ich dich oft gegen ihn zu rühmen wissen.

Hier schwieg sie, und ich fing darauf an: O du
selige Schöne, durch deren Wirkung allein die Menschheit vor allem Vergnügen unter jenem Erdhimmel,
dessen Kreise von einem kleinern Umfange sind, den
Preis und Vorzug hat; deine Befehle sind mir so lieb
und angenehm, daß die Vollziehung derselben, wäre
sie auch itzt schon geschehen, mir doch zu spät scheinen
würde. Du hast nicht nöthig, mir dein Verlangen
umständlicher zu eröffnen. Allein die Ursache sage mir
nur, daß du dich nicht vorstehest, hier in diesen Kreis
aus dem herrlichen Orte herunter zu steigen, wo dich so
sehr wieder hin verlangt.

Da du dieß nur, erwiederte sie, näher zu wissen
verlangst, so will ich dirs kurz sagen. Ich habe nicht
die mindeste Furcht, hier herunter zu kommen. Denn
blos vor den Dingen, die einem schaden können, muß
man sich fürchten, vor andern nicht, die sind nicht
fürchterlich. Gott, der gnädige Gott, hat mich so
gemacht, daß euer Elend mich nicht trifft, noch die
Flammen desselben Feuers mich verletzen. Und im
Himmel ist eine leutselige Schöne, die das widrige
Schicksal, welchem abzuhelfen, ich dich dahin sende, so
sehr bedauret, daß sie dort oben Gnade vor Recht er-

gehen

gehen läßt. Diese forderte die weise Lucia auf, und
sagte zu ihr: Izt ist dem Getreuer deiner benöthigt,
und dir empfehle ich ihn. Lucia, die eine Feindinn
aller Grausamkeit ist, erhob sich, und kam hin an den
Ort, wo ich war, und da ich mit der ehemaligen
Rahel saß. Beatrix, so war ihre Anrede, du wahrer,
Ruhm Gottes, warum eilst du dem nicht zu Hülfe,
der dich so innigst liebte, daß er deinetwegen von jenem
gemeinen ⁴) Haufen ausgieng? Hörest du nicht sein
ängstliches Klagen und Weinen? Siehst du nicht, wie
er gleichsam auf einem fürchterlichen ⁵) Wasser, gegen
welches

4) Die drey himmlischen Schönen sind die göttliche Liebe,
Weisheit und Hülfe.

Dante gieng aus dem gemeinen Haufen der Eitelkeiten, Thorheiten und Laster, aus Liebe zur Tugend, fort,
und suchte in dieser und in anständigen Vergnügungen
sein wahres und dauerhaftes Glück. So ein eifriger Verehrer der Tugend war Dante!

Durch sie stieg er zum göttlichen Geschlechte,
Und ohne sie sind Könige nur Knechte.

Gellert.

5) Diese Todesängstlichkeit auf dem allerfürchterlichsten Wasser zeiget zugleich den fast übermenschlichen Streit an,
den die Vernunft und Tugend des Dante mit parteyi-
schem Irrthume, mit seinen Leidenschaften, mit dem
Reize blendender Vorzüge und Annehmlichkeiten, und
mit empfindlichen Schicksalen hatten. Nur der Christ
siegt hier.

Wahr ists, die Kunst ist schwer, sich selbst so zu besiegen:
Allein in dieser Kunst wohnt göttliches Vergnügen.

Gellert.

welches das ganze Weltmeer für nichts zu achten ist, vor
Angst mit Tod und Leben ringt? — Nie ist auf der
Welt ein Sterblicher, sein Glück zu machen, und sein
Unglück zu fliehen, so eilfertig gewesen, als ich, auf
diese Rede, von meinem seligen Sitze hier zu dir her-
unter eilte. Denn auf die Anständigkeit deines Aus-
drucks, so dir, und allen, die dich gehöret haben,
Ehre macht, setzte ich mein ganzes Vertrauen.

So bald sie hier ausgeredet hatte, wandte sie
ihre funkelnden Augen voll Thränen von mir weg, und
machte dadurch, daß ich desto geschwinder hieher eilte.
Siehe, so bin ich zu dir gekommen, so wie sie es wollte,
und so nahm ich dich dort vor dem wilden Thiere weg,
das dir den nähern Weg zu dem schönen Berge hinauf
so versetzte. Was ists also? Warum, warum säumst
du? Warum nährst du noch so viel Muthlosigkeit in
deinem Herzen? Warum hast du nicht vielmehr ein fri-
sches Herz, und einen freyen Muth? Wie? — Da
drey so göttliche Schönen am himmlischen Hofe für
dich sorgen, und da mein Mund dir so viel Guts ver-
spricht? —

Wie zarte Blumen, die sich bey nächtlichen
Frösten darnieder beugen und zuschließen, alle, wenn
die Sonne drauf scheinet, sich wieder in die Höhe richten und aufthun — eben so verhielt sichs auch mit mir bey
meinen schwachen und abgematteten Kräften, und mir
wurde so frisch und muthig ums Herz, daß ich ganz
frey und beherzt ausrief: O du mitleidsvolle Schöne,
die mir so zu Hülfe geeilet! Und du, o gütiger Geist,
der die wahrhaften Worte ihres Mundes so unverzüg-

lich

lich befolget! Du haft mit deinen Reden meinem Her=
zen wieder ein so großes Verlangen nach jenem Hingange
eingeflößet, daß ich auf den erften Entschluß wieder
zurück gebracht worden bin. Wohlan, da beyde nun
ein Wille belebet, so komm! Du bist mein Führer,
du bist mein Herr, du bist mein Lehrer!

Also sagte ich zu ihm, und hierauf erhob er sich
fort, und so kam ich durch den steilen und ungebahn=
ten Weg endlich dahin.

Dritter

Dritter Gesang.

Inhalt.

Der Dichter kommt mit dem Virgilius an das Thor der Hölle, und sieht die entsetzlichen Worte, die oben über demselben geschrieben stehen. Hierauf geht er mit ihm hinein, und höret das erschreckliche Geräusch und Wehklagen der verstorbenen Müßiggänger, die da herum liefen, und von Insekten auf das empfindlichste gestochen wurden. Von hier kommen sie an den Höllenfluß Acheron, wo die Seelen übergesetzt werden, und wo Dante wie todt zur Erden niederfällt.

Durch mich gehet man in die traurige Stadt — durch mich gehet man in die ewige Qvaal — durch mich gehet man unter das verlorne Volk. — Gerechtigkeit war der Bewegungsgrund meines erhabenen Schöpfers und die göttliche Macht, die höchste Weisheit und die ewige Liebe gaben mir meine Wirklichkeit. — Vor mir waren keine Geschöpfe, außer nur ewige Dinge — und ich — ewig daure ich — ewig.— Laßt also, die ihr herein gehet, laßt alle Hoffnung fahren! —

Diese dunkelfärbigten Worte sahe ich oben über einem Thore geschrieben. O mein Lehrer, rief ich, der Sinn der Worte fällt mir schwer! — Hier antwortete er, als eine kluge und vorsichtige Person, hier muß man alle Zweifelsucht gänzlich verbannen, und alle Zaghaftigkeit muß hier gänzlich erstorben seyn. Wir sind nunmehro an dem Orte, wo du, wie ich dir gesagt

sagt habe, die leidenden Geister sehen wirst, welche
Gott, ihr höchstes Gut, verloren haben. Hierauf
nahm er mich, mit frohem Angesichte, bey der Hand,
und brachte mich, so wieder gestärkt, hinein zu den
geheimen Dingen.

Hier schallten Seufzer, Wehklagen und lautes
Heulen durch die sternlosen Lüfte, worüber mir anfänglich die Augen übergiengen. Ganz verschiedene
Sprachen, entsetzliche Reden, quaalvolle Worte, Laute
voll Zorn und Rache, helle und heisere Stimmen mit
ertönenden Schlägen in ringende Hände verursachten
ein Getöse, welches, gleich dem von einem Wirbel-
winde erregten Staube, dort in den zeitlosen Lüften
unaufhörlich herumkreiset. Ach! mein Lehrer, rief ich,
dessen Verstand wie umnebelt war, o! was ist das,
das ich höre? und was ist das für ein Volk, das ganz
ein Raub der Quaal zu seyn scheint? Das ist, antwortete er mir, der betrübte Zustand derjenigen Seelen,
die in der Welt ohne Schande und ohne Ruhm gelebt
haben. Sie sind mit unter dem häßlichen Chor von
Engeln '), die weder Rebellen wider Gott, noch auch
demselben treu waren, sondern für sich neutral blieben. Der Himmel jagte sie also fort, um seiner Schönheit keinen Abbruch zu thun, und der Abgrund der
Hölle nimmt sie auch nicht ein, weil sie einige Vorzüge
vor den Höllenbürgern haben würden. Aber mein gütiger
Lehrer, sprach ich, was ist es denn also für ein so großes
Unglück,

6) Diese Engel ergriffen in jenem wichtigen Streite im Himmel, weder die Partey Lucifers mit seinen Engeln, noch
die Partey Michaels mit seinen Engeln, sondern blieben
für sich in niederträchtiger Ruhe.

Unglück, daß ihnen so harte und wehmuthsvolle Klagen auspresset? Ich will, war seine Antwort, dir alles
kurz sagen. Diese Unglückseligen haben keine Hoffnung
zu sterben. Und ihr finsteres Leben ist so niederträch-
tig, daß sie über ein jedes anderes Schicksal neidisch
sind. Die Welt läßt ihren Ruf nicht aufkommen.
Und weder die Barmherzigkeit, noch die Gerechtigkeit
bekümmert sich weiter um sie. Doch gnug von diesen.
Aber siehe da, und komm. Und ich sahe hin, und
sahe eine Fahne, die so schnell im Kreise herum und
zugleich fort lief, daß sie mir aller Ruhe unwürdig
schien. Und hinter ihr kam ein so langer Zug von
Seelen, daß ich nimmermehr geglaubt hätte, daß der
Tod eine so große Niederlage gemacht habe. Ich erkannte endlich einen darunter, sahe ihn an, und fand,
daß es der Schatten desjenigen [7]) war, der so nieder-
trächtig der großen Würde sich wieder entsetzte. Sofort vernahm ich und ward überzeugt, daß dieser
Schwarm die schändliche Gott und seinen Feinden ver-

B 5   haßte

---

[7]) Dieser war ehedem Pabst Celestin der fünfte, der fromme
Einsiedler, der sich von dem Cardinal Cajetan, nachher
erwähltem Pabste, unter dem Namen Bonifacius der
achte, überreden ließ, wieder abzudanken, und nicht arbeiten wollte. Nur in geistlicher Einsamkeit leben, und
nicht gehörig arbeiten, ist heiliger Müßiggang, und Misbrauch der Religion. Arbeit ist überhaupt das beste Vor-
sehungsmittel wider Laster, Dürftigkeit und Schande,
und bringt Gesundheit, Nutzen, Erfahrung, Ehre, er-
quickende Ruhe, und fühlendes Vergnügen, und ist die
vornehmste Pflicht des Menschen, der viel thun kann,
welches man sieht, wenn er muß.

haßte Rotte sey. Diese Unglückseligen, die noch nie
moralisch lebendig gewesen, waren nackend, und wurden von den daselbst befindlichen Mücken und Wespen
auf das empfindlichste gestochen. Diese nagten ihnen
ihr Angesicht ganz voll Blut, welches mit Thränen
untermengt herabtriefte, und an ihren Füßen von den
widrigsten Würmern aufgezehrt wurde.

Hierauf wollte ich mich nun weiter umsehen, als
ich eben da eine Menge Volk an dem Ufer eines großen
Flusses erblickte. O mein Lehrer, rief ich hier, er-
laube, und sage mir, wer sind die? und woher kommts,
daß sie so viel ich durch das dunkel schimmernde Licht
wahrnehmen kann, wie hinüber zu fliegen scheinen?
Du sollst, antwortete er, es alles erfahren, so bald
wir unsern Fuß an den traurigen Höllenfluß setzen
werden. Mit schamhaften und niedergeschlagenen Augen, aus Furcht, es möchte ihm etwa mein Reden
verdrüßlich fallen, enthielt ich mich hierauf bis an den
Fluß des Redens. Hier sahe ich einen vor alten Haaren ganz weissen Greis mit einem Schiffe auf uns zu-
kommen, der schrie: Wehe euch, ihr verruchten Seelen! Macht euch keine Hoffnung, jemals den Himmel
zu sehen! Ich komme, euch dort an dem andern Ufer,
in die ewige Finsterniß, wo Hitze und Kälte wüten, zu
führen. Und was willst du, du lebendige Seele, hier?
Fort, entferne dich von diesen, welche gestorben sind.
Allein, da er sahe, daß ich mich nicht fortmachte, schrie
er wieder: Durch andere Wege, durch andere Fahrten,
nicht hier durch diese Ueberfahrt wirst du ans Land kommen. Ein wirksameres Holz muß dich übersetzen. Hier
sagte mein Führer: Charon, eifre dich nicht so ab; man
will es also dort oben, wo man thun kann, was man
will,

will, und mehr verlange nicht. Hierauf legte sich das
Sträuben des wolligten Bartes bey dem Steuermanne
von dem schweflichten Höllensee, dessen Augen wie Feuer-
räder im Kopfe herumgiengen. Allein, so bald jene ab-
gematteten und nackenden Seelen die harten Worte hö-
reten, verfärbten sie sich, und knirschten mit den Zähnen.
Sie lästerten Gott. Sie verfluchten und verwünschten ihre
Aeltern. Sie verdammten und vermaladeyten die
Menschheit, und den Ort, und die Zeit, und den Zeugungs-
saamen ihres Geschlechts und ihrer Geburt. Hierauf
zogen sie alle insgesamt unter Vergießung der bittersten
Thränen nach dem verdammten Ufer fort, von dem alle
Menschen, die Gott nicht fürchten, erwartet werden.
Der teuflische Charon treibt sie, auf einen mit seinen
glühenden Augen vorher gegebenen Wink, alle da zusam-
men, und wer da zaudert, empfängt von ihm die empfind-
lichsten Schläge mit dem Ruder.

So, wie zur Herbstzeit die Blätter von den Bäumen, eins nach dem andern, herabfallen, bis endlich der
Baum seine ganze Bekleidung der Erde wiedergiebt —
eben so fallen die gottlosen Nachkommen Adams, einer
nach dem andern, auf höllische Winke, an diesem Ufer,
wie Vögel auf reizende Lockungen, zur Erden nieder.

Also gehen sie über die Wellen des schwarzen Flusses. Und ehe sie noch einmal jenseits ausgestiegen sind,
so versammlet sich disseits schon wieder eine neue
Rotte.

Mein Sohn, sagte mein sorgfältiger Lehrer, alle diejenigen, die unter dem Zorne Gottes dahin sterben, kommen,

men hier aus allen Orten und Enden der Welt zusammen. Und sie sind deßhalb so eilfertig, über den Fluß zu kommen, weil sie die göttliche Strafgerechtigkeit gleichsam dazu anspornet, so, daß die Furcht vor der Strafe sich in ein begieriges Verlangen nach derselben verwandelt. Wenn daher Charon sich deinetwegen beunruhiget, so kannst du nunmehro schon wissen, was er mit seinen Reden sagen will.

So bald er hier ausgeredet hatte, erschütterte das finstre Feld so gewaltsam, daß das Angedenken des Schreckens meinen ganzen Körper wieder mit einem kalten Todesschweisse überzicht. Die mit Thränen befeuchtete Erde gab schwüle Ausdünstungen von sich, die in ein Sturmwetter und feuerrothe Blitze ausbrachen. Das raubte mir alle Empfindung, so, daß ich, gleich einem Menschen, der sich des Schlafs nicht erwehren kann, zur Erden nieder fiel.

Vierter

✝✳✝✳✝✳ ✝✳✝✳✝✳ ✝✳✝✳✝✳ ✝✳✝✳✝✳✝✝

Vierter Gesang.

Inhalt.

Dante wird von einem schweren Gewitter aufgeweckt, und befindet sich in dem Thale von einem Abgrunde daselbst.
Nun geht er mit dem Virgilius weiter fort, und steigt in
den ersten Kreis der Hölle, oder in die Vorhölle, hinunter, wo sich die Seelen derer befinden, die ohne Taufe
gestorben sind, oder die vor Christo gelebt, und Gott
nicht auf die gehörige Art verehrt haben. Von da lassen
sie sich in den andern Kreis der Hölle hinunter.

Ein schweres Donnerwetter schreckte mich, durch das
Brausen im Kopfe, aus dem mächtigen Schlafe
wieder auf, so, daß ich, gleich einem, der mit
Gewalt aufgeweckt wird, ganz zusammen fuhr. Ich
sahe endlich aus meinen noch schlaftrunkenen Augen
mit starren Blicken umher, um den Ort zu erkennen,
wo ich wäre. Und ich befand mich wahrhaftig an dem
äußersten Rande des Thals von dem traurigen Abgrunde, der von Donnern unendlicher Seufzer ertönet. Er
war so dunkel, tief und nebelicht, daß ich, auch durch
die schärfsten Blicke hinunter, nicht das geringste unterscheiden konnte.

Wohlan, fing Virgilius nun an, ward aber
so blaß, wie eine Leiche, im Gesichte, laß uns nunmehro
hier in die finstre Welt hinunter steigen! Ich will vor-
angehen, und du sollst mir folgen. Allein da ich seine
Gesichtsveränderung gewahr wurde, sagte ich: O!
wie will ich da zu rechte kommen, wenn du dich ent-
setzest,

setzest, da du bey meinem Zweifelmuthe meine einzige
Stärkung zu seyn pflegest? Die Angst, antwortete er
mir, und die Bangigkeit der hier unten sich befindenden
Seelen mahlen schon in meinem Gesichte das Mitleiden
ab, welches du für eine Furchtsamkeit hältst. Komm
nur, wir müssen zugehen, denn wir haben einen weiten Weg vor uns. Also ließ er sich, und also brachte
er mich hinunter und in den ersten Kreis des Abgrundes hinein.

Hieselbst war, so, wie man hörte, kein Weinen
und Wehklagen, sondern nur wie so ein banges Aechzen und Seufzen, welches die ewigen schwülen Lüfte
in eine ängstlich zitternde Bewegung setzte. Und solches rührte nicht von äußerlichen Martern, nein, blos
von einem geheimen Seelenschmerze her, der alle die
zahlreichen und großen Schaaren von Kindern, Wei-
bern und Männern innerlich nagte. Hier sagte mein
gütiger Lehrer zu mir: Und du frägst nicht einmal, was
das für Geister seyn, die du hier siehest? Wohlan, so
wisse demnach, noch ehe du einen Schritt weiter gehest,
daß sie nicht vorsetzlich gesündiget. Und wenn sie
auch Verdienste haben, so ist dieses doch nicht hinreichend, weil sie der Taufe beraubt gewesen sind, die
der Weg zu dem Glauben ist, den du bekennest. Da
sie überdieß vor dem Christenthume gelebt haben, so
haben sie auch Gott nicht auf die gehörige Art verehret. Und unter diese Anzahl gehöre ich selbst mit.
Durch dergleichen Mangel nun, und durch keine andere
Verschuldungen, sind wir verlohren gegangen. Und
nichts kränket uns mehr, als daß wir ohne alle Hoffnung im seufzenden Verlangen leben sollen.

Die

Die innigste Wehmuth bemächtigte sich meines
Herzens, da ich dieses hörete. Denn mir waren viele
von diesen verdienstvollen Personen bekannt, die sich
in dieser Vorhölle befanden, und in solchem Mittelzustande lebten. O sage mir doch, mein Lehrer, fing
ich darauf an, um hierdurch zu einer völligen Ge-
wißheit des Glaubens zu gelangen, der allen Zweifel
und Irrthum besieget, sage mir, mein Herr: Kommt
denn nie eine Seele, entweder durch ihr eigenes Verdienst, oder durch das Verdienst eines andern aus diesem Kreise heraus, daß selbige hernach selig würde?
Er verstand meine verdeckte Rede, und antwortete
mir also:

Ich befand mich noch nicht lange in diesem Zustande, als ich einen mächtigen mit Siegeszeichen ge-
krönten Held triumphirend hier bey uns seinen Einzug
halten sahe. Dieser nahm die Seele des Stammva-
ters der Menschen, seines Sohns Abel, und die Seele
des Noah, den Gesetzgeber Moses, den gehorsamen
Patriarchen Abraham, den König David, und Israel
mit seinem Vater, seinen Kindern und der Rahel, um
welcher willen dieser so vieles that; alle diese Seelen,
und noch viele andere nahm er mit sich, und machte
sie selig. Denn du mußt wissen, daß noch kein menschlicher Geist vor diesen himmlisch selig gewesen ist.

Wir blieben, während er so redete, nicht stille
stehen, sondern giengen immer in dem geistervollen
Walde fort. Wir waren noch nicht weit von jenem
Orte des schrecklichen Schlafes weg, als ich ein Feuer
erblickte, welches den ganzen dortigen Horizont erleuchtete. Wir befanden uns zwar noch in einiger
Entfernung davon, die jedoch nicht so groß war, daß
ich

ich nicht einigermaßen hätte unterscheiden können, daß
ein ehrwürdiges Volk diesen Ort in Besitz hatte. O
du Verehrer und Zierde aller Künste und Wissenschaften,
rief ich hierauf, wer sind diese, welche so viel Ehre und
Vorzüge haben, die sie von der Beschaffenheit der andern so unterscheiden? Der ehrfurchtsvolle Ruf, antwortete er mir, der in der Welt, wo du lebest, von
ihnen erschallet, macht, daß sie der Himmel mit solchen
Vorzügen begnadiget. Unterdessen hörte ich eine Stimme, die rief: Bewillkommet den großen Dichter mit
Ehrenbezeugungen! denn er kommt wieder von seiner
Reise zurück. So bald die Stimme inne hielt und
stille war, sahe ich vier große Geister auf uns zu kommen.
Sie sahen weder traurig, noch frölich aus. Siehe,
sagte hier mein gütiger Lehrer, der, welcher mit dem
Degen in der Hand die übrigen drey gleichsam als Feldherr aufführet, dieser ist das Haupt aller Dichter, Ho-
merus. Der andre, der nach ihm kömmt, ist der Sati-
renschreiber Horaz. Ovidius ist der dritte. Und der letzte
ist Lukan. Da nun ein jeder mit mir gleichen Ehrenna-
men führet, den allein so eben die Stimme erschallen ließ,
so erweisen sie mir diese Ehre, und thun hierinn in so
weit nicht unrecht. So sahe ich die schöne Schule des
größten Meisters der heroischen Dichtkunst, der gleich einem Adler über alle andere erhaben ist, zusammen kommen. Erst sprachen sie ein wenig mit einander. Darauf
wandten sie sich zu mir, und grüßten mich, ohne zu reden, und er, mein Lehrer, lächelte seinen Beyfall hierzu.
Ja, sie bezeigten mir noch weit mehr Ehre. Denn sie
nahmen mich sogar mit in ihr Gefolge, so, daß ich nunmehro die sechste Person unter diesen so großen Geistern
war. Also giengen wir bis nach dem Lichte zu, und redeten

beten unterweges Sachen, von denen hier zu schweigen
eben so schön ist, als dort davon zu reden war.

Endlich kamen wir unten an ein prächtiges Schloß,
welches siebenfache hohe Ringmauern hatte, und rings
herum mit einem anmuthigen kleinen Flusse umgeben
war. Ueber diesen giengen wir, wie über festes Land,
hinüber: Durch sieben Thore gieng ich mit diesen Weisen, und wir kamen endlich auf eine mit einem frischen
Grün bekleidete Wiese.

Hier befanden sich Leute von gesetzten und ernsten
Blicken, und von einem majestätischen Ansehen. Sie
redeten wenig, und mit einer liebreichen Stimme. Wir
machten uns also auf der einen Seite an einen freyen
und erhabenen Ort, wo man alle, so viel ihrer waren,
recht in Augenschein nehmen konnte.

Dort, auf dem grünen und blumigten Gefilde,
wurden mir die großen Geister gezeiget, mit welchem Glücke, daß ich selbige gesehen, ich mich recht inniglich brüste. Ich sahe die ²) Elektra in einer zahlreichen Gesellschaft,

²) Elektra, eine Prinzeßinn der Königinn von Italien, Atlan-
ta, deren Prinz Dardanus Stifter von Troja war, und
von dem die Helden Hektor, Aeneas, und Cäsar abstam-
men. Camilla die kriegerische Königinn der Volsker, die
für den Turnus stritte, und deren Löwenherz das Rutu-
lische Heer so beherzt, als ihr Tod es niedergeschlagen
machte. Penthesilea, Königinn der Amazonen, die den
Trojanern im Kriege wider die Griechen beystand, und
vom Achilles getödtet ward. Lavinia, die erst dem Turnus, Könige der Rutuler, versprochen, hernach dem Aeneas zur Gemahlinn gegeben ward. Brutus, der den Rö-

C   mischen

schaft, unter denen ich den Hektor, den Aeneas, und den
kriegerischen Cäsar mit seinen Falkenaugen erkannte.
Auf der andern Seite sahe ich die Camilla und die Penthesilea.   Ich sahe den König Latinus, der mit seiner
Tochter, der Lavinia, da saß.   Den Brutus sahe ich, der
ehemals den Tarquin verjagte, die Lukrezia, die Julia,
die Marzia und die Cornelia, und abseits ganz allein
den Saladinus. Und als ich etwas weiter umher schaue-
te, sahe ich das Oberhaupt aller Weltweisen unter dem
philosophischen Geschlechte sitzen.   Alle bewundern und
verehren ihn.   Hier sahe ich auch den Sokrates, und den
Plato, welche beyde vor allen andern ihm vorzüglich
näher stehen. Da war Demokritus, welcher behauptet,
die Welt sey von ungefähr entstanden, Diogenes, Anaxa-
goras, Thales, Empedokles, Heraklitus, Zeno, und
der vortreffliche Naturforscher, den Dioskorides meyne
ich·   Weiter sahe ich den Orpheus, den Tullius, und
Linus, und den Sittenlehrer Seneka; den Mathema-
tiker,

mischen König, Tarquin den Hochmüthigen, aus Rom
verjagte, und dem Vaterlande die Freyheit wieder ver-
schaffte. Lukrezia, die keusche Gemahlinn des Collatinus,
die vom Sextus Tarquinius, dem Prinzen Tarquins des Hochmüthigen, mit List und Gewalt entehret wurde, weshalb sie,
zum Beweise ihrer Unschuld, sich selbst das Leben nahm. Julia, Cäsars Tochter, und Gemahlinn des großen Pompejus.
Marzia, Gemahlinn des Cato von Utika. Cornelia, Töchter
des Scipio Africanus, und Gemählinn des Gracchus,
eine Dame von seltner Klugheit und Beredtsamkeit. Sa-
ladin, Sultan von Babylonien, der mit Guido, Könige von Jerusalem, Krieg führte, ihn in einer Schlacht
über-

tifer, Euklides, und den Ptolemäus; den Hippokrates, den Avicenna, den Galenus, den Averroes, der das große Auslegungswerk verfertiget hat. Und ich bin nicht im Stande, eine vollständige Beschreibung von allen zu machen, weil ich zu sehr befürchte, es möchte selbige zum öftern der Sache selbst nicht beykommen.

Die Gesellschaft von Sechsen verminderte sich nun bis auf Zwey. Mein weiser Führer führte mich durch einen andern Weg aus dem stillen in den stürmischen Luftkreis. Und ich kam in eine Gegend, wo alles mit Dunkel und Finsterniß überzogen ist.

C 2

überwand, gefangen nahm, und ihn des Reichs beraubte. Das Oberhaupt der Weltweisen ist Aristoteles, über alle dessen Werke Averroes, ein Araber, das große Auslegungswerk geschrieben hat. Die übrigen sind als große Gelehrten zur Gnüge bekannt.

Fünfter

Fünfter Gesang.

Inhalt.

Dante geht in den andern Kreis hinein, und findet den Höllenrichter Minos, der da über alle verdammte Seelen Gericht hält. Dann hört er das Wehklagen der üppigen Sünder, die in finstrer Luft vom Winde stürmisch dahin und mit fortgerissen werden. Hier redet der Dichter mit zwo unglückseligen Seelen, und fällt vor Mitleiden wie todt zur Erden nieder.

Also stieg ich aus dem ersten hinunter in den andern Kreis, der einen kleinern Ort, doch desto mehr Weh, Weh zum Heulen, in sich schließt. Hier steht Minos, welcher, in einer schreckensvollen Gestalt, gleich einem beißigen Hunde, die knirschenden Zähne herweiset. So verhört er die Strafbaren bey ihrem Eintritte. So thut er den richterlichen Ausspruch über dieselben. Und so schickt er sie, nachdem er sich umgürtet, fort, hinunter in die Hölle. Denn, wann die verruchte Seele vor seinem Richterstuhle erscheinet, so bekennet sie alle ihre Verbrechen. Dieser Kenner von Sünden siehet alsdenn gleich, welcher Ort in der Hölle für sie gehöret. Hierauf umgürtet er sich mit seinem Schweife so vielmal, so viel Tiefen sie hinunter soll. Sie stehen zu allen Zeiten in großer Anzahl vor ihm. Sie treten eine nach der andern vor den Richterstuhl. Sie reden, hören, und dann stürzen sie hinunter.

So bald mich Minos erblickte, rief er, jedoch ohne dieses große richterliche Amt zu verwalten, mir zu:

zu: O du, der du zu den traurigen Wohnungen hieher kommst, stehe ja zu, wie du hereingehest, und
wem du dich anvertrauest! Laß dich nicht etwa die Weite
des Eingangs verführen! Allein mein Führer sprach zu
ihm: Was machst du doch für ein Geschrey? Ver-
hindre ihn nicht an dem Fortgange seiner über ihm ver-
hängten Reise.   Denn also will man es dort oben,
wo man alles thun kann, was man nur will; und
weiter verlange nichts.

Nunmehro fingen die traurigen Stimmen an,
sich hören zu lassen.   Nun war ich da angelangt, wo
das viele Wehklagen mein Herz gleichsam durchbohrte.
Ich kam in einen Ort, der, alles Lichts beraubt,
ganz erschrecklich brüllte, gerade wie das Meer, wann
es von einem Ungewitter mit widrigen Sturmwinden
bekrieget wird.   Die höllischstürmische Luft, die nie
zum endlichen Aufhören stille und ruhig wird, reißt die
Geister durch ihre ungestüme Bewegung mit sich fort,
und martert sie durch ihr Stoßen und Herumwerfen
über die Maßen, so bald sie vor dem Abgrunde des Ver-
derbens anlangen.   Hier höret man ein Knirschen und
Klappern der Zähne, ein jämmerliches Weinen und
Wehklagen, und wie sie die göttliche Allmacht lä-
stern.

Ich vernahm, daß zu dieser also eingerichteten
Qvaal die üppigen und fleischlichen Sünder verdammt
wären, welche die Vernunft den Begierden und Leidenschaften unterwerfen.

So wie die Staare in kalten Tagen zu ganzen
breiten und dicken Schaaren ihren Flug nehmen — so
führet jeder Sturm die verdammten Geister bald hieher,

C 3   bald

bald dorthin, bald hinauf in die Höhe, bald hinunter
in die Tiefe, mit sich fort.

Keine Hoffnung, weder endlicher Ruhe, noch einer gelindern Strafe, giebt ihnen jemals, auch nicht die
mindeste Erquickung.

Und wie die Kraniche die Luft in langen Reyhen
durchziehen, und ihren Gesang winseln ‒‒‒ eben so
sahe ich die Schatten in der ungestümen Luft, mit
kläglichem Gefchrey, daher gezogen kommen, weßhalb
ich sagte: Mein Lehrer, o! was sind das für Leute,
welche die schwarze Luft so züchtiget? ‒‒‒

Die erste von den Seelen, deren Umstände du
zu wissen verlangest, antwortete er mir hierauf, war
ehemals Beherrscherinn vieler Völker und Nationen.
Durch das Laster der Unzucht wurde selbige dermaßen
verkehrt, daß sie in ihren Gesetzen die Wollust erlaubte,
um die Schande, in die sie gerathen war, wieder von
sich zu wälzen. Semiramis ⁹) ist es, von der man
lieset,

⁹) Semiramis, Königinn von Assyrien, von der man erzählet,
   sie habe ihren Gemahl umbringen lassen, und mit ihrem
   Prinzen Blutschande getrieben. Dido, eine königliche
   Prinzeßinn, die der Asche ihres Gemahls das Gelübde
   that, sich nicht wieder zu vermählen, aus Liebe aber
   zum Aeneas es brach, dessen Abreise von ihr aus Afrika
   nach Italien sie zur Verzweiflung brachte, daß sie sich, so
   verlassen, selbst entleibte. Cleopatra, die bekannte üppige und unzüchtige Aegyptische Königinn, die sich zuletzt
   selbst umbringen mußte. Helena, die schöne Prinzeßinn
   des Königs Tyndar, und Gemahlinn des Spartanischen
   Königs Menelaus, die, in seiner Abwesenheit, Paris,
                                                    ein

liefet, daß sie dem Minus in der Regierung gefolget,
und seine Gemahlinn gewesen sey. Sie hatte das Land
im Besitz, das der Sultan beherrschet. Die andre ist
Dido, die aus verliebter Raserey sich selbst erstach,
und der Asche des Sichäus die zugeschworne Treue
brach. Dann kommt die üppige Cleopatra. Ich sahe
die Helena, die so unglückselige Zeiten nach sich zog.
Ich sahe den großen Achilles, der zuletzt noch mit der
Liebe kämpfte. Ich sahe den Paris, den Tristan; und er
zeigte

C 4

ein Prinz des Trojanischen Königs Priamus, höchst ungerecht raubte, nach Troja entführte, und sie zu seiner
Gemahlinn nahm, worauf der blutige Krieg der Griechen
wider die Trojaner, die zehnjährige Belagerung und end-
liche Zerstörung der Stadt Troja erfolgte. Achilles,
der große Griechische Held, dessen Kampf mit der Liebe
entweder auf die Liebe zu seiner eroberten Briseis zielet,
die ihm Agamemnon entriß, weshalb er durchaus nicht
mehr fechten wollte, oder den unglücklichen Zustand an-
zeiget, in den er durch die Liebe gerieth, die er zur Prinzeßinn Polyxene äußerte, um die er bey ihrem Vater Priam
anhielt. Diese stellte sich, als wolle er seine Einwilligung in diese Vermählung geben, und beschied ihn dazu in
den Tempel des Apollo, wo der, hinter einer Säule versteckte Prinz Paris den verliebten Helden mit einem Pfeile
schoß, woran er sterben mußte. Tristanus, ein Enkel
des Königs Markus von Cornwall in Großbritannien,
der erste irrende Ritter, der aus Liebe zur Königinn Isot-
ta Wunder der Tapferkeit that, vom Könige Markus aber,
der ihn in wollüstiger Entehrung der Königinn antraf, mit
seiner eigenen stets so glorreich siegenden Lanze durchstochen
wurde.

zeigte mir mehr, als tausend Schatten, und nennete
sie alle an den Fingern her, welche die Liebe ums Leben
gebracht hatte.

Nachdem ich meinen Lehrer die alten Heldinnen
und Helden hatte nennen hören, bemächtigte sich das
Mitleiden meines Herzens, und ich wurde fast wie
zweifelmüthig. Großer Dichter, fing ich darauf an,
könnte ich nicht die [10]) Beiden dort sprechen, die da
mit einander herkommen, und dem Winde so leicht
zu seyn scheinen? — Wann sie näher bey uns seyn
werden, antwortete er mir, da wirst du sie besser sehen, und alsdenn bitte sie um der Liebe willen, welche ihr Führer ist, so werden sie kommen, so bald sie
der Wind auf uns zu lenket.

O! ihr geängsteten Seelen, rief ich so fort, o!
kommet, und redet mit uns, daferne es sonst niemand verhindert!

Wie Tauben, gereizt von Lust, und von Begierde hingerissen, in vollem Fluge durch die Luft fort,
und

10) Diese beiden Geister waren ehedem Francisca und Paolo
von Malatesta. Sie war eine Tochter des Guido von Polenta, Herrn zu Ravenna, und wurde von ihm mit Lancillotto von Malatesta, einem sonst braven, nur nicht
schönen Herrn, vermählet. Unglückliche Ehe! Denn sie
und Paolo, ein schöner und artiger Cavalier, aber der
leibliche Bruder ihres Gemahls, liebten einander, und
wurden von Lancillotto, der sie in Ehebruch und Blutschande überfiel, alle beide zugleich ermordet. Für diesen
Brudermord erwartet ihn Caina, welcher Ort ein Kreis
der Hölle ist, wo dergleichen Ermordungen bestraft werden.

und zum Neste ihrer Wollust hin eilen — eben so
eilten sie aus der Schaar, wo Dido sich befindet, und
kamen durch die verdammte Luft zu uns; so stark war
der herzliche Zuruf!

O! du liebreiches und gütiges Geschöpf, das die
unseligen Gegenden durchreiset — wir, die wir jene
Erde mit unserm Blute färbten, wäre der Beherrscher
der Welten uns gnädig, wie gerne wollten wir für
deine Ruhe ihn anflehen! weil du mit unserm traurigen Schicksale Mitleiden hast. Sage, was dir gefällig ist, das wir hören und reden sollen, wie wollen
hören und mit euch reden, so lange der Wind, so wie
itzt, stille und ruhig ist. Dort an dem Meere, in welches
sich der Po mit seinen übrigen Flüßen zu ihrer gemeinschaftlichen Ruhe ergießt, da liegt das Land, wo ich
gebohren ward. Die Liebe, die ein edles Herz plötzlich einnimmt, bemächtigte sich auch hier des Herzens
der schönen Person, die mir entrissen wurde, und wie,
das kränkt mich noch itzund. Die Liebe, die jedoch
keinem vermählten Theile ein andermeitiges Lieben jemals vergiebt, nahm mein Herz mit so starker Gegenliebe ein, daß diese, wie du siehst, mich noch nicht
verläßt. Die Liebe führte uns endlich zu gleichem Tode,
für welches Opfer jedoch Caina den zur Bestrafung erwartet, der uns das Leben raubte. Dieß waren ihre
Worte, die sie zu uns sprachen.

So lange ich diesen geplagten Seelen zuhörte,
hatte ich die Augen niedergeschlagen, und sahe noch
immer für mich nieder, bis Virgilius zu mir sagte:
Auf was sinnst du? O Unglück! antwortete ich endlich,
o! was für süße Empfindungen, o! was für starke
Triebe veranlaßten ihr trauriges Schicksal! Hierauf

E 5   wandte

wandte ich mich zu ihnen, und sagte: Francisca, ich
möchte weinen, so niedergeschlagen und weichmüthig
machen mich deine Quaalen. Allein sage mir nur:
Damals, als ihr noch zärtlich seufztet, bey was für
Gelegenheit, und auf was für Art gab denn die Liebe
zu, daß ihr euch den bedenklichen und gefährlichen
Trieben überließet? Ach! antwortete sie, in seinem
Elende sich seiner ehemaligen glücklichen Zeiten erinnern,
o! wo ist wohl — und das weiß dein Lehrer — ein
Schmerz, der diesem gleicht? Allein, da du ein so sehnliches Verlangen hast, den ersten Ursprung unsrer
Liebe zu wissen, so will ichs machen, wie ein Unglückseliger, der zugleich weint und redet. Wir lasen an einem
Tage zum Zeitvertreib von Lanzilotto, wie ihn die Liebe
gefesselt hatte. Wir waren allein, und glaubten uns
sicher vor allem Verdachte. Dieses Lesen reizte zu
verschiedenen malen unsere Blicke, und verfärbte uns
das Gesicht. Doch nur ein einziger Umstand überwand uns gänzlich. Denn als wie von dem lächeln-
den Verlangen lasen, von einem so zärtlichen Liebha-
ber geküßt zu werden, da umarmte mich dieser, der
unzertrennlich mit mir vereinigt bleiben wird, und
küßte mir, ganz zitternd küßte er mie den Mund.
Galeotto *) hieß das Buch, und der es geschrieben
hat. Und ach! denselben Tag lasen wir nicht weiter. ——

In-

*) Galeotto ist ein Roman, der zu Zeiten des Dante
von großem Werthe war, dessen Liebesheld den Namen
Lanzillotto führte, und der eine Geliebte hatte, die Gine-
vra hieß. Das Lesen dieses Romans war bey dem Paolo

Indem der eine Geist dieses sagte, weinte der andre so bitterlich, daß ich, vor Mitleiden und Wehmuth, als stürbe ich, in Ohnmacht sank, und wie ein todter Mensch zur Erden niederfiel.

von Malatesta und der Francisca von eben der Wirkung, die bey den Romanhelden erfolgte, oder durch so genannte Liebesseusale fast iederzeit zu erfolgen pflegt.

Man mache überhaupt von allen traurigen Folgen unerlaubter Liebe vernünftigen Gebrauch. Man lasse sich die niedrigen Beyspiele hoher Personen und großer Gelehrten nicht blenden. Man bezeige sich in allen Vorfällen und Gelegenheiten gegen wollüstige Thoren nicht zur Unzeit sittenrichterisch, satirisch und unhöflich, sondern gehe bescheiden, artig und vorsichtig mit ihnen um, und ziehe sich durch eine erlaubte Verstellung und kluge Erfindung, aus oft unvermeidlichen Verlegenheiten zu Gesellschaftsvergehungen, mit Manier heraus. So rettet man seine Tugend durch Klugheit zu einem Muster, und so bessert man rühmlicher, allgemeiner und geschwinder, als wenn man Personen mit moralischem Sturme, mit satirischer Bosheit, oder mit empfindlicher Unhöflichkeit angreift, Personen, die wegen ihrer Gelehrsamkeit, Geburt, und wichtigen Aemter verehrungswürdig, oder gar als Götter der Erden heilig sind, und die alle vorzüglich wissen, daß sie dereinst Rechenschaft geben müssen, und daß ihre Exempel von den allerwichtigsten Eindrücken und Folgen sind.

Sechs

Sechster Gesang.

Inhalt.

Der Dichter kommt von seiner Ohnmacht wieder zu sich selbst, und befindet sich in dem dritten Kreise der Hölle. In diesem werden die Schwelger von dem Höllenhunde Cerberus geplaget, und von einem grausamen, mit Schnee und Hagel untermengten Regen gepeiniget. Dante redet mit Ciacco, und kommt hierauf mit seinem Begleiter an den Ort, der in den vierten Kreis hinunter führet, wo sie den grimmigen Pluto antreffen.

Ja, ich fühle allmählig die Empfindung wieder in mir zurückkommen, die vor dem Mitleiden mit den beiden Anverwandten von mir gewichen war, und welches mich in die traurigste Verlegenheit gesetzt hatte. Aber ach! wo ich mich hin bewege, wo ich mich hinwende, wo ich nur hinsehe, da sehe ich mich schon wieder mit neuen Quaalen, mit neuen Gequälten umgeben. Ich bin im dritten Kreise des ewigen, verfluchten, kalten und ungestümen Regens. Hier ist an irgendeine Veränderung und Abwechselung nie zu gedenken. Großer Hagel, schwarzer Regen und Schnee ergießen sich durch die düstere Luft, wovon die Erde stinkt, auf die es herabfällt. Cerberus, das grausame Unthier, dieses Ungeheuer bellt aus drey Rachen das Volk an, das hier bis zum Ersticken eingeschlammt liegt. Er hat feuerrothe Augen, einen pechschwarzen und fettglänzenden Bart, einen weiten Bauch, und mit Krallen bewaffnete Klauen. Er

krallt

krallt, schindet und zerfleischet die Schatten. Der Regen macht, daß sie wie Hunde heulen. Sie suchen von
einer Seite zur andern auszuweichen, und drehen und
wenden sich, o wie oft! die sinnlichen Bösewichter.

Da Cerberus, die ungeheure Bestie, uns gewahr wurde, sperrte er seine Rachen auf, und wies uns seine
Hauer. Es war auch kein Glied an seinem ganzen Leibe, welches er stille hielt. Allein mein Führer spannte
seine Hände aus, nahm Erde, und warf ihm ganze Fäu-
ste voll in die gierigen Schlünde hinein.

So, wie sich ein Hund geberdet, der freßbegierig
bellt, und sich wieder besänftiget, so bald er das Fref-
sen unter seinen Zähnen hat, welches er allein zu verschlingen begehret und kämpfet — eben so war der
Anblick der unfläthigen Gesichter des teuflischen Cerberus, der die Seelen dermaßen betäubet, daß sie ewig taub
zu seyn wünschen.

Wir giengen über die unseligen Schatten hinüber,
die der schwere Regen alle dicht zusammen dort nieder-
wirft, und traten auf ihre Eitelkeiten, die wie Menschen aussehen. Sie lagen alle insgesammt auf der Erde danieder. Nur eine einzige richtete sich in die Höhe,
und setzte sich, so bald sie uns vorbey gehen sahe. O
du Sterblicher, sagte sie zu mir, der du durch die Hölle
geführet wirst, kennest du mich nicht mehr? Du lebtest
schon, ehe ich starb. — Dein kläglicher Zustand, antwortete ich, bringt dich vielleicht aus meinem Gedächtnisse, so, daß ich mich nicht entsinnen kann, dich jemals
gesehen zu haben. Wer bist du aber, daß du zu einem
so traurigen Orte, und zu einer so eigenen Strafe verdammt bist, die unter allen, auch noch härtern, doch
wohl die allerwidrigste ist?

Deine

Deine Geburtsstadt, erwiederte er, die so voll
Neid ist, daß sie gleichsam davon überläuft, war die
Stadt, die auch mich damals Lebenden in sich schloß.
Ihr Bürger daselbst nanntet mich nur Ciacco [12]). Die
schlemmerische Kehle ist die schädliche Ursache, daß mich,
wie du siehst, der Regen so abmartert, und ganz ent-
kräftet. Und ich bin nicht die einzige unglückselige Seele.
Alle diese hier haben gleiche Strafe, wegen gleicher
Schuld, auszustehen. Hier schwieg er stille. Dein
Elend, Ciacco, sagte ich hierauf, macht mich bis zum Weinen niedergeschlagen. Aber sage mir nur, wenn du es
weißt, wohin es mit den Bürgern der uneinigen Stadt noch
endlich kommen werde. Ist denn darinnen niemand gerecht — Und die Ursache sage mir doch, warum eine so
große Uneinigkeit da eingerissen ist? ——   Nach

---

12) Ciacco war ein großer Gelehrter von Stande, und kluger
Staatsmann, aber von einer sinnlichen und unreinen Lebensart. Diesem legt Dante so wichtige Fragen vor, weil
er, als ein solcher, durch die sinnliche Vertraulichkeit mit
so vielen seines gleichen von der Regierung mehr wissen konnte, als ein tugendhafter Gelehrter und Staatsmann nicht
erfährt, dem jene unreine Zunft schon nicht trauet, und vieles verbirgt. Und wäre der sinnliche Bösewicht nicht in der
Hölle gewesen, so hätte er vielleicht auch nicht so offenherzig
und eifrig geantwortet, und noch zuletzt warnend ausgeru-
fen: Denkt an mich! das ist: Lernet aus meinem unstäti-
gen Beyspiele, daß kein Gelehrter, kein Minister, kein Regent, kein Mensch ohne Tugend glücklich werden kann!
Die Bürger in Florenz nennten ihn nur Ciacco, welches auf
deutsch ein Schwein heißt. Und ein solches gelehrtes und vor-
nehmes Schwein ist ein theoretischer Mensch und practisches
Vieh.

Nach langen Zanken und Streiten, antwortete er mir, wird es am Ende zum Blutvergießen ausschlagen, und die aus den waldigten ") Gegenden werden die andre Partey, zu großem Nachtheile derselben, verjagen. Hierauf aber werden jene in drey Jahren fallen, und diese wird durch die Gewalt desjenigen, der itzo sich verstellt, völlig den Platz behalten. Der wird stolz eine geraume Zeit herrschen, und die eine Partey unter sehr schweren Lasten dermaßen pressen, daß sie darüber weinen und sich schämen werden.

Zwey ") in der Stadt sind gerecht, sie werden aber nicht gehöret.

Und

---

13) Die aus den waldigten Gegenden sind die Weissen, welche die Partey der Schwarzen verjagen werden. Hernach wird die Macht und Verstellung Carls von Valois, eines Vetters Philipps des Schönen, Königs von Frankreich, die Weissen verjagen. Denn Pabst Bonifacius, der achte, schickte Carln nach Florenz, die Einigkeit der Stadt wieder herzustellen. Dieser Prinz machte von dieser erwünschten Gelegenheit so genannten politischen Gebrauch, entblößte die Einwohner von Gelde, bereicherte sich, und setzte die Stadt in noch größere Verwirrung. Das ist die letzte Hülfe! Bonifacius und Cael verstanden sich mit einander, wie oft Commendanten im Kriege mit ihren Platzmajoren sich zu verstehen pflegen.

14) Einige Ausleger verstehen durch diese Zwey in der Stadt, zwey gerechte und tugendhafte Richter, nämlich den Dante und den Guido Cavalcanti. Hier, und in dem ganzen Gesange, öffnet sich einem nachdenkenden Leser ein reiches Feld von großen Betrachtungen und Anwendungen.

Sein-

Und Stolz, Geiz und Neid sind die drey Feuer der Uneinigkeit, welche die Herzen entzündet haben.

Hiemit beschloß er seine klägliche Rede. Ich aber sagte: Möchtest du mich doch weiter belehren, und mir die Gefälligkeit erzeigen, noch etwas zu reden! Farinata und Tegghia, die so angesehen waren, Jacob Rusticucci, Arrigo und Mosca, imgleichen die übrigen, die dem Anscheine nach recht darauf studirten, zum allgemeinen Besten edel zu handeln, o! sage mir, wo sind die? — und laß sie mich sehen! — denn ich habe ein recht bringendes Verlangen, zu wissen, ob sie der Himmel belohnet, oder die Hölle bestrafet. O! die sind, antwortete er, unter den schwärzesten Seelen. Verschiedene schwere Schulden drücken sie weit hinunter in die Tiefe. Wenn du so tief hinabsteigest, da kannst du sie sehen. Allein, wenn du wieder auf deiner glücklichen Erde seyn wirst, da bitte ich dich, denke an mich! Mehr sage ich, und mehr antworte ich dir nicht. Hierauf verkehrte er die starren Augen, schielte mich noch einmal an, neigte den Kopf, und fiel mit demselben, gleich den übrigen blinden Seelen, zur Erde nieder.

Itzt sagte mein Führer zu mir: Nun steht er nicht wieder auf, als bis sie alle der schreckliche Schall der englischen Posaune aufrichtet. Wann dann ihr mächtiger Feind erscheinet, da wird ein jeder sein trauriges Grab wieder finden, sein Fleisch und seine Gestalt

Kein Schimmer äußrer Macht, kein Geld, das Sklaven rühret,
Hält den Gerechten ab, zu thun, was ihm gebühret.

Lichtwer.

stalt wieder annehmen, und das hören, wovon Ewig=
keiten ertönen werden.

So giengen wir mit langsamen Schritten durch
den von dergleichen Schatten und Regen vermischten
Unflat fort, und redeten ein' wenig vom zukünftigen
Leben.

Aber, mein Lehrer, sagte ich dieserwegen, wer=
den denn die Martern, nach jenem großen richterli=
chen Ausspruche, vermehret, oder werden sie vermin=
dert, oder bleiben sie gleich peinlich? Frage deine Welt=
weisheit, antwortete er mir, die sagt: Je vollkomme=
ner eine Sache ihrem Wesen nach ist, je vollkommener
sey auch ihre Empfindung des Glücks, und folglich
auch des Unglücks. Gelangt nun zwar dieses ver=
dammte Volk' nie zu einer wahren moralischen Voll=
kommenheit, so erwartet es doch dereinst ein vollkommne=
res [15]) natürliches Wesen, als ihr gegenwärtiges ist.

Wir giengen die Straße rund herum, und rede=
ten viel mehr, als ich wiedersagen kann. Endlich
kamen wir an den Ort, wo der Weg abfällt, und wo
wir hinunter stiegen. Und hier war es, wo wir den
mächtigen Feind Pluto antrafen.

15) Alle Seelen der Menschen erhalten ein vollständigeres We=
sen, wann sie zum allgemeinen Weltgerichte und zur Ewig=
keit mit ihren Leibern wieder vereiniget werden; welche
Vereinigung den Seligen zu größerem Vergnügen und
Glücke, und den Verdammten zu größerem Elende und
Unglücke gereichen wird.

D   Sie=

Siebenter Gesang.

Inhalt.

Dante steigt mit dem Virgilius in den vierten Kreis der Hölle hinunter. In diesem sieht er die Verschwender, und die Geizhälse, welche die schwersten Lasten wider einander fortwälzen. Von da läßt er sich in den fünften Kreis hinab, wo der sumpfigte Styx ist, in welchem die Zornigen auf verschiedene Arten sich zerschlagen, und sich mit den Zähnen in Stücken zerreissen. Endlich kommen sie an einen hohen Thurm.

Pape Satan, Pape Satan Aleppe! — Mit diesen zauberischen Tönen erhob Pluto so fort seine gluchzende Stimme. Allein mein vorsichtiger Weiser, der alles verstand, sagte, um mich wieder anzufrischen: O! mäßige deine Furcht. Er sey auch noch so mächtig, so kann er dir doch den Gang hier hinunter nicht wehren. Hierauf kehrte er sich zu der aufgeworfenen Schnauze, und sagte: Schweig, verfluchter Wolf, und verzehre dich in dir selbst durch deine verdammte Wuth. Dieser Gang in die Tiefe hat seine Ursache. Dort oben, wo Michael den stolzen Aufruhr rächte, da will man es also.

So, wie vom Winde aufgeblasene Segel, wenn der Mastbaum zerbricht, zusammenfallen ——— eben so fiel das grausame Ungeheuer zur Erden nieder. Also stiegen wir in den vierten Pfuhl und Kreis hinunter.

Und

Und hier an diesem traurigen Ufer, hier litt erst unsre Empfindung. Denn das Hauptübel ¹⁶) der ganzen Welt ist gleichsam hier eingepfropft. O! du göttliche Gerechtigkeit! O! so grosse neue Martern und Strafen, als ich hier sahe, wer bringt die so aufgehäuft zusammen? Aber ach! unsre Schuld, warum bringt die solche Mißgeburten hervor! ——

So wie dort die Wellen Charybdis mit denen, die auf sie stoßen, gewaltsam zusammenschlagen, und

D 2   sich

---

16) Nichts ist in der Welt allgemeiner, lasterreicher und schädlicher, als die Verschwender und Geizhälse, die also billig das Hauptübel der ganzen Welt genennt werden können. Beide machen sich in der Ewigkeit marternde Vorwürfe über die Ursachen ihres Unglücks. Aber was hältst du? Aber was narrest du? so schreyen sie wider einander. Warum hieltst du, Geizhals, in der Zeit mit den Glücksgütern so lieblos, so unbehülflich, so unmenschlich an dich? Warum triebst du, Verschwender, mit den Glücksgütern so ein förmliches Narrenspiel? Und so rufet noch lebenden Menschen jene unvermeidliche Ewigkeit warnend zu: Lasset euch weder den Geiz unwürdiger Priester, noch die glänzenden Verschwendungen sinnlicher Großen bethören! Reisset, durch den Ueberfluß eures Vermögens, Unglückliche aus ihrem Elende, und machet sie glücklich! Helfet! lebet zum Wohl der Menschen!

Genießt mit frohem Muth der Güter dieses Lebens!
Seyd liebreich, menschlich, helft, lebt keinen Tag vergebens!
So baut ihr euer Wohl, sonst aber wahrlich nicht.
Kurz, wollt ihr glücklich seyn, so lebt nach eurer Pflicht.
                   Der Uebers.

sich zerarbeiten —— eben so muß das Volk hier wie im
Wirbel herumkreisen. Hier sahe ich Volk über Volk,
mehr, als irgendwo, und selbiges auf allen Seiten,
mit schrecklichem Geheule, die schwersten Lasten blos mit
der Brust fortwälzen. Sie stießen gewaltsam auf und
wider einander, so, daß sich alsdenn ein jeder herum-
drehete, zurück wälzte, und schrie, der eine: Aber
was hältst du? der andre: Aber was narrest du? So
trieben sie sich alle durch und wider einander in dem
schwarzen Kreise herum, und schrien sich auch dabey
ihren schändlichen Gesang zu. Hernach kehrte ein jeder,
wenn er seinen halben Kreis durch, und an das andere Ende der unseligen Laufbahn hin war, so wieder um.

Vor Jammer meines Herzens sagte ich: Mein
Lehrer, unterrichte mich doch, was ist das für ein Volk?
und sind denn diese Beschornen hier zur linken lauter
Geistliche? Alle, antwortete er mir, sie alle insgesamt
sind in ihrem ehemaligen Leben so geistlichblind gewesen, daß ihr ganzes Betragen unmäßig war. Das bellt
gleichsam ihre Stimme deutlich gnug heraus, wann sie
an die beyden Enden des Kreises kommen, wo ihre ent-
gegengesetzten Verschuldungen sie von einander scheiden.
Diese hier waren Geistliche, deren Haupt mit Haaren
nicht bedeckt ist, und Päbste und Cardinäle, die der Geiz
außerordentlich beherrschet. Unter solchen, sagte ich, die
sich mit dergleichen Lastern verunreiniget haben, sollte ich
wohl einige kennen. Vergebener Einfall! erwiederte
mein Lehrer. Denn ihr unbekanntes Leben, das sie zu
solchen Schenkalen machte, hat sie nun vollends so häß-
lich geschwärzt, daß sie ganz und gar unkennbar sind.
Ewig werden alle beide so wider einander anlaufen.

Und

Und dereinst werden sie noch, diese mit zugemachter Faust,
und jene mit gestutzten Haaren, aus ihren Gräbern auf-
erstehen. Denn Unmäßigkeit im Geben, und Unmäßigkeit im Behalten hat sie dort um den schönen Himmel,
und hieher, in diese Raufhölle gebracht, deren häßliche
Beschaffenheit keine nähere Schilderung verdienet.

Hier aber, mein Sohn, kannst du die kurzen Eitelkeiten der Güter, die dem Glücke überlassen sind, kennen lernen, um derentwillen Menschen, die ewig leben sollen, einander beständig in den Haaren liegen. Denn alles Gold,
das unter der Sonne ist, ja das von jeher in der Welt gewesen ist, kann nun auch nicht einer einzigen von diesen mat-
ten und schmachtenden Seelen nur die geringste Ruhe verschaffen.

Mein Lehrer, da du des Glücks Erwähnung thust, so
sage mir nun auch, was es für eine Bewandniß damit hat,
daß es die Güter der Welt so fest in Händen hält.

O ihr thörichten [17]) Geschöpfe, war seine Antwort,
wie groß ist doch die Unwissenheit, die euch umnebelt!
Wohlan, so vernimm wohl, was ich dir sage.

Der, dessen Verstand alles Denken übersteigt, machte
die Himmel. Er gab ihnen Regenten und Führer, so, daß
alles, durch die gehörige und ebenmäßige Vertheilung des
Lichts, von einem Ende bis an das andere glänzt und leuch-
tet. So setzte eben der Herr auch über die irrdischen Herr-

D 3　　　　lich-

---

17) Du wünschest dir mit Angst ein Glück,
　　Und klagst, daß dir noch keins erschienen.
　　Klag nicht, es kommt gewiß ein günstger Augenblick;
　　Allein bitt um Verstand, dich seiner zu bedienen:
　　Denn dieses ist das größte Glück.

　　　　　　　　　　　　　　　　Gellert.

lichkeiten eine allgemeine Auffeherinn und Regentinn.
Diese sollte zu seiner Zeit mit den Gütern der Eitelkeit eine
Veränderung und Abwechselung vornehmen, und selbige
von Volk zu Volk, und von einem Geschlechte auf das andere bringen.　Und dieses allem Sträuben menschlicher
Klugheit und Anschläge ohngeachtet.　Daher kömmt es,
daß ein Volk herrschet, das andere unter dem Drucke
schmachtet. Denn es geht alles nach ihrem Rathe und
Willen, der aber vor uns verborgen ist, so, wie die
Schlange im Grase vor uns verborgen liegt. Euer
Verstand vermag auch nichts wider sie.　Sie sorgt
für alles, sie veranstaltet und schlichtet alles, kurz, sie
thut das in ihrem Reiche, was die andern Götter in
den ihrigen thun.　Ihre Veränderungen leiden keinen
Stillstand.　Die Nothwendigkeit macht sie so eilfertig.
Und so oft sie kommt, so oft geht eine glückliche oder
unglückliche Veränderung mit dem Menschen vor. Das
ist nun die, die unter dem Namen des Glücks und des
Schicksals von denen so viel leiden muß, die sie doch von
rechtswegen verherrlichen sollten, die sie aber vielmehr
so ungerechter Weise schänden, verwünschen und verstu-
chen.　Wiewohl sie ist in sich selbst selig, und hört nicht
darauf.　Sie geht mit den andern zuerst geschaffenen
Creaturen vergnügt und freudig in ihrer Laufbahn fort,
und lebt so höchst zufrieden und selig.

　　Nun komm, und laß uns zu noch größerm
Jammer weiter hinunter steigen.　Die Sterne neigen
sich schon wieder zum Untergange, welche in die Höhe
stiegen, da ich hieher aufbrach.　Und allzulange hier
zu bleiben ist auch verboten.

　　Wir giengen gerade durch den Kreis nach dem
andern Ufer zu, über eine siedende Quelle, welche sich

in

in und durch einen von ihr selbst entspringenden Graben ergießt. Das Wasser war mehr trübe als schwärzlich. Und wir kamen mit den grauen Wellen durch
einen besondern Weg endlich hinunter, und in den
fünften Kreis der Hölle hinein.

Dieser traurige Fluß machet, wenn er an die
Grenzen dieser verfluchten düstern Gegenden hinab-
kommt, daselbst ein großes sumpfigtes Gewässer, welches den Namen Styx führet.

Wie ich nun so ganz aufmerksam alles betrachtete, erblickte ich da in dem Pfuhle mit Koth befleckte
Leute, die alle nackend waren und sehr ergrimmet aussahen. Diese zerschlugen sich nicht nur mit den Händen, sondern sie zerstießen sich auch mit den Köpfen,
mit der Brust, und mit den Füßen, und zerfleischten
sich überall mit den Zähnen. Mein Sohn, sagte da
mein Lehrer, hier siehst du die Seelen derer, die sich
vom Zorne dahin reissen lassen. So kannst du mir
auch sicher und gewiß glauben, daß unter dem Wasser
sich Leute befinden, die da seufzen und leiden, und
die das Wasser hier aufwallend machen, wie du auch
selbst siehst, daß es Kreise wirft. Sie stecken in dem
Schlamme, und klagen und sprechen: In der heitern
anmuthigen Luft, welche die Sonne erfreuet, waren
wir finster und traurig, und verunreinigten sie durch
unser menschenfeindlich [18]) träges und faules Wesen.

D 4 Und

---

18) Hochmuth unter Unwissenden von Adel und unter gelehrten Thoren erzeuget oft in ihren unmenschlichen Herzen
einen heimlichen Groll wider verdienstvolle, nützliche und
wahre Menschen, der sie von der Erfüllung ihrer Pflichten

Und nun müssen wir uns hier, in dem stinkenden und faulen Sumpfe, noch darüber betrüben und quälen. Dieses Klagelied gurgeln sie gebrochen aus der Kehle heraus. Denn mit ganzen Worten können sie es nicht heraus bringen.

So giengen wir, in einem großen Bogen, auf dem trockenen Ufer bis an die Mitte des kothigen Pfuhles herum, und hatten die Augen nur auf die Unseligen, die den Unflat so in sich schlurfen und schlucken mußten, gerichtet, bis wir endlich an einen Thurm hin kamen.

ten abhält, und nach und nach in eine menschenfeindliche Trägheit versenkt. Aus Stolz vernachläßigen sich Edle von Geburt zu menschlichen Misgeburten. Aus Stolz studiren und streiten sich Gelehrte zu Unmenschen. Aus Stolz phantasiren beide sich menschenfeindlich, pflichtlos, nichtswürdig, unglücklich.

Ists möglich, daß du dich des Adels wegen brüstest,
Den du durch dein Verdienst nie zu erwerben wüßtest?
Dich bläht die Wissenschaft: bist du allein gelehrt?
Bedenke, daß in dir man keinen Leibnitz ehrt,
Auch keinen Bayle sieht. —

Lichtwer.

Wie glücklich, wie verehrungswürdig sind nicht die von Adel, und die Gelehrten, die, freudig über ihre Vorzüge, zum Wohl der Menschen, auch vorzüglich edel, gelehrt und tugendhaft handeln! Nur der weise und gütige Menschenfreund ist ein wirklicher von Adel, und ein ächter Gelehrter.

Achter Gesang.

Inhalt.

Dante steigt mit seinem Führer in das Schiff des Phlegyas hinein, und trifft, im Ueberfahren über den sumpfigten Styx, den Philipp Argenti da an, deſſen ſchreckliche Plage er mit anſieht. Endlich kommen ſie an die Plutoniſche Stadt, wo ſie hinein gehen wollen, aber eine große Menge Teufel finden, die dem Virgilius das Thor vor ſeinem Angeſichte zuſchließen.

Ich habe nur abgebrochen, und will nun wieder fortfahren. Noch eine geraume Zeit zuvor, ehe wir an den hohen Thurm kamen, giengen ſchon unſere Augen hinauf in die Höhe, nach den zwo kleinen Flammen, die wir ganz oben erblickten. Und noch ſo eine andre zeigte ſich von weitem, doch ſo entfernt, daß man ſie kaum mit den Augen erreichen konnte. Da wandte ich mich ganz gegen das Meer zu, und ſagte: Was iſt das hier für ein Feuer? — Und dort zeigt ſich noch ſo eins gegenüber! — Wer mögen die ſeyn, die es machen? — Da kannſt du, ſagte er zu mir, da auf den kothigen Wellen kannſt du nun ſchon merken, was wir zu erwarten haben, du müßteſt es denn vor Dunſt des Sumpfes nicht erkennen können.

Noch iſt wohl auf der Welt kein Pfeil, von einem Bogen abgeſchoſſen, ſo ſchnell ab und durch die Luft geflogen, ſo ſchnell ich ein kleines Schiff mit einem einzigen Ruderknechte auf uns zu kommen ſahe, wel-

cher

cher schrie: Nun, du zornige und rachgierige Seele, bist
du da? Phlegyas, Phlegyas, sagte mein Herr, du
schreyst dießmal vergebens.   Du sollst uns nicht länger
behalten, als bis wir über den Pfuhl sind.

So wie einer da steht, der einen großen Betrug
anhört, den man ihm gespielt hat, und sich hernach
unwillig und unmuthig darüber geberdet — eben so
bezeigte sich Phlegyas mitten in seinem Grimme.

Mein Führer stieg also ins Schiff, und ließ mich
hernach auch zu sich hinein steigen.   Und nun, als
ich drinnen war, schien es erst seine Ladung zu haben.
So bald wir alle beide in dem Fahrzeuge waren, gieng
das alte Seelenschiff tiefer in Wasser, als es sonst mit
andern zu thun pflegt.   Als wir nun den todten See
so durchfuhren, stellte sich einer ganz voll Koth vor
mir hin, und sagte: Wer bist du, daß du itzund schon
kommst? Wenn ich gleich komme, war meine Antwort,
so bleibe ich deshalb nicht da.   Aber wer bist du, daß du
dich so garstig zugerichtet hast? Siehst du nicht, versetzte er, daß ich ein Unglückseliger bin, der klagt und
weinet? Da sagte ich: Mit allem deinem Klagen und
Heulen, verdammter Geist, bleib mir zurück.   Denn
ich kenne dich, ob du gleich durchaus kothig bist.
Hierauf streckte er seine beiden Hände nach dem Schiffe
aus.   Allein mein vorsichtiger Führer stieß ihn zurück
und sagte: Weg hier, und dort bey die andern Hunde mit dir hin!   Alsdann schlung er mir seine Arme
um den Hals, küßte mir das Angesicht, und sagte:
Du tugendhaft zürnende Seele, o! gesegnet sey die,
die dich gebohren hat! Das war in der Welt ein hoch-
müthiger Mensch.   Güte bezeichnet sein Andenken
nicht.   Darum ist hier sein Schatten so wütend.

Und

Und o! wie viele halten sich noch itzt dort oben für große
Könige, die sich hernach allhier wie Säue im Kothe
herum wälzen, und dort, und hier zum Gräuel und
Abscheu werden müssen! — Mein Lehrer, sagte
ich hier, das möchte ich doch noch gerne sehen, ehe
wir aus diesem Pfuhle heraus kommen, wie er in diesen morastigen Sumpf hinein und hinunter stürzt. Ja,
sagte er, noch ehe das Ufer deinen Augen sich zeigt,
wirst du völlig befriedigt seyn. Ein solches Verlangen
muß dir billig noch gestillet werden. Kurz hierauf sahe
ich ihn unter den Scheusalen daselbst dermaßen plagen
und martern, daß ich Gott noch dafür preise, und
dafür danke. Alle schrien: Da ist Philipp Argenti ¹⁹), so, daß der Florentinische tolle Geist wider
sich selbst ergrimmte, und sich mit seinen eigenen Zähnen zerbiß. Hier ließen wir ihn, und darum will ich
nichts mehr von ihm sagen.

Allein plötzlich drang ein Klaggeschrey in meine
Ohren, daß ich die Augen, mit denen ich so vor mich
hin-

---

¹⁹) Dieser war ein Vornehmer und Reicher von Adel, aber ein
ehrgeiziger und zorniger Mensch, der die unmenschliche Gewohnheit hatte, über die geringsten Kleinigkeiten äußerst aufgebracht zu rasen, und in pöbelhaften Flüchen und Nieder-
trächtigkeiten sich schändlich herauszulassen.

———— Du, Basilisken Brut,
O Zorn! der Menschheit Schmach, was wehret dei-
ner Wut?
Fleuch diesen Drachen, Mensch! der Ehr im Munde
führet,
Und Reue, Henkerschwert, Verzweiflung oft gebieret.
Lichtwer.

hinsahe, weit aufthat, und daß dieserwegen mein Lehrer zu mir sagte: Nun mein Sohn, nun nähern wir
uns der Stadt des Pluto, wo wir die großen Schaaren von ihren ansehnlichen Bürgern sehen werden.
O! mein Lehrer, erwiederte ich, gewiß ich sehe schon
ihre Tempel dort unten in dem Thale. Sie sind ganz
roth, als wenn sie erst aus den Feuer kämen. Die
ewigen Flammen, versetzte er, die sie darinnen anfeu-
ren, machen, daß sie roth scheinen, so wie du in dieser untern Hölle stehest. Alsdann kamen wir hinein
in die tiefen Gruben, die dieses trostlose Gebiete um-
grenzen. Die Mauren schienen mir von Eisen zu
seyn. Nicht ohne erst ziemlich herum zu fahren,
kamen wir endlich an einen Ort, wo unser grimmiger
Schiffer uns zuschrie: Steigt aus, das ist der Eingang
hier! ——

Auf einmal waren mehr als tausend von den
aus dem Himmel in diesen Abgrund herabgestürzten
Geistern an und vor den Thoren, und schrien alle wie
rasend: Wer ist der, daß er ohne Tod durchs Reich
der Todten will? Sofort gab ihnen mein weiser Lehrer
ein Zeichen, daß er insgeheim mit ihnen sprechen wolle.
Hierauf ließen sie doch ihren schrecklichen Unwillen und
Zorn nicht so heftig mehr aus, wiewohl sie sagten:
Komm du allein, und der kann gehen, der Verwege-
ne, der so tollkühn in dieses Reich hereintritt. Er
soll allein die gefährliche Straße wieder zurück. Denn du,
du —— hast ihn die finstern Gegenden durchgeführet;
nun sollst du aber hier bleiben.

Was denkst du, o! mein Leser, mußte ich nicht
den Muth verlieren, da ich diese verdammten Reden
hörete?

hörete? Denn das glaubte ich nimmermehr, wieder
zurück zu kommen.

O! mein Führer, nein, o! mein Vater, sagte
ich da, du hast mir nun schon so oft und vielmals
Sicherheit und Hülfe verschafft, und mich aus so großen
und augenscheinlichen Gefahren herausgerissen. Laß
mich, ich bitte dich, doch nicht so umkommen, und
so zu Schanden werden! Und ist es uns, weiter zu
gehen, nicht erlaubt, o! so komm, und laß uns mit
einander lieber gleich wieder auf unsere Fußtapfen um
und zurück kehren!

Hierauf sagte der Herr, der mich dahin gebracht
hatte, zu mir: Fürchte dich nicht. Es kann uns
niemand unsern Gang wehren. Es ist eine höhere
Macht, die ihn befiehlt. Aber, hier erwarte mich
wieder, und fasse dir ein Herz und sey guter Hoffnung.
Ich laße dich nicht in dieser Unterwelt.

So geht er fort, — und verläßt mich hier, —
der liebreiche Vater! — und ich bleibe zweifelhaft
zurück; — denn Ja und Nein stritten doch in meinen Gedanken. — Hören konnte ichs nicht, was
er ihnen sagte. Aber lange blieb er da nicht bey ihnen
stehen. Denn sie liefen alle, wie um die Wette,
wieder hinein. Ja, sie, unsre Widersacher, schlossen
meinem Herrn die Thore vor seinem Angesichte zu, daß
er draußen stehen blieb.

Mit ganz langsamen Schritten, mit zur Erde
gekehrten Augen, und mit ganz niedergeschlagenen demüthigen Blicken kehrte er wieder zu mir zurück, und
schien so für sich die Frage zu seufzen: Wer hat mir
aber die traurigen Wohnungen versagt? — Und
zu mir sagte er: Werde du nicht zaghaft, daß ich mich
ent-

entrüste. Denn ich setze es durch, es mag sich drinnen auch zur Wehre stellen, wer da nur will. Dieser ihr Uebermuth ist nichts Neues. Sie haben es schon bey einem andern, und weniger geheimen Thore auch so [20]) gemacht. Dieses ist bis itzund noch unverschlossen. Es ist das, wo du über demselben die todtenfärbigen Worte sahest. Und schon von da fällt die bergigte Straße ab, und geht nach den Kreisen, die wir ohne Geleite durchwandert haben. Und also wird eine andre Macht die Thore zu diesem Kreise gewiß öffnen.

[20]) Nach der Meynung einiger Ausleger, soll Lucifer mit seiner ganzen Höllenmacht sich hier an diesem Thore der siegreichen und triumphirenden Höllenfahrt Christi, wiewohl vergebens und zu ihrer ewigen Schande und Ueberwindung, vermessen widersetzt haben, deswegen es auch zum immerwährenden Andenken ewig unverschlossen bleibt.

Neun-

✿✣✾✤✿✥✾✤✿✣✾✤✿ ✤✿✣✤ ✤✿✣✤✿✣✤✿✣✤✿✣✤

Neunter Gesang.

Inhalt.

Dante sieht die drey höllischen Furien, und beschreibt hernach die Ankunft eines Engels zu ihrer Hülfe, der das Thor der Stadt des Pluto öffnet, welche den sechsten Kreis der Hölle ausmacht. Hier gehen sie hinein, und sehen das ganze Erdreich voll von feurigen Gräbern, aus denen die Ketzer jammernd und wehklagend sich hören lassen.

Die Gesichtsveränderung meines Führers, als ich ihn wieder zu mir kommen sahe, und die mir äuserlich Zaghaftigkeit zu seyn schien, suchte er vielmehr durch eine aufs neue angenommene Miene zu verbergen. Ganz aufmerksam stellte er sich hin, wie ein Mensch, der auf etwas hört. Denn das Auge konnte ihn durch die düstre Luft, und durch den dicken Nebel nicht weit führen. So müssen wir, fing er endlich an, doch den Streit ausmachen sollen, — wo nicht, so zeigte sich Jemand. — Oder wenn er nur bald käme! — Ich merkte wohl, so wie er die ersten Worte mit den folgenden nur bemäntelte, daß es Reden waren, die mit einander nicht wohl übereinstimmten. Aber um desto mehr Furcht flößte mir sein Reden ein, weil ich einige verstümmelte Worte so herausnahm, die ich vielleicht schlimmer auslegte, als er sie meynte.

In den Abgrund dieser traurigen Kluft steigt wohl sonst niemand von denen aus dem ersten Kreise herunter, deren Strafe nur blos in einer abgeschnitte-

nen

nen Hoffnung bestehet? Diese Frage that ich, und er
antwortete: Selten geschieht es, daß einer von uns
diesen Weg thut, den ich gehe. Doch bin ich schon
einmal, wiewohl von der grausamen Eriton, *) welche
die Schatten zu ihren Leibern aufforderte, hier herunter beschworen worden. Mein Fleisch hatte mich kurz
zuvor verlohren. Da ließ sie mich in die Mauer hinein,
wo ich aus dem Kreise des Judas einen Geist heraus-
nehmen sollte. Das ist der unterste, der dunkelste
und vom Himmel entfernteste Ort. Den Weg weiß ich
wohl. Darum laß dich unbekümmert. Dieser Sumpf,
der den entsetzlichen Gestank ausdünstet, umgiebt die
Stadt der Quaal rings herum, wo wir nunmehro ohne
Aergerniß und Verdruß nicht hinein können.

Er sagte noch mehr, das ich aber aus der Acht
gelassen habe. Denn meine Augen hatten mich ganz
nach dem hohen Thurme hinauf gezogen, wo er oben
wie völlig glühete. Und da auf einmal sahe ich drey
höllische Furien plötzlich aufgerichtet, die durchaus blutig waren. Sie hatten weibliche Gestalten, und Geberden, waren mit den grünsten Wasserschlangen umschlungen, und kleine, und gehörnte Schlangen umwunden, statt der Haare, ihre wilden Schläfe. Hier
sagte mein Lehrer, der die elenden Sklavinnen der Königinn des ewigen Elendes wohl kannte, siehe, sagte
er, das sind die Erynnen, die unbändigen Furien.

Die

*) Eriton war eine berühmte Zauberinn aus Thessalien, die vom
Sextus Pompejus befragt wurde, was für einen Ausgang
der bürgerliche Krieg zwischen seinem Vater, Pompejus,
dem Großen, und dem Cäsar haben würde.

Die zur Linken hier ist Megära. Die dort zur Rechten weinet, ist Alecto. Und Tisiphone ist die in der Mitte. Darauf schwieg er ganz stille. Mit den Nägeln zerriß sich eine jede die Brust. Sie schlugen sich mit flacher Hand, und schrieen so in die Höhe hinaus, daß es mir verdächtig vorkam, und ich mich aus Furcht an meinen Führer dicht hinan drängte. Sie sahen scharf herunter, und schrieen alle: Komm, [22] Medusa, wir wollen ihn in Stein verwandeln. Schlimm gnug, daß wir den Anfall des Theseus nicht gehörig rächten.

Kehre dich um, und halt das Gesicht zu. Denn wenn der Gorgon sich zeigt, und du ihn sähest, so kämest du nimmermehr wieder zurück, und hinauf. So sagte mein Lehrer. Ja, er selbst kehrte mich um, und ließ es nicht blos bey meinen Händen bewenden, sondern umschloß sie mir noch mit den seinigen.

O! wer Verstand hat, der merke auf die [23] Lehre, welche der seltsame Schleier dieser Erzählung verbirgt! ———

Und

[22] Der Gorgon ist das Haupt der schönen Medusa, das einen jeden, der es ansahe, in Stein verwandelte.

Theseus, der tapfre königliche Prinz von Athen, wollte die Königinn der Hölle, die Proserpine, rauben, ward aber in der Hölle gefangen, und mit Ketten gefesselt, bis ihn Hercules wieder erlöste.

[23] Sind nicht die aufgebrachten Leidenschaften der Menschen unbändige Furien, die nur martern, und ein blos sinnliches Geschrey machen? O! wer Verstand hat, der schränke seine sinnlichen Empfindungen auf ihren rechten Gebrauch gehörig

E ein!

Und schon kam oben über die trüben Wellen ein so
entsetzliches Getöse hergepeaffelt, daß alle beide Ufer
davon erbebten.   So tobt fast die Wut eines Sturm-
windes, der, wann zuweilen eine recht brennende Sommerhitze ist, sich plötzlich erhebt, unaufhaltsam auf einen
Wald stößt, Bäume zerreißt, Laub und Zweige mit sich
fortführt, und, mit stolzer Macht in ganzen Wolken von
Staube daher brausend, Wild und Hirten und Heerden
schrecklich in die Flucht jagt. „Itzt ließ er mir die Augen wieder frey, und sagte: Nun stehe nur recht hin
auf den alten Schaum, da, wo der Rauch am schärfsten ist.

So,

ein! Er empfinde sich an Schönheiten der Natur und der
Kunst ein fühlendes Vergnügen. Er schmecke den Genuß
ihrer Annehmlichkeiten. Das ist so gar seine Pflicht. Nur
der Misbrauch bringt die Leidenschaften auf, und das Geblüte wie in eine Gährung, die plötzlich in ein brausendes
Getöse ausbricht, wovon Leib und Seele gleichsam erbeben.
Dieser Ausbruch und Sturm gemisbrauchter Empfindungen
macht oft den Widerstand der besten Kräfte und Mittel unkräftig. Halte also durch Vernunft und Religion, durch
einen tugendhaften Freund, durch unverzügliche Beschäffti-
gung mit andern Gegenständen, durch die ernste Stimme
des Gewissens, durch die Betrachtung der nachtheiligen
Folgen, dadurch halte das Gesicht zu, das ist, eile sofort
ohne alles Bedenken von dem Gegenstande unruhiger und
verdächtiger Empfindungen unverzüglich fort, und bediene
dich zu gleicher Zeit des gedachten Gegengifts. Dieß sind
die beiden einzigen und bewährtesten Hülfsmittel. Dann
öffne die Augen, so wirst du die unreinen Begierden wie

Frösche

So, wie die Frösche vor ihrer Feindinn, der
Schlange, sich alle durch das Wasser fortschleichen, bis
sie ein jeder auf dem Erdreiche sich an und auf einander
hinschichten —— so sahe ich vor Einem, der trockenes
Fußes über den Styx daher geschritten kam, mehr, als tausend verstörte Seelen ängstlich die Flucht nehmen. Er
entfernte die dicke Luft von seinem Angesichte, indem er
mit der linken Hand oft vor sich her arbeitete, und schien
blos von einiger Aengstlichkeit müde zu seyn. Ich merkte
wohl, daß er vom Himmel gesandt war, und wandte
mich zu meinem Lehrer, der mir ein Zeichen gab, daß ich
stille seyn, und mich vor ihm neigen sollte. O! wie ungehalten schien er mir nicht! Er kam ans Thor, und öffnete es mit einer kleinen Ruthe, ohne daß er den geringsten Widerstand da fand.

O! ihr vom Himmel Verbannten, du verächtli-
ches, du muthwilliges Volk, fing er gleich auf der schreck-

E 2   lichen

Frösche davon schleichen, und ihren alten Schaum, und
scharfen Rauch sehen und empfinden. Und dann wird die
Religion den dicken Nebel der Sinnlichkeiten von dem Angesichte deiner Vernunft entfernen. Sey stille, neige dich
vor ihr, als deinem mächtigen Erretter. Verehre ihren gerechten Unwillen, und ihre heiligen Reden wider den Uebermuth deiner Affecten, verlaß die unreine Straße aufrührischer Leidenschaften, halt dich nicht bey den kurzen Eitelkeiten dieses Lebens auf, sondern beschäfftige dich vorzüglich
mit der Ewigkeit für deine unsterbliche Seele.

Und so an Unschuld reich, und sicher im Gewissen,
Triffst du viel Freuden an, wo Tausend sie vermissen.

                                   Gellert.

lichen Schwelle an, was für ein vermeſſener Stolz und Uebermuth ſieht euch an? Warum ſchlagt ihr, gleich unbändigen Pferden, wider den Willen desjenigen ſo aus,
dem ihr doch in alle Ewigkeit nichts anhaben werdet,
und der euch ſchon ſo oft eure Quaalen vermehret hat?
Was hilft es euch, daß ihr ſo vergebens wider das Ver-
hängniß tobet? Euer Cerberus, denkt ihr nicht mehr
dran? —— trägt noch das [14]) Kinn und die Kehle
zerrupft davon. —

    Hierauf kehrte er die unreine Straße wieder um,
und redete kein Wort mit uns, ſondern that, wie ein
Menſch, den andere Sorgen dringen und beſchäfftigen,
als daß er ſich mit dem, was vor ihm iſt, aufhalten ſollte. Und auf dieſe heiligen Reden traten wir nun ſicher
und getroſt nach dem Kreiſe zu, und giengen ohne den
geringſten Streit hinein.

    Ich hatte ein beſonderes Verlangen, die innere
Beſchaffenheit ſo einer Feſtung zu ſehen. So bald ich
alſo hinein war, ſchickte ich das Auge überall herum,
und ſahe auf allen Seiten große Felder voll von Jammer und ſchrecklichen Plagen.

    So, wie bey Arles, wo die Rhone einen See
macht, und ſo, wie bey Pola an dem Meere, das Italien
ſcheidet, und ſeine Grenzen wäſſert, die Gräber das ganze
Erdreich ungleich machen —— eben ſo machen es hier
überall auch dieſe, nur daß die Art und Weiſe hier weit
ſchmerzlicher iſt. Denn die Gräber waren mit feurigen
Flam-

---

14) Von der Kette, die ihm Herkules, der, den Theſeus zu er-
    löſen, in die Hölle gieng, um den Hals warf, und woran
    er ihn auf der Erde fortſchleppte, als er ſich ihm, oder viel-
    mehr dem Verhängniſſe, widerſetzte.

Flammen abgetheilt, welche dieselben so glühend machten, als alle Kunst an dem Eisen nicht heftiger zu thun
vermag. Alle ihre Decken schwebten nur über ihnen,
und es stiegen so harte Klagen heraus, daß sie wohl von
sehr elenden und aufgebrachten Kreaturen herkommen
mußten. Da sagte ich: Mein Lehrer, was sind das für
Leute, die darinnen begraben liegen, und aus den engen
Behältnissen sich durch so klägliche und jammervolle
Seufzer hören lassen?

Hier sind, antwortete er mir, die Oberhäupter der
Ketzereyen 25) mit ihren Anhängern von allen Sekten,

E 3   und

---

25) Allein, wie viele reinchristlich denkende, lehrende und lebende Menschen werden nur allzu oft, selbst von so genannten
großen Geistlichen, aus ungeistlichem Eifer, für Ketzer ausge-
schrien, gehasset und verfolget? Dergleichen Unchristen sind
eigentlich Ketzermacher, d. i. blinde Eiferer, lieblose Menschen, gelehrte Grillenfänger und Wortstreiter, zänkische
Religionsschänder, unmenschliche Stifter der gefährlichsten
Uneinigkeiten, und blutigsten Kriege. O! Menschen, o!
Geistliche von allen Religionen, die ihr, schimpfend, ver-
dammend, verfolgend, der Menschenliebe und Gerechtigkeit
unverantwortlich entsaget, o! schämet euch, und höret einmal auf, solche Unmenschen, solche Religionsungeheuer zu
seyn!

O Kinder eines Bluts, und eines Ursprungs Seelen!
Gott schuf euch, Menschen! nicht, einander hier zu
                    quälen;
Hört, Bürger der Natur! den Inhalt aller Pflicht:
Lernt die Gerechtigkeit, vergesset Gottes nicht.

                                        Lichtwer.

und die Gräber sind damit weit zahlreicher angefüllt, als du wohl glaubest. Gleich und gleich liegt hier begraben, und die Gräber sind immer eines heisser, als das andere.

Hierauf wandte er sich nach der rechten Hand zu, und wir giengen zwischen den Marterplätzen und den hohen hervorragenden Mauergängen hindurch.

Zehnter

✠✥✠✥✠✥ ✠✥✠✥✠✥ ✠✥✠✥✠✥ ✠✥✠✥✠✥✠

Zehnter Gesang.

Inhalt.

Dante folgt seinem treuen Führer durch die Höllenstadt, sieht den Farinata der Uberti, mit dem er sich unterredet, und der ihm vorherverkündiget, daß er aus seinem Vaterlande werde verbannet werden. Hierauf kehret er wieder zum Virgilius zurück, und setzt seine Reise weiter mit ihm fort.

Nun giengen wir durch einen geheimen schmalen Weg, zwischen der Mauer des Orts und den Marterplätzen, mein Lehrer voran, und ich dicht hinter ihm fort. O! du großer Geist, fing ich an, du führest mich nun, wie es dir gefällt, durch die Kreise der Gottlosen so herum, o rede mit mir, und stille mir auch mein sehnliches Verlangen: Kann man das Volk, so in den Gräbern hier liegt, nicht sehen? Schon sind die Grabsteine alle aufgehaben, und ist auch keine Wache dabey. Aber dann werden sie, antwortete er mir, alle zugeschlossen werden, wann ihre Seelen aus dem Thale Josaphat, mit ihren Leibern, die sie dort oben gelassen haben, vereiniget, wieder hieher kommen werden. Epicurus und alle seine Anhänger, welche die Seele mit dem Leibe für sterblich halten, haben auf dieser Seite ihren Begräbnißplatz. Du wirst also in Ansehung sowohl der Frage, die du an mich gethan, als auch des Verlangens, das du mir verschweigst, 26) hier bald be-

E 4 frie-

---

26) Dante wollte gerne die Personen sehen, die er hernach sahe, weil er wußte, daß es Epicuräer gewesen waren.

friediget werden. Gütiger Führer, sagte ich, ich halte
mein Herz keineswegs vor dir verborgen, außer daß ich
nur wenig rede, und du hast mich nicht itzund erst hierzu geschickt gemacht.

O! Toscaner, der du noch lebend durch die brennende Stadt hindurch gehest, und so anständig redest,
verziehe doch ein wenig an diesem Orte! Deine Sprache verräth dich, daß du aus jenem edlen Vaterlande
gebürtig bist, dem ich vielleicht zu überlästig gewesen
bin. — Diese Rede schallte plötzlich aus einem von
den Gräbern hervor. Vor Furcht machte ich mich etwas
näher zu meinem Führer hin. Allein er sagte zu mir:
Kehre dich um, was machst du? Farinata ") ists, der
sich aufgerichtet hat. Von der Feldbinde an bis an das
Haupt wirst du ihn ganz sehen. Schon war mein Gesicht auf das seinige gleichsam wie geheftet. Er richtete sich mit der Brust und mit dem Gesichte in die Höhe,
als hielte er die Hölle für sehr verächtlich. Und die leb-
haften und fertigen Hände meines Führers trieben mich
zwischen den Gräbern, und blos mit den Worten zu ihm
hin: Rede bedachtsam. —

So bald ich unten an seinem Grabe war, sahe er
mich ein wenig an, und hierauf fragte er mich, wie ganz
ungehalten: Wer waren deine Vorfahren? — Ich,
vor Verlangen zu gehorchen, verschwieg ihm nichts, sondern offenbarte ihm alles. Dieserwegen drehete er die
Augen ein wenig in die Höhe, und sagte alsdenn: Sie
waren mir, meinen Vorfahren und meiner Partey, grausam

---

*) Farinata war Feldherr der Gibellinen in der Arbischen
　　Schlacht, wo die Welfen eine grausame und gänzliche Nie-
　　derlage erlitten. Und Dante war ein Welfe.

fam waren fie uns abgeneigt, fo, daß ich fie zu zweyen
Malen zerftreuete. — Wenn fie auch, antwortete ich
ihm, verjagt wurden, fo kamen fie das eine und das andere Mal doch von allen Seiten wieder. Allein die Euri-
gen hatten diefe Kunft nicht fonderlich gelernet.

Hierauf kam ein Schatten [28]) neben diefem mit
völligem Gefichte bis ans Kinn zum Vorfchein. Ich
glaube, daß er fich knieñd aufgerichtet hatte. Er fahe
rings um mich herum, als wollte er fehen, ob jemand
bey mir wäte. Allein, da feine Muthmaßung völlig
verfchwand, fo weinte er und fagte: Wenn du aus Größe
des Geiftes diefe verborgenen Gefängniffe durchwandelft,
wo ift mein Sohn, und warum ift er nicht bey dir?
Von mir felbft, antwortete ich, komme ich nicht hieher.
Der, welcher dort wartet, führet mich hierdurch, und
gegen den hatte vielleicht euer Guido [29]) keine fonderli-
che Achtung. Denn feine Worte, und die Art der Strafe fagten mir fo gleich feinen Namen, und darum war
meine Antwort fo vollftändig. Plötzlich richtete er fich
auf und fchrie: Wie fagteft du, er hatte? — fo lebt
er nicht mehr? — fo genießen feine Augen das erqui-
ckende Weltlicht nicht mehr? — Und da es fich fügte,
daß ich mit der Antwort ein wenig verzog, fo fiel er
hinter fich zurück, und kam nicht wieder zum Vorfchein.

E 5

Allein

---

28) Diefer Schatten war Cavalcante Cavalcanti, eines von den
Häuptern der Welfen.

29) Guido war ein großer Philofoph, aber kein fonderlicher
Freund der Poefie.

Allein der andere heldenmüthige Geist, um deſſentwillen ich da geblieben war, veränderte ſein Geſicht im geringſten nicht, machte auch weder mit dem Halſe, noch mit dem Leibe die mindeſte Bewegung und Beugung. Und daß ſie, ſagte er, indem er auf die vorige Rede zu antworten fortfuhr, daß ſie jene Kunſt übel verſtanden, das, das quält mich itzt mehr, als dieſes traurige Bette. Allein nicht funfzigmal 30) mehr wird das Angeſicht der Regentinn, die hier herrſchet, von neuem entflammt erſcheinen, ſo wirſt du erfahren, was für empfindliche Schmerzen dieſe ſchwere Kunſt verurſache. Und im Fall du itzt auf jener angenehmen Welt regiereſt, ſo ſage mir nur, warum das Volk in jedwedem ſeiner Geſetze ſo hart wider die Meinigen verfährt. Die Niederlage, antwortete ich ihm hierauf, und das grauſame Verfahren, die Arbien ſo blutig färbten, die verurſachen dergleichen Reden in unſerm Tempel. Hier ſeufzte er, ſchüttelte den Kopf, und ſagte: Hierzu ward nicht ich allein, auch wäre ich gewiß ohne Urſache mit den andern nicht ſo weit gebracht worden. Dort aber, wo 31) ſichs ein jeder gefallen

30) Nicht funfzig Monate werden völlig verfließen, oder, nicht funfzigmal mehr werden wir vollen Mondſchein haben; denn Proſerpine, die Königinn der Hölle, wird im Himmel der Mond genennet. Dann wirſt du alſo ins Elend verjagt werden, und auch erfahren, wie ſchwer es halte, wieder in ſein Vaterland zurückzukehren, und was das für ein unglückſeliger Zuſtand ſey, ſo entfernt, und zwiſchen Furcht und Hoffnung, und Fremder Gnade zu leben.

31) Dieſe Zerſtörung ward von einem General in Vorſchlag gebracht,

fallen ließ, Florenz von Grund aus zu zerstören, da war
ich allein der, welcher es frey und öffentlich rettete. — O!
dafür müsse, sagte ich, deine Nachkommenschaft des Frie-
dens genießen! — Itzt bitte ich dich, löse mir doch
den Zweifel auf, der mich hier in meiner Meynung ganz
irre gemacht hat. Es scheint, wo ich anders recht gehört habe, daß ihr das vor euch sehet, was erst mit der
Zeit erfolgen soll, und daß, in Ansehung des Gegenwärtigen, es sich ganz anders mit euch verhalte.

Wir sehen, sagte er, wie einer, der kein scharfes
Gesicht hat, die Sachen nur in ihrer Entfernung; so
großmüthig scheinet uns noch die höchste Vorsehung!
Denn wann sie sich nähern, oder da sind, so ist unser
Verstand an Erkenntniß ganz verlegen; und wenn andere uns nichts hinterbrächten, so wüßten wir von euren menschlichen Umständen gar nichts. Also kannst
du leicht begreifen, daß unsre Erkenntniß von dem Augenblicke an ganz erstirbt, so bald die Thüre des Zukünftigen verschlossen wird. Hierauf sagte ich, wie von meiner eigenen Schuld beschämt: O! so benachrichtiget
doch jenen Gefallenen, daß sein Sohn noch unter den
Lebendigen sich befindet, und daß ich deswegen vorher
zur Antwort stumm war, weil ich schon nach dem Irrthume urtheilte, den ihr mir nun benommen habet.

Und schon rief mich mein Lehrer wieder zurück.
Um desto inständiger bat ich also den Geist, daß er mir
sagen möchte, wer sich mehr bey ihm befände. Hier
liege ich, sagte er, mit mehr, als tausend andern. Unter

bracht, von allen Gibellinen, theils aus Niederträchtigkeit,
theils aus Rache gebilliget, und von dem einzigen Farinata
edelmüthig hintertrieben.

ter diesen ist der andre [31]) Friedrich, und der Cardinal, und die übrigen will ich nicht nennen. Hierauf verbarg er sich. Und ich kehrte wieder zu dem alten Dichter zurück, und überdachte die Reden, die mir feindselig vorkamen.

So fort machte er sich auf. Und hernach, so im Gehen, sagte er zu mir: Warum bist du so verstört? worauf ich ihm sein Verlangen befriedigte. Behalte alles wohl, was du wider dich gehöret hast, befahl mir der Weise, und itzt gieb hier Achtung, und wies mit dem Finger in die Höhe. Wenn du dort vor dem erquickenden Glanze derjenigen dich befinden wirst, deren vollkommenes Auge alles sieht, da, von der wirst du die dir noch übrige Reise deines Lebens erfahren. Hierauf wandte er sich nach der linken Hand. Wir verließen die Mauer, und giengen gegen die Mitte zu auf einem Fußsteige, der an ein Thal streifet, das bis ganz oben hinauf seinen übeln Geruch verbreitete.

32) Friedrich, der andre, Römischer Kaiser, ein Vertheidiger der Gibellinen, den Pabst Gregor, der neunte, in Bann that, und mit dem Thiere voll Lästerung aus der Offenbarung verglich, wofür Friedrich Gregoren den Antichrist nennte, und in Campanien einige Anverwandten des Pabsts aufhängen ließ. Der Cardinal war Octavian Ubaldini, ein Feind des Päbstlichen Ansehens, und so sehr ein Freund der Gibellinen, daß er einmal sagte: wenn Seelen wären, so habe er die seinige für die Gibellinen verloren. Denn er war auch ein Epicurer.

Eilfter

Eilfter Gesang.

Inhalt.

Die Dichter kommen an das Ufer des siebenten Kreises, müssen aber, wegen des daraus aufsteigenden übeln Geruchs, daselbst anhalten. Virgilius unterhält indessen den Dante mit der Beschreibung der drey folgenden Kreise, und der Sünder, die darinnen gestraft werden. Hiernächst sagt er ihm, warum er gewisse Verdammten nicht in der Höllenstadt sehe, und wie der Wucher Gott beleidige. Endlich bey Annäherung der Morgenröthe setzen sie ihre Reise fort.

Von dem äußersten Rande eines hohen Ufers, das von großen zerbrochenen Steinen rund herum wie aufgebauet war, kamen wir auf einen noch grausamern Verhack. Und hier begaben wir uns, wegen des entsetzlich übermäßigen Gestanks, den der tiefe Abgrund herausstoßt, hinter einen Leichenstein von einem großen Grabmaale, wo ich diese Grabschrift fand: „Hier liegt Pabst Anastasius, den Photin [33]) von dem rechten Wege abzog,„ — Wir werden langsam hinab steigen müssen, so, daß sich erst die Empfindung an den abscheulichen Geruch in etwas gewöhne, und hernach hat es nichts zu bedeuten. So sprach mein Lehrer, und ich sagte: Wer die Zeit nicht vergebens zubringt, findet allemal einige Vergütung des Verzugs. Siehe nur, erwiederte er, eben das ists, worauf ich denke.

Mein

[33) Photinus war Sirmischer Bischoff und ein Arianer.

Mein Sohn, so fieng er hernach an, zu reden, unter diesen Steinen hier sind drey kleine, und nach Graden
wieder abgetheilte Kreise, wie jene, die du zurück gelassen
hast. Alle sind voll von verdammten Geistern. Allein, damit
du hernach diese Kreise nur zu sehen brauchst, so höre
itzund, wie, und warum sie so zusammen gezogen
sind.

Von allen Bosheiten, die der Himmel hasset, ist
allemal eine unrechtmäßige Verletzung der Endzweck. —
Und dieser Endzweck betrübet allemal den Nächsten entweder mit Gewalt, oder mit Betrug. Doch weil der
Betrug ein den Menschen ganz eigenes Laster ist, so miß-
fällt solcher Gott um desto mehr, und darum liegen die
Betrüger ganz zu unterst, und es peiniget sie auch eine
größere Quaal.

Der ganz erste Oberkreis ist für die Gewaltthätigen.

Allein, da man dreyen Personen Gewalt zu thun
pflegt, so ist dieser erste Kreis wieder in drey besondere
Unterkreise abgetheilt und abgefasset. Gott, Sich, und
dem Nächsten kann man, und zwar so wohl an und
vor sich, als auch an ihren Sachen, Gewalt thun, wie
du aus überzeugenden Gründen einsehen wirst.

Dem Nächsten kann man den Tod, und schmerzhafte Wunden, und an seinem Vermögen Verwüstung,
Brand, Raub und Schaden gewaltsamer Weise verursachen. Daher werden in dem ersten Unterkreise alle Men-
schenmörder, ein jeder, der seinen Nächsten widerrechtlich
schlägt, alle Verwüster und alle Räuber zu verschiedenen
Schaaren gepeiniget.

So dann kann der Mensch an sich selbst, und an
sein Geld und Gut gewaltsame Hand legen. Darum
müssen

müssen in dem andern Unterkreise alle diejenigen ohne
Nutzen es bereuen, die sich unsrer Welt berauben,
ihr Vermögen schändlich verspielen, lüderlich durchbrin-
gen, und da trauren und weinen, wo sie fröhlich und
vergnügt seyn sollten.

Endlich kann man auch der Gottheit Gewalt thun,
wenn man sie in seinem Herzen leugnet und lästert, und
die Natur und ihre Gütigkeit mißbrauchet und schändet. Und daher werden Sodom und Caorsa ³⁴), und
alle die, welche Gott schändlich entehren, und in ihrem
Herzen wider ihn reden, in dem dritten Unterkreise eingeschlossen und gleichsam versiegelt.

Betrug, der das Gewissen allemal in Unruhe setzet, kann der Mensch theils an dem, der ihm trauet,
theils aber auch an solchen verüben, die noch kein Zu-
trauen zu ihm gefaßt haben.

Diese letztere verkehrte Art scheint das Band der
Liebe zu zerreissen, welches die Natur geknüpft hat.
Mithin sind in dem andern Oberkreise alle Heuchler,
Schmeichler und Zauberer, alle Verfälscher, Straßenräuber, Simonisten, Kuppler, Betrugspieler, und alles andre dergleichen Geschmeiß da zusammen eingeni-
stet worden.

Bey der erstern Art hingegen vergißt man nicht
nur die natürliche, sondern auch die noch dazu gekom-
mene vertrauliche Liebe, worüber Treue und Glaube in
der Welt noch besonders schreyen. Und deswegen werden in dem dritten und kleinsten Oberkreise, woselbst der
Mittelpunkt der Welt ist, und gerade über welchen die
Höllen-

³⁴) Caorsa ist eine kleine Stadt, die damals ein Sitz und Aufenthalt der Wucherer war.

Höllenstadt liegt, alle, die so verrätherisch betrügen, ewig dafür gepeiniget.

Mein Lehrer, sagte ich hier, du verfährst sehr vernünftig und deutlich in deinem Vortrage, und unterscheidest diese dunkeln Oerter, und das Volk, das sie im Besitz hat, sehr genau. Allein, sage mir: Warum werden jene Verdammten in dem unfläthigen Pfuhle, welche die stürmische Luft fortreißt, und welche der schwarze Regen züchtiget, und die sich einander mit so erbitterten Zungen anfallen, warum werden die nicht hier in der feurigen Stadt gestraft, wenn Gott zornig auf sie ist? Und ist er nicht zornig auf sie, warum werden sie auf jene Art gepeiniget?

Warum verirrt sich dein Witz so sehr, antwortete er mir, von seiner sonst gewöhnlichen Are? Oder wo sieht dein Gemüch etwa anders hin? Erinnerst du dich nicht jener Worte, mit denen deine Sittenlehre die drey Gemüthsbeschaffenheiten abhandelt, die der Himmel verabscheuet, die Unenthaltsamkeit, die Bosheit und die thierische Wildheit? und wie Unenthaltsamkeit Gott weniger beleidiget, und geringere Strafen nach sich ziehe? Wenn du dieser Lehre gehörig nachdenkst, und dich wieder erinnerst, wer diejenigen sind, die dort oben, außerhalb der Höllenstadt, büßen müssen, so wirst du leicht einsehen, warum sie von diesen Bösewichtern abgesondert sind, und warum die göttliche Strafgerechtigkeit sie nicht so zornig schlägt.

O! du weiser Lehrer, versetzte ich, der du allein jedes aufgebrachtes Gesicht so heilsam wieder besänftigest; du vergnügest mich dermaßen, wenn du Zweifel auflösest, daß zweifeln mir nicht weniger angenehm ist, als wissen. Nur noch ein wenig gehe weiter zurück, wo

du

du lehrteſt, auch der Wucher beleidige die göttliche Güte, und dieß ſetze noch ferner aus einander

Die Weltweisheit, ſagte er, zeiget dem, der ſie aufmerkſam ſtudirt, und nicht in einem Theile allein, daß
die Natur von dem Verſtande Gottes, und ſeiner göttlichen Weisheit ihren Urſprung und Fortgang nimmt.
Und wenn du deine Naturlehre zu Rathe ziehſt, ſo wirſt
du nach nicht vielem Blättern finden, daß eure Kunſt der
Natur, ſo viel als möglich, folgt, ſo, wie ein Lehrling
nach ſeinem Lehrer ſich bildet, daß mithin eure Kunſt
von Gott gleichſam eine Enkelinn iſt. Von dieſen beiden nun, wenn du dich nur der erſten Schöpfungsge-
ſchichte erinnerſt, gehöret ſichs alſo, daß die Menſchen
ihr Leben nehmen, und es ſich und einer dem andern
erhalten. Da aber der Wucherer einen ganz andern
Weg hält, ſo ſchändet er und ſein Anhang die Natur,
weil ſie auf etwas anders ihre Hoffnung ſetzen ¹⁵). Allein

35) Die ganze Natur mit allen ihren Kräften, Wirkungen und
  Hervorbringungen hat ihr Daſeyn, ihre Einrichtung und
  Fortdauer einzig und allein den weltnützlichſten Aeußerungen
  der göttlichen Verſtandeskräfte und Neigungen ihres allmächtigen Schöpfers zu danken. Göttliche Beſchäfftigung! erhaben-
  ſtes Muſter zur ſeligſten Nachahmung für Gott ähnliche Menſchen! — Und dieſer Vorgang des unendlichen Geiſtes ſollte
  einen vernünftigen und zur Ewigkeit geſchaffenen Menſchen
  nicht zu einer naturmäßigen Aeußerung ſeiner Kräfte und
  Neigungen für das allgemeine Beſte der Welt gleichgöttlich
  anreizen! — und von der niedrigſten Geldbegierde, dem
  Wucher, nicht unverzüglich und gänzlich zurückhalten! —
  F   O Menſch!

lein nunmehr folge mir, weil ich Lust zu gehen habe. Denn [16]) die Fische nähern sich schon dem Horizonte, und der Wagen am Himmel senkt sich schon ganz gegen die westliche Gegend herab. Und noch weit dorthin läßt sich der Felsen erst hinabsteigen.

> O Mensch! den Wucher flieh, der sich von Blute nähret,
> Durch ungerechten Zins der Wittwen Gut verzehret,
> Und den Unglücklichen, der sich zu helfen denkt,
> Durch schändlichen Gewinnst in tiefern Schlamm versenkt.
> Wie edel ist der Trieb, der Menschheit Schmuck auf
> Erden,
> Urheber vieles Glücks, der Gottheit Bild zu werden!
> Lichtwer.

36) Dieses ist eine Beschreibung der verschwindenden Nacht, und des sich nähernden Tages, und die Sprache derjenigen, die den gestirnten Himmel verstehen. So viel ich, will Virgil sagen, aus den am Horizonte befindlichen Gestirnen urtheile, so wird die Nacht bald verschwunden seyn, und die Morgenröthe im kurzen wieder hervorbrechen.

Zwölf=

✦✧✦✧✦✧✦✧✦✧ ✦✧✦ ✦✧✦✧✦✧✦✧✦✧

Zwölfter Gesang.

Inhalt.

Die Dichter kommen an einen eingestürzten Ort, wo oben Minotaurus sich befand, und steigen in den siebenten Kreis
hinunter, der wieder in drey besondere Kreise abgetheilt ist.
Da sie sich dem Grunde nähern, finden sie die Centauren,
und gehen mit einem derselben durch den ersten Unterkreis
längst eines blutströmenden Flusses hindurch, in welchem die
Bösewichter, die gewaltthätig wider das Leben und Vermögen ihres Nächsten gewütet haben, vor Quaal überlaut
schreyen.

Der Ort, wo wir das Ufer hinab zu steigen hinka-
men, war grausam wild, und wegen des da befindlichen [37]) Gegenstandes vollends so beschaffen, daß ein jedes Gesicht einen Abscheu davor haben
mußte.

So wie jene Zerstörung aussieht, die auf der Seite disseits Trento, durch ein Erdbeben, oder aus Bau-
fälligkeit die Etsch erschütterte, daß oben von dem Gipfel
des Berges, wo er sich senkte, bis auf das flache Erdreich der Felsen so eingestürzt da liegt, daß er einem, der
oben sich befände, nicht die mindeste Spur eines Weges
herunter zeigen würde — eben so sahe die steile Straße
aus, die wir hinunter steigen mußten. Und oben
auf der Höhe des zerrütteten Ufers war jene Schandge-

F 2   burt

---

[37]) Minotaurus stand auf der Anhöhe Wache.

burt [38]) von Creta aufgestellt, die in der falschen Kuh
erzeuget warb. Als der uns sahe, zerbiß er sich selbst,
so wie einer, den Wut und Rache innerlich schlagen.
Mein Weiser schrie ihm entgegen: Glaubst du etwa, es
komme hier der Prinz von Athen, der auf der obern
Welt dich ums Leben brachte? Entferne dich, Unthier;
denn dieser kommt nicht, von deiner Schwester belehrt,
sondern geht nur hier durch, um eure Strafen zu
sehen.

So wie man einen Stier sieht, der sich von einer
Kuh losarbeitet, die schon den tödtlichen Streich empfangen hat, und nicht mehr zu gehen vermag, sondern
nur hin und wieder noch herum springt — eben so
sahe ich den Minotaurus sich bezeigen. Da schrie mein
erfahrner Begleiter mir zu: Geschwind lauf den Paß
durch. Denn während er in der Wut ist, ists gut, daß
du dich fortmachest. Also nahmen wir unsern Weg durch
die zusammengestürzten Felsen hinunter, die unter meinen Füßen wegen der immer neuen Last meines Körpers
fast gar nicht ruhig wurden.

Schon dachte ichs, als Virgilius sagte: Du den-
kest gewiß dieser Verwüstung nach, welche von der be-
stialischen Wut bewacht wird, die ich so eben gedämpft
habe. Wohlan, so wisse, daß dieser Felsen, als ich das
erstemal

---

38) Diese Schandgeburt war Minotaurus, der, in einer vom Dädalus verfertigten hölzernen Kuh, von einem Stiere erzeuget
und von der viehisch wollüstigen Gemahlinn des Königs Minos von Creta, als halb Mensch und halb Stier, gebohren, und
hernach von dem Atheniensischen Prinzen, Theseus, auf Un-
terricht und mit Hülfe der Prinzeßinn Ariadne, der Schwester des Minotaurus, umgebracht wurde.

erstenal hier in die Niederhölle herunter stieg, noch nicht
eingestürzt war. Allein vermuthlich kurz zuvor, wo ich
nicht irre, ehe jener Held [39]) aus dem obersten Kreise
kam, der dem Pluto die große Beute wegnahm, da er-
bebete von allen Seiten das ganze tiefe stinkende Thal
dermaßen, daß ich dachte, die ganze Welt empfände Liebe, als durch welche man glaubt, daß die Welt mehr-
mal in ein Chaos verwandelt werde. Und zu der Zeit
ward dieser alte Felsen hier, und an andern Orten so umgekehret. Jedoch, richte deine Augen auf das Thal. Denn
nun kommt der blutquellende Fluß, in welchem dort
alle diejenigen gesotten werden, die ihrem Nächsten gewaltsamer Weise Schaden thun.

O blinde Begierde, und närrischer Zorn, die in
dem kurzen Leben uns so hart spornen, und hernach in
der langen Ewigkeit uns so übel erweichen!

Ich sahe einen weiten in einem Bogen gezogenen
Graben, der die ganze Ebene einnimmt, so, wie mein
Begleiter gesagt hatte. Und unten zwischen dem Ufer
und dem Graben durchstrichen die [40]) Centauren mit
Pfeilen bewaffnet, die Gegend, so, wie sie auf der Welt
auf die Jagd zu gehen pflegten. Als sie uns hinabsteigen sahen, hielten sie alle an, und drey von der Schaar
jagten mit vorher ausgesuchten Bogen und Pfeilen her-

F 3 aus,

39) Dieser Held ist Christus, der, nach der Meynung der Ka-
tolischen Kirche, die heiligen Väter aus der Vorhölle, oder
dem obersten Kreise, mit sich ins Paradies nahm.

40) Die Centauren haben die Reitkunst erfunden, und wurden,
wenn sie zu Pferde saßen, für halbe Menschen und halbe
Pferde gehalten.

aus, und einer schrie von weiten: Zu was für einer
Marter kommt ihr, daß ihr die Küste herabsteiget?
Gleich sagt es uns, wo nicht, so schieße ich los. Mein
Lehrer sagte: Dem Chiron, der dort in der Nähe hält,
wollen wir die Antwort sagen. Deine stets so hitzige
Begierde war nie gut. Hierauf stieß er mich an, und
sagte: Dieser ist Nessus, der wegen der schönen Dejani-
ra sein Leben einbüßte, und sich zugleich selbst rächete⁴¹).
Der in der Mitten, der sich so auf die Brust siehet, ist
der große Chiron, welcher den Achilles erzog. Und der
dritte ist Folus, der so jachzornig war. Zu Tausenden
streichen sie um den Graben herum, und schießen mit
Pfeilen auf die Seelen, die sich aus dem Blute weiter
heraus arbeiten, als ihre Schuld sie herausläßt.

Nun näherten wir uns den wilden und schnellen
Thieren. Chiron ergriff einen Pfeil, und strich sich mit dem
Einschnitte desselben den Bart hinter die Backen. Als das
große Maul zum Vorschein kam, sagte er zu seinen Collegen: Seyd ihr wohl gewahr worden, daß der, welcher hinten

---

41) Der Centaur Nessus erbot sich, des Herkules Gemahlinn, die
    schöne Dejanira, über einen Fluß zu bringen, wollte sie aber
    hernach entehren, weßhalb er vom Herkules mit einem ver-
    gifteten Pfeile tödtlich verwundet wurde. Als er seinen
    Tod fühlte, gab er der Dejanira sein giftiges Bluthemde,
    verstellte seine Rache, und sagte zu ihr: Sollte dein Gemahl
    meinetwegen dir seine Liebe entziehen, und untreu werden,
    so mache, daß er nur dieses Hemde anziehe. Denn das
    ist, wider seine Untreue, und zur völligen Wiederherstellung
    seiner vorigen Liebe, das einzige und unfehlbarste Mittel.
    Dieß geschah in der Folge, und Herkules mußte davon ster-
    ben.

ten geht, alles bewegt, was er berührt? So pflegen es
die Füße der Todten nicht zu machen. Und mein gütiger Führer, der ihm schon vor der Brust stand, da, wo
die beiden Naturen vereiniget sind, antwortete: Er ist
freylich noch am Leben, und ich muß ihm so ganz allein
das finstre Thal zeigen. Die Noth, und nicht die Lust,
bringt ihn dazu. Eine Selige unterbrach ihren Alleluja-
gesang, daß sie mir dieses neue Amt auftrug. Er ist
kein Räuber, und ich bin keine entlaufene Seele. Allein
um der Macht willen, kraft welcher ich meine Füße durch
so unwegsame Straßen bewege, gieb uns einen von den
Deinigen mit, bey dem wir sicher seyn, und der uns zeige, wo man durch den Fluß kommt, und der diesen hinter sich aufnehme, weil er kein Geist ist, und also nicht
durch die Luft gehen kann. Chiron richtete sich auf,
wandte sich nach der rechten Seite herum, und sagte
zum Nessus: Kehre um, und führe sie so, und entferne
alles, wenn euch etwa eine andere Schaar aufstößt.

Wir machten uns mit diesem sichern Geleite längst
des Ufers von den aufkochenden Blutwellen fort, in denen, die darinnen gesotten werden, überlaut schrieen. Ich
sahe Volk bis an die Augen darinnen versunken. Und
der große Centaur sagte: Dieses sind die blutdürstigen
und raubgierigen Tyrannen. Hier werden alle die un-
barmherziger Weise zugefügte Schäden beweinet. Hier
ist der Tyrann 42) Alexander, und der grausame Dio-

F 4 nysius,

42) Alexander war der von Thessalien, dessen Tyranney Justi-
nus beschreibt. Azzolino war der grausame Tyrann der
Paduaner. Obizzo war Marquis von Ferrara, ein Unmensch. Der Schatten allein war Guido von Montfort,
der,

nystus, der Sicilien so jammervolle Jahre verursachte. Und die Stirne da, die so schwarz Haar hat, ist Azzolino, und der Blonde dort, ist Obizzo von Esti, der in der Oberwelt, die Wahrheit zu sagen, von keinem andern, als von seinem ungerathenen Sohne, umgebracht wurde. Hierauf wandte ich mich zu meinem Dichter, der aber zu mir sagte: Dieser sey dir nun der Erste, und ich der Andere. Ein wenig weiter hin sahe der Centaur auf ein Volk, das bis an die Kehle aus dem aufwallenden

der, um den Tod Simeons, seines in London öffentlich hingerichteten Vaters, zu rächen, Heinrichen, dem Prinz Richards, Königs von Engelland, in der Kirche zu Viterbo, eben da der Priester dem Volke die heilige Hostie zeigte, öffentlich das Herz durchstach, welches einbalsamirt nach London geschickt wurde. Attila war der schreckliche König der Hunnen, der im Jahre nach Christi Geburt, 442. in Italien einfiel, und unmenschlich hauste. Pyrrhus war König der Epiroter, und ein unversöhnlicher Feind der Römer. Und Sertus war Sextus Claudius Nero, der grausame Römische Kaiser, und tyrannische Wüterich.

Diese Anzahl von Bösewichtern läßt sich stets mit groben und feinen Tyrannen, und ihnen ähnlichen Unmenschen, aus den alten und neuern Zeiten betrachtungsvoll vermehren.

O Bösewicht! was hilfts, daß dich die Nachwelt kennt,
Wenn sie dich, eine Pest, ein Ungeheuer nennt?
Verdammt zu ewgen Ruf, unsterblich, dir zur Schande!
So kennt die Nachwelt auch noch manche Diebesbande,
Und speyt den Nickel List, und den Lips Tullian,
Da längst ihr Rad verfault, in den Geschichten an.
                                        Lichtwer.

den Blute sich zu erheben schien. Er zeigte uns auf der einen
Seite einen Schatten ganz allein, und sagte: Der durchstach, im Schooße Gottes, das Herz, das an der Themse
noch verehret wird. Hernach sahe ich Leute,die mit dem
Kopfe und der völligen Brust aus dem Flusse hervorragten, und von denen ich gnug wieder erkannte. So
wurde das Blut immer niedriger und niedriger, daß es
endlich kaum über die Füße gieng. Und hier war der
Ort, wo wir durch den Graben mußten. So, wie du
auf dieser Seite den Fluß siehst, sagte der Centaur, daß
er immer abnimmt, so mußt du glauben, daß dort auf
der andern Seite er seinen Grund immer stärker und
stärker hinunter preßet, bis er da recht zusammen fließt,
wo die Tyranney seufzen muß. Da ängstiget die göttliche Gerechtigkeit den Attila, die ehemalige Geißel der
Welt, und den Sextus, und preßt dem Rinier von Corneto, und Rinier Pazzo, diesen großen Straßenräubern,
ewig preßt sie ihnen Thränen aus, die sie mit übersie-
dendem Blute erst aufweichet. Hierauf wandte er sich
um, und kehrte durch den Furth wieder zurück.

Drey-

Dreyzehnter Gesang.

Inhalt.

Die Dichter gehen in den andern Unterkreis hinein, welcher ein erschrecklicher Wald von Gesträuchen ist, in denen die Seelen derjenigen, die wider ihr eigenes Leben Gewalt verübt, eingekerkert waren. Hier erfährt Dante von einem dieser Verdammten, wie er gestorben sey, und wie die Seelen in dergleichen Sträucher übergehen. Hernach sehen sie diejenigen, die wider ihr eigenes Vermögen Gewalt verübet, welche gewaltig liefen, und von begierigen Hündinnen verfolgt wurden.

Noch war Nessus jenseits nicht angelanget, als wir uns durch einen Wald fort begaben, wo sich auch nicht die geringste Spur eines Fußsteiges zeigte. Nicht grünes Laub, nein, schwarze Blätter — nicht gerade Zweige, nein, ästige und verwickelte Reiser — nicht liebliche Früchte, nein, giftige Dornen waren da anzutreffen. — So wilde und widrige und so dichte Gesträuche haben selbst jene grausamen Waldungen nicht, die den zwischen Cecina und Corneto bebauten Gegenden so verhaßt sind. Hier bauen die häßlichen Harpyen ihre Nester, welche die Trojaner, bey trauriger Ankündigung eines künftigen Unglücks, aus den Strophaden [43]

ver-

---

[43] Die Strophaden sind Inseln des Jonischen Meeres, woraus sie verjagt wurden, weil dem Aeneas Hungersnoth prophezeyt ward.

Der

verjagten. Sie haben breite Flügel, und Hälse und Gesichter, wie Menschen, Füße mit Krallen, und ihr großer
Bauch ist gefiedert,und sie machen ein klägliches Geschrey
auf den seltsamen Bäumen.

Ehe du weiter hinein gehest, fing mein gütiger
Lehrer zu mir an, so wisse, daß du in dem andern Unterkreise bist, und so lange darinnen seyn wirst, bis du
in

Der redende Zweig war ehedem Petrus de Vineis von Capua,
von gemeinem Herkommen, aber ein großer Redner, und
Rechtsgelehrter, und Canzler und Liebling des Kaisers,
Friedrichs des zweyten. Auf die Anklage, er habe Ge-
heimnisse, die ihm der Kaiser vertrauet, dem Pabst Inno-
centius offenbaret, entsetzte er ihn seiner Würde, und ließ
ihm die Augen ausstechen, worauf dieser vor Unwillen sich
wider eine Kirchmauer den Kopf einstieß, und so gewaltsamer Weise sich ums Leben brachte.

Die beiden höllischen Flüchtlinge waren zwey Lüderliche von
Adel, die ihr ganzes Vermögen verschwendet, und ein wol-
lüstiges und viehisches Leben geführet hatten. Um nicht in
Armuth und Verachtung zu leben, stritte der eine in einer
bereits verlorenen Schlacht, wo er durch eine anständige
Flucht sich retten konnte, so tollkühn, bis er sein Leben verlor, das er verlieren wollte, und der andre hatte die Gnade,
unmittelbar sein eigner Henker zu werden.

Ein Freund der Weisheit sieht, wenn volle Gläser schwir-
ren,
Der Krankheit knöchern Bild um Tisch und Becher irren;
Er sieht das offne Grab, darein der Schlemmer stürzt,
Und flieht das süße Gift, das muntre Jahre kürzt.

Lichtwer.

in den erschrecklichen Sandsee kommst. Also gieb wohl
Achtung, und so wirst du Sachen sehen, welche so beschaffen sind, daß meine bloße Erzählung keinen Glauben finden würde.

Ich hörte von allen Seiten laut winseln, und sahe doch niemanden, der so ängstlich that. Dieserwegen
blieb ich ganz bestürzt stille stehen. Ich glaube, das er
dachte, ich bildete mir ein, alle diese Stimmen kämen
zwischen und aus den Sträuchern von Leuten hervor,
die sich vor uns versteckt hätten. Daher sagte mein Lehrer: Wenn du ein Rüthgen von einer dieser Pflanzen ab-
brichst, so werden deine Gedanken, die du davon hast,
sich alle von selbst aufheben. Hierauf streckte ich die
Hand ein wenig aus, und langte mir ein Zweiglein von
einem großen Dornstrauche, und sein abgebrochenes
Stück schrie: Warum brichst du mich entzwey? ——
So wie es hernach vom Blute schwarz wurde, schrie
es von neuem: Warum reissest du mich ab? —— Hast
du gar kein mitleidiges Herz? —— Ach! Menschen waren wir, und nun sind wir zu Sträuchern worden!
Sollte doch deine Hand barmherziger seyn, wenn wir
Schlangenseelen gewesen wären! ——

So, wie aus einem frischen grünen Brande, der an
dem einem Ende brennet, das Wasser aus dem andern
herausschwitzt, und von der Luft, die herausfährt, laut
zischet —— eben so giengen aus dem abgebrochenen
Zweige Worte und Blut zugleich heraus, weshalb ich
ihn auf den Gipfel fallen ließ, und da stand, wie ein
Mensch. der sich fürchtet. ——

Wenn er, verletzte Seele, antwortete mein
Weiser, wenn er vorher auf meine bloßen Worte
das hätte glauben können, was er nunmehro selbst er-

fah-

fahren hat, so würde er seine Hand nicht an dich gelegt
haben. Allein, so eine unglaubliche Sache machte, daß
ich ihn zu der That verleitete, die mir selbst höchstem-
pfindlich ist. Jedoch, sage ihm, wer du gewesen, so, daß,
statt einiger Vergütung, in der Oberwelt, wohin ihm
wieder zurück zu kehren erlaubt ist, er deinem schmachtenden Rufe wieder einige Erfrischung gäbe.

Der Zweig antwortete: Du lockest mich mit diesen
süßen Reden dermaßen, daß ich unmöglich schweigen
kann. Nur werdet nicht ungehalten, wenn ich im Reden mich ein wenig verweile. Ich war der, der die beiden Schlüssel zu Friedrichs Herzen hatte, und solches
mit denselben so sanft auf und zuschloß, daß ich von seinen Geheimnissen fast alle Menschen entfernte. Ich bezeigte in dem rühmlichen Amte so große Treue, daß ich
darüber Gesundheit und Kräfte verlohr. Die Hure, die
von der Gastfreyheit des Kaisers nie ihre neidischen Augen verwandte — gemeines Laster und Unglück der
Höfe! — brachte alle Gemüther wider mich auf. Und
diese, so entrüstet, brachten hernach auch den Kaiser dermaßen wider mich in Harnisch, daß alle meine Freude
und Ehre sich in Tranren und Leid verwandelte. Mein
Geist, der aus unwilligen Empfindungen glaubte, durch
den Tod aller Schande zu entfliehen, machte, daß ich,
da ich sonst überall gerecht handelte, wider mich selbst
ungerecht ward. Denn bey den neuen Wurzeln dieses
Holzes schwöre ich euch, daß ich meinem Herrn, der so
verehrungswürdig war, nie die Treue gebrochen habe.
Und kommt einer von euch wieder auf die Welt zurück,
o! so rette er mein Gedächtniß, das von dem Streiche,
den ihm die Hure, der Neid, versetzte, noch so danieder
liegt! — Hier hielt er ein wenig an. Drauf sagte mein
Dichter

Dichter zu mir: Da er stille schweigt, so verliere keine
Zeit, sondern rede, und verlange von ihm, wenn dir
weiter was gefällt. Ich antwortete: Bitte du von ihm
wieder, was du glaubst, das mich befriedigen könne. Denn
ich kann unmöglich, so sehr beklemmt mir das Mitleiden
mein Herz. Dieserwegen fing er wieder an, und sagte:
Wenn dieser Mensch dasjenige freywillig thut, was du
in deinen Reden von ihm bittest, so laß dir, eingeker-
kerter Geist, nur noch gefallen, uns zu sagen, wie die
Seele mit diesem Holze sich verbindet. Auch sage uns,
wenn du anders es vermögend bist, ob sich nie eine
Seele von dergleichen Gliedern wieder losgemacht
habe.

Hierauf blies der Zweig sehr stark, und hernach
verwandelte sich dieser Wind in folgende Stimme: Es
soll euch kurz geantwortet werden. — Wann die
wilde Seele aus dem Leibe herausfährt, von dem sie sich
selbst losgerissen hat, so schickt sie Minos in den siebenten Höllenschlund hinunter. Da fällt sie in den Wald,
und nicht etwa in einen für sie besondern Ort, sondern
dahin, wo sie das blinde Glück hinschleudert. Hier
keimt sie auf, wie ein Dinkelkorn, schoßt in den Sten-
gel, und wird zu einer wilden Pflanze. Dann kommen
die Harpyen, weiden sich von ihren Blättern, und machen ihnen die allerempfindlichsten Schmerzen, und diesen zugleich einen Weg zu den kläglichsten Ausbrüchen.
Wie alle andre Seelen, werden auch wir bereinst zu unsern Körpern uns stellen müssen, jedoch nicht dazu, daß
sich irgend eine von uns wieder damit bekleide. Denn
es lauft wider die Gerechtigkeit, daß der Mensch dasjenige wieder empfange, was er sich mit Gewalt entrissen
hat. Hier werden wir sie herschleppen, und hier in diesen

fem traurigen Walde werden unfere Leiber, ein jeder vor
dem Strauch feines unwilligen Schattens aufgehenkt
werden. ——

Wir waren noch auf den Zweig aufmerkfam, weil
wir glaubten, daß er noch mehr fagen wollte, als wir
plötzlich von einem Lärmen überfallen wurden. So wird
einer erfchreckt, der den Eber, und die ganze Jagd hinter ihm herkommen, und die Thiere und Gefträuche lärmen und raufchen hört. Eben fo flohen auf der linken
Seite zwey Nackende und Zerkratzte fo gewaltig vorbey, daß fie alles im Walde, was ihnen im Wege lag,
gewaltfam zerbrachen. Der Vorderfte fchrie: O! Lano,
fo flüchtig waren in der Schlacht bey Toppo deine Füf-
fe nicht. Und da ihm vielleicht der Athem entgieng, fo verbarg er fich mit Fleiß in einem Strauche. Hinter ihnen her war der Wald voll von fchwarzen begierigen
Hündinnen, die, gleich großen Jagdhunden, welche nur
von der Kette kommen, daher fchoffen. So fielen fie
auf den, der fich flach danieder gelegt, und verfteckt hatte, mit den Zähnen ein, und den andern zerfleifchten fie
ftückweife, und fchleppten hernach die noch fchmerzenden
Glieder mit fich hinweg.

Darauf nahm mich mein Begleiter bey der Hand,
und führte mich zu dem Strauche hin, der um die blutigen Riffe, wiewohl vergebene Zähren weinte. O!
Jacob vom heiligen Andreas, klagte er, was hat es dir
nun geholfen, daß du mich zu deinem vermeynten Schil-
de gebraucht haft? — Was kann ich für dein ruchlo-
fes Leben? — Als mein Lehrer dicht bey ihm ftand,
fagte er zu ihm: Wer wareft du aber, daß du nun durch
fo viele Oeffnungen das fchmerzhafte und frifche Blut
herausbläfeft?

O! See-

O! Seelen, antwortete er uns, die ihr herkommet, die schandbare Niederlage zu sehen, die meine Zweige so von mir losgerissen hat, o! leset sie mir unten an diesem zerstörten Neste wieder auf! Ich war aus der Stadt, die ihren ersten Schutzheiligen gegen Johannes den Täufer vertauschte, daher Mars sie dieserwegen mit seiner Kriegskunst beständig plagen wird. Und wäre an dem Uebergange des Arno nicht noch etwas von ihm zu sehen geblieben, so würden die damaligen Bürger, welche die Stadt hernach auf der Asche, welche Attila davon zurück ließ, wieder aufbauten, nur vergebens haben arbeiten lassen. **) Ich für meine Person, ich machte aus meinem Hause einen Galgen, an welchem ich mich mit meinen eigenen Händen erhieng.

44) Damals herrschte die thörigte Meinung unter den Florentinern, die Bildsäule des Mars sey für Florenz eben das, was das Palladium für Troja gewesen, weil die Soldaten des Sylla, welche Florenz erbauet haben, diese Stadt dem Mars, als ihrem beständigen Schutzgotte gewidmet hätten.

Vier-

Vierzehnter Gefang.

Inhalt.

Die Dichter gehen in den dritten Unterkreis hinein, der ein
sandigtes Feld ausmacht, wo es breite Feuerflammen regnet,
mit denen die Gewaltthätigen, welche Gott läſtern, oder die Natur misbrauchen, gemartert werden. Erſt ſehen ſie die Gottes-
läſterer, die auf dem Rücken unter den Flammen liegen.
Hernach kommen ſie an den Fluß Phlegeton, und Virgilius redet von dem Urſprunge dieſes Fluſſes, und der andern
höllischen Gewäſſer.

Die Liebe zu dem Geburtsorte zwang mich, daß ich
die zerſtreuten Zweige ſammlete, und ſie dem wie-
dergab, der ſchon ganz heiſch war. Von da kamen wir an das Ende, wo ſich der andere Unterkreis
von dem dritten ſcheidet, und wo man ein ſchreckliches
Kunſtwerk der Gerechtigkeit ſieht.

Soll ich dieſe neuen Sachen recht deutlich dar-
ſtellen, ſo muß ich ſagen, daß wir an eine Ebene hin-
kamen, die von ihrem Boden alle Gewächſe und Pflanzen entfernet. Der ſchmerzhafte Wald, ſo wie der traurige Graben, ſind gleichſam ihr Kranz, der ſie rings
herum einfaſſet. Kaum, kaum konnten wir hier fußen.
Das Pflaſter iſt ein brennender und dicker Sand, von
keiner andern Art, als derjenige, welcher ehedem von Ca-
tons [45] Füßen betreten ward.

O gött-

45) Auf der Flucht des Cato in dem ſandigten Lybien mit der
übrig gebliebenen Armee des Pompeius, die er da führte.

O göttliche Rache, wie sehr mußt du nicht von einem jeden, der hier das lieset, was meinen Augen offenbaret wurde, gefürchtet werden!

Von nackenden Seelen sahe ich ganze Heerden,
die alle sehr jämmerlich weinten, und denen eine unter-
schiedene Art der Strafe auferlegt zu seyn schien. Einige Schaaren lagen rücklings auf der Erde. Einige
saßen ganz dicht zusammen. Und die übrigen giengen
unaufhörlich herum. Die Anzahl derer, die herumgiengen, war weit größer, und die Anzahl derer, die zur Strafe
lagen, weit geringer, deren Zungen hingegen eine weit gröf-
sere Fertigkeit im Wehklagen hatten. Ueberall auf dem ganzen Sandkreise regnete es ganz langsam weit ausgebrei-
tete Feuerflammen herunter, so wie ohngefähr auf den
Alpen, wenn kein Wind wehet, die großen Schneeflo-
cken herabfallen. Und so wie Alexander ⁴⁶) in den heissen Gegenden von Indien jene Flammen auf sein Kriegsheer herabfallen sahe, die bis auf die Erde noch ganz
blieben, daher er die Vorsicht brauchte, und den Erdboden von seinen Schaaren recht fest zusammentreten
ließ, damit die Dünste einzeln sich besser löschen lassen
möchten — eben also stieg die ewige Glut herab, von
welcher sich der Sand, wie Zunder von dem Feuerstahle,
entzündete, um den Schmerz zu verdoppeln. Ruhe hat
der Haufen elender Hände niemals, die bald hier, bald
dorthin den immer frischen Brand von sich schleudern.

Mein

46) Ein Brief Alexanders des Großen an den Aristoteles soll dieses erzählen, daß er des Nachts von einem Theile der Armee so habe vorarbeiten lassen, und darauf mit dem übrigen
   Heere fortgezogen sey.

Mein Lehrer, fing ich hier an, der du, nur nicht
die harten Teufel, die beym Eingange jenes Thores auf
uns so heraus fielen, zu zwingen, sonst alles weissest, und
vermögend bist, wer ist jener Große, der den Brand
so gar nicht zu achten scheint, und so spöttisch und verkehrt da liegt, daß es das Ansehen hat, als werde ihn
der Feuerregen nicht sonderlich reifen?

Und dieser selbst, weil er gewahr wurde, daß ich
meinen Führer nach ihm fragte, schrie: So wie ich im
Leben war, eben so bin ich noch itzt im Tode. Und wenn
Jupiter auch seinen Schmidt noch so sehr ermüdet, von
dem er in seinem Grimme den scharfen Donnerkeil nahm,
der mich an meinem letzten Lebenstage erschlug — und
wenn er sie auch alle im Aetna auf dem schwarzen Ham-
mer, und wechselsweise sie abmattet, und noch so sehr:
Hilf, treuer Vulcan, hilf! dazu schreyet, so wie er in der
Schlacht bey Phlegra that ⁴⁷) — und dann alle seine Pfeile aus seiner ganzen Allmacht auf mich abschies-
set — so soll er doch die frohe und erwünschte Rache
nimmermehr schmecken! —

Hierauf antwortete mein Führer mit einer so heftigen Stärke, als ich ihn noch nicht hatte reden hören:
O! Capaneus, rief er, eben dadurch, daß sich dein ver-

G 2   messe-

---

47) In Thessalien, wo die Riesen, die den Himmel bekriegten,
vom Jupiter mit Donnerkeilen zerschmettert und überwun-
den wurden.

Capaneus bediente sich unter andern vor Theben dieser got-
teslästerlichen Reden: Ich frage, sagte er, nach den Strahlen
Jupiters eben so viel, als nach der Mittagswärme, und
ich will auch wider seinen Willen die Stadt erobern.

meſſener Stolz nicht bricht, wirſt du nur deſto härter
geſtraft.   Und keine Marter, außer nur deine eigene
Raſerey, würde für deine Wut ein vollkommenerer
Schmerz ſeyn.   Alsdenn kehrte er ſich mit holdern Lippen zu mir, und ſagte: Das war der eine von den ſie-
ben Königen, die Theben belagerten.   Er ſchätzte Gott
gering, und es ſcheint, daß er ihn noch gering ſchätze,
und wenig ſcheint es, daß er ihn achte.   Allein wie ich
ihm geſagt habe, ſo iſt ſein verachtungsvoller Trotz für
ſeine ſtolze Bruſt gehörige Schande und Strafe gnug.
Nun komm hinter mir her, und ſtehe dich wohl vor, daß
du mit den Füßen nicht in deu brennenden Sand
kommſt, ſondern geh, und halt dich dicht an dem Ge-
büſche hin.

　　Stillſchweigend kamen wir dahin, wo außer dem
Walde ein ganz kleiner Fluß hervorſchoß, über deſſen
Röthe ich mich noch entſetze.   So wie aus jenem Wi-
terbiſchen Quell ein Bach herabfließt, den hernach die
Sünderinnen ⁴⁸) unter ſich theilen — eben ſo fließt
dieſer hier durch den Sand hinunter. Der Grundboden
davon, und die beyden abhängenden Seiten, und die Ufer
an dem Rande waren von Stein verfertiget.   Ich ſahe
alſo wohl, daß man da gehen konnte. Unter allem, was
ich dir gezeigt habe, ſeitdem wir zu dem Thore herein
　　　　　　　　　　　　　　　　　　　gien-

48) Im gelindeſten Verſtande, ungeſunde Perſonen, die das Wi-
　　terbiſche Bad, unter bekanntem Zeitvertreibe, zu ihrer Ge-
　　ſundheit brauchen.   Viele ſtellen ſich krank, und werden es
　　wirklich im Bade.   Viele ſündigen ſich krank, und ergetzen
　　ſich im Bade noch kränker.   Doch hebt der Misbrauch den
　　rechten Gebrauch nicht auf.   Und hilft dieſer auch nicht al-
　　lezeit, ſo ſtraft jener gewiß beſtändig.

giengen, das Niemanden zum Einlaß verschloffen ist, hat,
dein Auge so was merkwürdiges, als dieser Fluß ist,
noch nicht wahrgenommen, der alle Flammen über sich
auslöschet. So sprach mein Führer. Ich bat ihn daher, daß er nun das Verlangen, welches er in mir erreget hätte, mir durch den wirklichen Genuß auch stillen
möchte.

Mitten auf dem Meere, fing er hierauf an, liegt
ein zerrüttetes Land, das Creta heißt, unter dessen Königs [49]) Regierung die Welt einmal züchtig lebte. Da
prangte vormals ein von Gewässern und Bäumen an-
muthsvoller Berg. Ida hieß er. Itzt steht er verlassen,
wie eine verbotene Sache. Rhea [50]) wählte ihn damals

---

49) Dieser König hieß Saturnus, unter dessen Regierung die
Menschen züchtig, aufrichtig, freundschaftlich, friedlich,
und vergnügt ohne Reue lebten. Ein solches glückseliges
Leben bewirken tugendhafte Beyspiele der Grosen! Saturn
war ein weiser Antonin, gelinde, wie Trajan, groß, wie
August.

Er hielt nicht Glück und Volk für sich allein gemacht,
Sich hielt er für die Welt von Gott hervorgebracht:
Komm wieder, glücklichs Jahr, du goldne Zeit der Alten,
Da Wahrheit, Treu und Recht und Menschenliebe galten!
Gellert.

50) Rhea war die Gemahlinn des Saturns, welcher, kraft des Ver-
gleichs mit seinem ältern Bruder Titan, der ihm die Regierung abgetreten hatte, alle männliche Erben auffraß.
Saturn bedeutet überhaupt, nach der Meinung der alten
Dichter, die Zeit, die alle ihre Hervorbringungen wieder
verzeh-

mals zu einer sichern Wiege für ihren Sohn, und um
ihn desto besser zu verheelen, wenn er weinte, ließ sie ihn
da schreyen. In diesem Berge nun steht ein großer
Greis aufgerichtet, der Damiata den Rücken zukehret,
und Rom so anschauet, als wenn er sich in seinem Spiegel

❦

verzehret, und deren Vater der Himmel ist. Als nun
Rhea ihrem Gemahl den Jupiter und die Juno gebahr,
zeigte sie ihm nur die Juno, und versteckte den Jupiter auf
dem Berg Ida, wo sie ihn erziehen, und, um das Geschrey
dieses Kindes dem Vater nicht hören zu lassen, ein festli-
ches Geräusch von Vocal- und Instrumentalmusik machen
ließ, und ein Freudenfest nach dem andern anstellete.

Der große Greis im Berge bedeutet hier die Zeit.

Damiata ist eine Stadt in Egypten, und zeiget hier den
Orient, und also das Vergangene, an, dem die Zeit den Rücken zukehrt, und die nun auf das Zukünftige, auf Rom,
auf den Occident, sieht.

Die verschiedenen Metalle zeigen die verschiedenen Zeit-
alter der Welt, und Sitten, Gebräuche und Gewohnheiten an.

Die Thränen sind hier vorzüglich alle Wirkungen und Erfolge des Hauptlasters der Unzucht, von dem das Glück der Welt
untergraben wird, und alles Elend und Unglück der Menschen vorzüglich herrührt.

Gib nicht dem flüchtgen Reiz unreiner Lüste statt,
Und schäude nicht den Leib, den Gott gebildet hat.
Arbeite, bete, fleuch die Lockung der Sirenen:
So wird dich Glück und Ruhm und muntres Alter krönen.

Lichtwer.

gel beschauete. Sein Haupt ist von feinem Golde gebildet. Seine Arme und Brust sind von reinem Silber. Dann ist er bis an die Hüften von Kupfer. Und
von da an bis ganz unten besteht er aus lauter auser-
lesenem Eisen, außer daß der rechte Fuß Ton ist, und
daß er auf diesem mehr, als auf dem andern, in die
Höhe steht. Ein jeder Theil, ausgenommen der von
Golde, hat einen Riß von einer Spalte, die Thränen
auströpfelt, welche in die Grotte herabfallen, und sie
ganz durchhö'en. Und von da dringet ihr Lauf hindurch
und schießt in diese Tiefe herunter, und macht die Flüsse
Acheron, Styx und Phlegeton. Hernach geht er weiter
durch diesen engen Canal bis dahinunter, wo man nicht
tiefer mehr hinabsteigt, und macht den Cocytus. Und
was das für ein See sey, das wirst du dort sehen, daher ich hier nichts weiter davon sage.

Wenn gegenwärtiger kleine Fluß, sagte ich hierauf, also von unsrer Welt sich herleitet, warum erscheint
er uns nur an diesem äußersten Ende?

Du weißt, war seine Antwort, daß der Ort rund
ist. Und so weit du auch schon in den Abgrund gekommen bist, so bist du, weil du dich immer blos an der linken Seite herab gelassen hast, noch nicht durch den ganzen Umfang herum. Was sich daher Neues in demselben
zeigt, darf deinen Augen nicht wunderbar vorkommen.

Mein Lehrer, erwiederte ich, wo ist aber Phlegeton
und Lete? Denn von dem einen schweigst du gar, und
von dem andern sagst du nur, daß er von jenen Thrä-
nentropfen entspringe.

Ich versichre dich, antwortete er, in allen deinen
Fragen gefällst du mir. Jedoch das Aufwallen des rothen
Wassers sollte wohl die eine von den beiden Fragen, welche

du itzt an mich gethan haft, beantworten. Und den Lete
wirft du, wiewohl außer dieſer Tiefe, zu ſehen bekommen,
dort, wo die Seelen hingehen, und ſich waſchen, wann
die gebüßte Schuld ihnen erlaſſen wird. Doch nun iſts
Zeit, daß wir uns von dem Walde entfernen. So
komm denn dicht hinter mir her. Die Ufer laſſen uns
den Weg frey, weil ſie nicht brennen, und über ihnen
aller Dunſt veelöſchet.

Fünf=

Funfzehnter Gesang.

Inhalt.

Die Dichter setzen ihren Weg durch den dritten Unterkreis längst
des Phlegetons fort, begegnen einigen Seelen der Sodomiten,
die schaarenweise unter den herabfallenden Feuerflammen
herumgiengen, unter welchen Dante mit Brunetto Latini
spricht, der ihm seine Verjagung ins Elend vorhersagt, und
hiernächst auch von einigen andern Nachricht giebt, die daselbst mit ihm gestraft wurden.

Nun bringt uns das eine von den haeten Ufeen weiter
fort. Der aus dem Flusse aufsteigende Dampf macht
oben darüber einen solchen Nebel, daß dadurch
das Wasser und die Dämme vor dem Feuee gesichert
sind.

So wie jene Einwohner in Flandern, zwischen Guzzan-
te und Beügge, aus Fuecht vor den Fluthen, die da auf
ihre Gegend stoßen, die Dämme bauen, damit das Meer
anderweitig foetgehe; und wie die Paduaner, längst des
Brentaflusses, dergleichen aufführen, um ihre Landhäu-
ser und Schlösse vorher, ehe der Chiarentanafluß die
Sommerhitze fühlet, in Sicherheit zu setzen — nach
eben dem Muster waren diese Dämme hier aufgeführet,
wiewohl der Meistee, wee ee auch gewesen seyn mag,
sie weder so hoch, noch so stark gebauet hat.

Schon waren wir so weit von dem Walde weg,
daß ich ihn, indem ich mich umwandte, gae nicht mehr
sahe, als wir einee ganzen Schaar von Seelen begegneten, die unten längst dem Damme daher kamen. Sie

sahen

sahen uns eine jede recht ins Gesicht, so wie einer den
andern Abends bey Neumondenlichte anzusehen pflegt,
und schärften ihre Blicke so auf uns zu, wie ein alter
betagter Schneider; wenn er das Nadelöhr sucht. So
von dergleichen Volke angeblickt, ward ich von einem
darunter erkannt, der mich unten am Rocke anfaßte,
und schrie: O Wunder! —— Und als er den Arm nach
mir ausstreckte, heftete ich meine begierigen Augen auf
das braune Ansehen desselben so starr, daß sein verbrann-
tes Angesicht meinen Verstand nicht hinderte, ihn zu erkennen. Ich neigte die Hand gegen sein Angesicht und
sagte zu ihm: Seyd ihr hier, Herr Brunetto? — O!
mein Sohn! versetzte er, werde nicht ungehalten, wenn
Brunetto Latini ein wenig mit dir wieder zurück, und von
der gewöhnlichen Straße abgeht. Ich bitte euch vielmehr
hierum, erwiederte ich, auf das inständigste. Verlangt
ihr auch, daß ich mich mit euch niedersetzen soll, so will
ichs gerne thun, wenn es anders diesem, den ich bey
mir habe, gefällig ist. O! mein Sohn, sagte er, derjenige,
welcher von dieser Heerde nur einen Augenblick stille
stünde, der muß hernach hundert Jahre dafür liegen,
ohne das er sich herumwenden darf, wenn ihn das
Feuer alsdenn ausbrennet. Darum so gehe fort, ich will
unten an dem Saume deiner Kleidung neben dir her-
gehen, bis ich wieder zu meiner Schaar komme, die nun
hier herumgehen, und ihren ewigen Verlust beweinen
muß.

Ich getrauete mich nicht, die Straße hinab zu
steigen, um ihm gleich zu gehen, sondern bückte mich
mit dem Kopfe gegen ihn, wie ein Mensch, der ehrerbietig neben jemand hergeht. Was für ein Glück, oder
Schicksal, fing er alsdann an, führt dich aber vor deinem

nem jüngsten Tage hier herunter? Und wer ist der, welcher dir den Weg zeiget? Dort oben in dem heitern Leben, antwortete ich ihm, verirrte ich mich in einem Thale, ehe ich mein vollkommenes Alter erreicht hatte. Nur
gestern Vormittags kehrte ich in demselben wieder um
und zurück, und eben da erschien mir dieser Geist, und
führet mich nun so wieder durch diesen Weg zurück.

Wenn du, sagte er mir hierauf, deinem Gestirne
folgest, so kannst du den rühmlichen Hafen nicht ver-
fehlen. Das habe ich dort in dem schönen Leben wohl
wahrgenommen. Und wäre ich nicht so zeitig gestorben,
so hätte ich dich, weil ich sahe, daß dir der Himmel so
günstig war, selbst zu diesem Werke angefrischet. Allein
das undankbare bösartige Volk, das, seinem ältesten Ursprunge nach, von Fiesole herstammt, und noch an Berg
und Mühlstein hängt, das wird sich wegen deines Wohl-
verhaltens sehr feindselig gegen dich bezeigen. Und
warum? — Es soll unter den wilden Holzbirnbäu-
men der liebliche Feigenbaum nicht fruchten. Nach einem alten Rufe auf der Welt ist es ein blindes, geiziges,
neidisches und hochmüthiges Volk. Mache dich von ihren Sitten ganz spiegelrein. Dein Glück behält dir so
große Ehre vor, daß sowohl die eine, als die andere
Partey gleichsam einen rechten Hunger nach dir fühlen
wird. Aber ferne sey die Speise von ihrem Munde!
Strohfutter müsse das Fiesolanische Vieh aus sich selbst
machen, und die Pflanze nicht anrühren dürfen, wenn
irgendeinmal eine auf ihrem unreinen Boden auf und
hervorkommt, in der der heilige Saame jener edeln
Römer wieder auflebet, die daselbst zurück blieben, als
das so abscheuliche Bosheitsnest erbauet wurde.

Wenn

Wenn alles mein Wünschen und Verlangen, antwortete ich, hinreichend gewesen wäre, so wäret ihr noch nicht von der menschlichen Natur verbannet worden. Denn das Bild von euch, wie ihr so väterlich, liebreich und gutherzig mit mir umgienget, als ihr auf der Welt mich zu ganzen Stunden unterrichtetet, wie sich der Mensch verewige, hat sich meinem Gemüthe fest eingepräget, und beschäfftiget mein Herz nunmehro nicht wenig. Und wie theuer und werth mir solches sey, soll man, so lange ich lebe, aus meinen Reden deutlich hören. Was ihr mir von meinen Lebensumständen saget, das schreibe ich und hebe solches mit andern Texten [51]) zur Auslegung für jene Selige auf, die es verstehen muß, wenn ich hin zu ihr komme. Doch so viel muß ich euch sagen, daß, woferne nur mein Gewissen mir keine Vorwürfe macht, ich zu allen und jeden Schicksalen fertig und bereit bin. Denn dergleichen Vorherverkündigungen sind meinen Ohren nichts Neues. Darum so mag das Glück sein Rad immerhin drehen, wie es ihm nur gefällt, und der Bauer mit seinem Grabscheite handthieren, wie er nur will.

Hierauf wandte sich mein Lehrer mit dem Kopfe nach der rechten Seite herum, sahe mich an, und sagte hernach: Derjenige hört eine Sache recht, der sie merkt. ——

Dem ohngeachtet gieng ich immer mit dem Herrn Brunetto fort, redete darum nicht weniger mit ihm, und fragte vielmehr, wer wohl seine bekanntesten und vornehmsten Collegen wären.

Von

---

51) Mit dem, was mir Ciacco und Farinata auch prophezeyt haben.

Von einem und dem andern etwas zu wissen, antwortete er, ist gut, von den übrigen aber wirds löblich
seyn, wenn wir schweigen, zumal, da die Kürze der Zeit
nicht erlaubt, so viel zu reden. Ich sage dir also überhaupt, daß es lauter Geistliche, und große und sehr berühmte Gelehrten 51) waren, und daß sie sich auf der
Welt

51) O! du überhaupt lasterhafter Priester und Gelehrter, o! er-
zittere, du Hauptschänder der Religion und der Wissenschaften, vor der schweren Rechenschaft, die du für dich und für
alle, durch deine unreine Lebensart verführte Seelen unaus-
bleiblich geben mußt!

Was nützet dein Verstand, wenn du, voll giftger List,
Im Wissen Engeln gleich, im Thun ein Teufel bist?

Lichtwer.

Wie vorzüglich verehrungswürdig und nützlich regiert nicht
ein Rector einer Universität, der gelehrt arbeitet, und tugendhaft lebet! Er brüstet sich nicht mit seiner Würde. Er sucht
nicht die Menge, sondern die Güte der Studirenden zu beför-
dern. Lehrreich bestreitet er eingerissene unanständige und
gefährliche Freyheiten, und sucht solche, als der Weisheit und
Tugend nachtheilige Gewohnheiten, ohne alles Bedenken,
und ohne die geringste Nachsicht, auf eine richterlich kluge Art
abzustellen. Er straft Uebermüthige unparteyisch, als ein gewissenhafter Richter, und beklagt und bessert sie zugleich, als
ein rechtschaffener Vater. So rühmlich macht er, durch seine würdigen Lehren und tugendhaften Beyspiele, wieder würdige und tugendhafte Gelehrten, und beseliget dadurch ganze Länder und Staaten. Und o! möchten vorzüglich Pro-
fessores ordentliche und tugendhafte Menschen seyn, so würde ein jeder von ihnen, gerührt, den flehenden Zuruf eines
jeden

Welt alle mit einerley Sünde verunreiniget haben. Da
geht Priscian mit seinem grämischen Schwarme, und auch
Francesco d'Accorso. Und wäre ich mit der juckenden
Spottsucht behaftet, so hätte ich euch sogleich denjenigen zeigen können, der von dem Knechte aller Knechte
dort von dem Arno weg, und hin an den Bacchiglione
versetzt wurde, woselbst er die übelgespannten Seegel
einzog [5]). Ich würde noch mehr sagen, allein ich kann
nicht weiter gehen noch fort reden. Denn ich sehe
dort einen neuen Dampf von Sande aufsteigen, und es
kommt Volk, mit dem ich nicht in Gesellschaft seyn darf.
Ich empfehle dir also meinen [54]) Thesaurum, in dem
ich

ieben Vaters für seinen studirenden Sohn hören und befol-
gen, den billigen Zuruf:

Dein Beyspiel sey sein Licht, dein Wandel geb ihm Kraft,
Dir muthig nachzugehn, und mach ihn tugendhaft!

Lichtwer.

[53]-Dieser war Andreas der Mozzi, Bischoff zu Florenz, und Erzbischoff in der Sodomiterey, den Pabst Bonifacius der Achte
nach Vicenz schaffte, wo er, entweder vor Chiragra, Podagra
und reissender Gicht, oder weil ihn der Tod hinraffte, nicht mehr
Sodomiterey treiben konnte, als mit welchem unnatürlichen
Laster sich gedachte Geistliche und Gelehrte schändlich verunreinigten.

[54]) Brunetto Latini war ein grosser Gelehrter, und der Hofmeister
des Dante, und hat einen Thesaurum in italiänischer, und einen in französischer Sprache geschrieben. In dem ersten handelt er von den Abwechselungen des veränderlichen Glücks,
und

ich stets lebe und rede, und weiter verlange ich nichts. Hierauf wandte er sich, und schien, wie einer von denen, die zu Verona auf dem Felde nach dem grünen Tuche laufen, und unter diesen wie derjenige, welcher gewinnt, und nicht wie einer, der verliert.

und in dem andern von allerhand historischen, physikalischen, moralischen und politischen Sachen.

Sechzehnter Gesang.

Inhalt.

Die Dichter waren fast ans Ende des dritten Unterkreises gekommen. Da hielten sie sich ein wenig auf, um noch andere Seelen von Sodomiten in Augenschein zu nehmen. Dante redet mit Jacob Rusticucci, setzt darauf mit seinem Begleiter den Weg fort, und sie kommen dahin, wo der Phlegeton in den andern Kreis fällt, aus dem sie eine ungeheure Gestalt herauf steigen sehen.

Schon waren wir an dem Orte, wo man den Schall des Wassers, das in den andern Kreis fällt, ertönen hörte, der dem Gesumme eines Bienenschwarms ziemlich beykommt. Da erblickten wir von neuem eine Rotte, die in dem peinlichen Marterregen herumgieng, aus welcher drey Schatten zugleich herausliefen. Sie kamen auf uns zugeschossen und schrieen ein jeder: Du, halt! — denn an deiner Kleidung sieht man es, daß du aus unserm verkehrten Lande bist. Hilf, Himmel! was sahe ich nicht für frische und alte von den Flammen entzündete Wunden an ihren Gliedern! — Es schmerzt mich noch, wenn ich nur daran gedenke. Mein Lehrer, der sich ihr Geschrey vermuthet hatte, wandte sich mit dem Gesichte nach mir um, und sagte: Itzt warte, denn gegen die muß man bescheiden und höflich seyn. Ja, wenn das Feuer nicht wäre, welches auch die Natur des Orts bekrieget, so wollte ich sagen, die Eil stünde dir besser, als ihnen an. Sie fiengen, auch da wir stille stunden, eben die alte Sprache wieder an.

an. Und als sie zu uns heran kamen, machten sie
aus sich allen dreyen [55]) ein Rad.

So, wie jene Kämpfer, nackend und gesalbt, einander erst unter die Augen traten, und sich ihren Angriff
und ihre Vortheile vorher aussahen, ehe sie sich schlugen
und mit einander kämpften — also richtete ein jeder,
indem er wie ein Rad herumlief, erst sein Gesicht nach
mir hin, so, daß der Kopf beständig den Füßen Platz
machte.

Woferne, fing hierauf der eine Schatten an, das
Elend dieses nachgebenden Orts, und unser trauriges
und entkleidetes Ansehen uns und unser Bitten nun hier
verächtlich machen, o! so laß unsern Ruf dein Herz bewegen, und sage uns, wer du bist, daß du mit lebendigen Füßen so sicher durch die Hölle fortschreitest. Der
hier, in dessen Fußtapfen du mich treten siehst, so nackend und kahl er auch geht, war sonst von größerm
Range, als du wohl nicht glaubst. Er war ein Enkel
der guten Gualdraba [56]), er hieß der kriegerische Guido, und hat in seinem Leben durch seinen Verstand, und
mit

---

55) Denn die zur Strafe in dem brennenden Sande herumgiengen, durften nicht stille stehen, sondern mußten in beständi-
ger Bewegung seyn.

56) Gualdrada war die Tochter des Bellincion Berti, die der
Kaiser Otto, der Vierte, wegen ihrer außerordentlichen Schönheit an einem Gallatage zu küssen Lust bezeigte. Ihr Vater versprach dem Kaiser, dazu behülflich zu seyn. Sie hörte solches, erröthete, und sagte unverzüglich und freymüthig zu
ihm: Seyn sie nicht so freygebig, mein Herr Vater, mit dergleichen Versprechungen. Denn mich soll nie einer, als nur

mit dem Degen gnug Thaten gethan. Der andere, der neben mir den Sand tritt, ist Tegghia Aldobrandi, dessen Rath auf der Oberwelt billig hätte befolgt werden sollen. Und ich, der mit ihnen leiden muß, ich war Jakob Rusticucci, und versichere dich, daß mein unbändiges Weib mir mehr, als alles andere, schadet.

Wäre ich vor dem Feuer sicher gewesen, so hätte ich mich hinunter und unter sie geworfen, und ich glaube, mein Lehrer hätte es auch zugegeben. Allein weil ich mich angesteckt und verbrannt haben würde, so behielt die Furcht über meinen guten Willen die Oberhand, der mich nach ihren Umarmungen so begierig machte. Darauf fing ich an und sagte:

Nicht Verachtung, sondern heftigen Schmerz, der nur spät sich ganz verliert, hat euer Zustand in meinem Innersten erreget, so bald dieser, mein Herr, mir nur wenige

mein rechtmäßiger Liebster küssen. Der Kaiser, mehr erstaunt über diese fertige und tugendhafte Antwort, als über ihre Schönheit, vermählte sie darauf mit einem seiner Freyherren, Namens Guido, von dem das Geschlecht der Grafen Guido seinen Ursprung hat, und beschenkte sie zur Mitgabe mit der ganzen Grafschaft Casentino und einem Theile von Romagna.

Tegghia Aldobrandi gab einst den Rath, die Florentiner sollten nicht mit den Sanesern schlagen, der aber nicht befolget ward, worauf die gänzliche Niederlage der Florentiner erfolgte.

Jacob Rusticucci war ein reicher und tapfrer Herr, der sich von seiner ungesitteten und trotzigen Gemahlinn endlich scheiden lassen mußte, welches ihn hernach zur Sodomiterey verleitete.

wenige Worte sagte, aus denen ich urtheilte, daß solche
Geister kämen, wie ihr seyd. Ich bin aus eurem Lande, und habe jederzeit eure würdigen Thaten und Namen
nur allzu gern geschildert und angehöret. Ich lasse
die Galle [57]), und gehe nach den süßen Früchten, die
mir durch diesen wahrhaften Führer versprochen sind,
wiewohl ich mich bis zum Mittelpunkte noch erst hinunter plagen muß.

Noch lange sey die Seele der Führer deiner Glieder,
antwortete er hierauf, und der Glanz deines Ruhmes
folge dir nach! — Aber sage mir doch, wohnen denn
Höflichkeit und Tapferkeit noch, wie sonst, in unsrer
Stadt, oder haben sie vollends ihren Abschied genommen? Denn Wilhelm Borsiere, der seit nicht langer
Zeit hier mit uns leidet, und dort mit der Gesellschaft
geht, klagt wenigstens in seinen Reden ziemlich
darüber.

Das neue Volk, und die schnell erworbenen Reich-
thümer, die, o! Florenz, die haben Stolz und Uebermuth in dir erzeuget, so, daß du deine Frucht allmählig fühlest, und schon darüber weinest! Also rief ich mit
gen Himmel erhabenem Angesichte aus, daher die
Drey, die solches statt der Antwort hörten, einer den
andern, ansahen, so wie man bey Wahrheiten sieht.

Wenn dir, antworteten sie alle, es allemal
so wenig kostet, einen zufrieden zu stellen, o! so
bist du sehr glücklich, daß du so nach deinem Be-

H 2   lieben

---

57) Ich lasse die Galle, d. i. ich lasse den Thoren ihr Lasterleben,
    das bittre Früchte trägt, und suche mein Glück in der Tu-
    gend, die der Baum des Lebens ist, und mir den vollkomme-
    nen Genuß ihrer Früchte im Himmel verspricht.

lieben redeſt. Wenn du daher aus dieſen dunkeln
Oertern wieder herauskommſt, und die ſchönen Sterne wieder erblickeſt; wenn du dich freuen wirſt, mit Nutzen ſagen zu können: Ich bin da und dort geweſen,
o! ſo rede dann auch mit dem Volke von uns! —
So fort brachen ſie das Rad aus einander, und flohen
auf ihren ſchnellen Füſſen, wie auf Flügeln, davon.
Ein Amen kann ſo geſchwind nicht ausgeſprochen werden, als ſie verſchwunden waren. Daher ſchien es meinem Lehrer Zeit, ſich fortzumachen. Ich folgte ihm,
und wir waren noch nicht weit gegangen, als der Schall
des Waſſers uns ſo nahe kam, daß, wenn wir geredet
hätten, wir ſchwerlich würden gehört worden ſeyn.

So wie jener Fluß, der urſprünglich bey dem
Berge Viſo, gegen Morgen zu, auf der linken Seite des
Apenniniſchen Gebirges ſeinen eigenen Lauf nimmt, mithin da oben das ſtille Waſſer heiſſet, ehe er in die Tiefe herunter fließt, bey Forli hingegen ſchon dieſen Namen verlieret, endlich dort über St. Benedetto von den
Alpen mit lautem Geräuſche ſich hören läſſet, weil er
durch einen jähen Waſſerfall herabſtürzt, wo er von Tau-
ſenden in daſigen Gegenden gehöret werden muß, eben
ſo befanden wir, daß das gefärbte Waſſer von einem
abſchöſſigen Ufer herunterbrauſte, ſo, daß der Schall
davon in wenig Stunden einen taub gemacht haben
würde.

Ich hatte noch einen Strick um den Leib, mit dem
ich einmal das Pantertthier mit dem bunt gemalten Felle
zu fangen gedachte. Als ich den, ſo wie mir mein Führer befahl, mir ganz abgemacht hatte, gab ich ihm ſel-
bigen ganz zuſammengewickelt hin. Da wandte er ſich,
gegen die rechte Seite zu, um, und warf ihn, jedoch in
einiger

einiger Entfernung von dem Ufer, in die dunkle Tiefe
hinunter. Auf einen neuen Wink meines Lehrers, den
er mit dem Auge so nachdrücklich begleitete, sagte ich
bey mir selbst: Was muß doch wohl hierauf wieder
neues erfolgen sollen? — O! wie vorsichtig müssen nicht die Menschen bey denen seyn, die nicht bloß
auf die äußerlichen Handlungen sehen, sondern mit dem
Verstande bis in die Gedanken hinein dringen! —
Bald wird das herauf kommen, sagte er zu mir, was
ich erwarte, und was deine Einbildung träumet, bald
wird es deinem Gesichte sich offenbaren.

Bey einer wirklichen Wahrheit, die den Anschein
der Lügen hat, soll zwar der Mensch, an statt sie zu erzählen, lieber seine Lippen stets, so viel er kann, verschlossen halten. Warum? Er beschämt sich ohne Schuld.
Allein hier kann ich unmöglich schweigen, und bey den
Schilderungen in diesem Gedichte, woferne sie nicht ganz
von Annehmlichkeit leer sind, schwöre ich dir, mein Leser, daß ich durch die dicke und dunkle Luft eine, auch
jedem sichern Herzen außerordentlich wunderbare Gestalt, fast in der Stellung daher schwimmen sahe, wie
einer, der zuweilen den Anker, welcher an einer Klippe,
oder sonst was festem im Meere anhängt, abzulösen
hinunter geht, so wie ein solcher, sage ich, wieder zurück
kömmt, daß er oben sich ausdehnet, und unten an den
Füßen sich ganz zusammen und einzieht.

Sieben-

Siebenzehnter Gesang.

Inhalt.

Der Dichter beschreibet die ungeheure Figur des Geryons, dem
sie sich nähern.   Hernach geht Dante, auf Anrathen des
Virgilius, und betrachtet die Wucherer, deren Strafe ist,
daß sie gezwungen sind, sitzend, unter dem erschrecklichen
Feuerregen zu leiden.   Nachdem er einige davon gesehen, kehret er wieder zu seinem Führer zurück, und beyde kommen,
auf dem Rücken Geryons, in den achten Kreis hinunter.

D a ist das wilde Thier mit dem gefährlichen
Schwanze, das über Berge steigt, und Mauern
und Waffen zerbricht —— da ist es, das Ungeheuer, welches mit seinem Athem die ganze Welt an-
steckt!   So fing mein Lehrer mit mir an zu reden, und
winkte ihm, daß es an das Ufer zu Ende der steinernen
Gänge heran käme.   Da kam das unreine Ebenbild des
Betrugs, und reichte den Kopf und die halbe Brust dar,
den Schwanz aber zog es nicht bis ans Ufer hinauf.
Sein Gesicht war wie das Gesicht eines rechtschaffenen
Menschen, so angenehm war das äußerliche Ansehen
seiner Haut, das andre ganze Untergebäude hingegen
war wie eine Schlange gestaltet. Zwo Klauen hatte es,
die bis oben an die Schultern haaricht waren.   Der
Rücken, die Brust und die beiden Seiten waren mit Knoten
und runden Kreisen von allerhand unter einandergemisch-
ten und über einander gezogenen und mehreren Farben
bemalet, als wohl nie weder Tartarn, noch Türken ihre Tü-
cher bezeichnet haben, so wie auch wohl nie Leinwand von

so

so viel Farben von der Arachne [58]) gewebt wor-
ben ist.

So wie zuweilen die Barken am Ufer, halb
im Wasser und halb auf dem Lande, herausstehen; und
wie dort unter den schlemmerischen Deutschen [59]) der Bi-
ber sich in Bereitschaft setzt, seinen Fischfang zu machen — also stellte sich das böse Unthier an dem Ufer
hin, das den Sand mit Steinen einschließt. Im Bloßen
schwomm sein ganzer Schwanz, der das giftige Ruder in
die Höhe krümmte, und den, gleich dem Schwanze eines
Scorpions, eine tödtliche Spitze bewaffnete.

Itzt, sagte mein Führer, müssen wir ein wenig in
die Krümme herum gehen, bis wir bey dem bösartigen
Thiere, das dort liegt, ankommen. Daher stiegen
wir auf der rechten Seite hinunter, und thaten etwa
zehn Schritte auf dem äußersten Rande, um dem brennenden Sande und den Flammen desto besser auszuweichen. Kaum waren wir zu ihm gekommen, so sahe ich,
etwas weiter hin auf dem Sande, nahe an dem abschös-
sigen Orte, Leute sitzen. Hier sagte mein Lehrer zu mir:
Damit du eine vollständige Erfahrung von diesem Kreise erlangest, so geh und siehe noch das Bezeigen dieser
Kreaturen mit an. Nur mache deine Reden da kurz.
Unterdessen bis du wiederkommst, will ich mit diesem Thiere
reden, daß es uns seine starke Schultern leihe. Also

H 4   gieng

---

58) Arachne war eine Frauensperson aus Lydien, und wegen ihrer Geschicklichkeit im Weben so berühmt, aber auch so stolz,
daß sie in dieser Kunst selbst Minerven, die Göttinn der
Künste und Wissenschaften, übertreffen wollte, ward aber von
ihr, als sie nicht bestand, in eine Spinne verwandelt.

59) Längst des Donauflusses.

gieng ich ganz allein noch weiter hin auf die äußerste Höhe des siebenten Kreises, wo das traurige Volk saß.
Aus ihren Augen brach ihre Klage hervor. Hier und
da suchten sie sich, bald vor den Dünsten, bald vor dem
heissen Boden mit ihren Händen zu helfen. Nicht
anders machen es im Sommer die Hunde bald mit der
Schnauze, bald mit den Pfoten, wann sie von Flöhen,
oder von Mücken, oder von Bremsen geplaget werden.

Hierauf sahe ich einigen, auf die das schmerzhafte
Feuer herabfällt, recht ins Gesicht, worunter ich aber
keinen kannte. Allein das ward ich gewahr, daß einem
jeden eine [60]) Tasche am Halse herunter hieng, die eine
gewisse Farbe und ein gewisses Zeichen führte, und woran sich, wie es schien, ihre Augen weideten. Wie ich
also erst recht unter sie kam, und sie genau betrachtete,
da sahe ich an einem gelben Beutel ein blaues Gemähl-
de welches das Gesicht, und die Gestalt eines Löwen
hatte. Dann gieng ich mit meinen Blicken den Haufen
weiter durch, und sahe eine andre Tasche, die röther noch,
als Blut, aussah, und eine Gans zeigte, die noch weis-
ser, als Schnee war. Und einer, der mit einer blauen
und trächtigen Sau seinen weissen Sack bezeichnet hatte, sagte zu mir: Was willst du in dieser Grube? Mache, daß du fortkommst. Doch weil du noch lebendig
bist, so wisse, daß mein Nachbar Vitaliano [61]) hier auf
mei-

60) Diese Taschen, Beutel und Säcke mit ihren Farben und
Zeichen waren adeliche italiänische Waren.

61) Vitaliano del Dente von Padua war ein berühmter Wucherer. Und der, welcher ironisch das Haupt aller Cavaliere genennt
wird, war M. G. Bujamonte, der damals schändlichste Wucherer von ganz Europa.

meiner Seite keinen Sitz haben wird. Ich sitze hier,
als ein Paduaner, bey Florentinern, die mir oft die Ohren ganz betäuben, wenn sie anfangen zu schreyen:
O! käme nur erst das Haupt aller Cavaliere, der die Tasche mit den drey Schnäbeln mitbringen wird! Hierzu
machte er ein schiefes Maul, und streckte die Zunge heraus, wie ein Ochse, der sich die Nase leckt. Jedoch ich
besorgte, ein längeres Verweilen möchte denjenigen be-
unruhigen, welcher mich, hier nicht lange mich aufzuhal-
ten, erinnert hatte, und kehrete also von den elenden
Seelen wieder zurück.

Ich fand meinen Lehrer, der schon auf das Hintertheil des wilden Thieres hinaufgestiegen war, und
mir zurief: Wohlan, sey itzt stark und beherzt! Nunmehro müssen wir auf solchen Stufen hinabsteigen.
Setze dich vor mich, denn ich will in der Mitten bleiben,
so, das dir der Schwanz keinen Schaden thun kann.

So wie einem zu Muthe ist, dem der Frost des
viertägigen Fiebers so nahe kommt, daß ihm schon die
Nägel blau werden, und daß er beym bloßen Antritte des
Schauers schon völlig zittert — eben so ward mir bey
Aussprechung dieser Worte zu Muthe. Allein seine zu
befürchtende Drohungen erregten bey mir eine Schaam,
welche in Gegenwart eines guten Herrn einen muthigen
Diener macht. Ich machte mich also auf die breiten
Schultern hinauf. Ja, wollte ich antworten, aber die
Stimme: eile und umfasse mich, folgte nicht, so
wie ich glaubte. Doch derjenige, welcher schon einmal
bey jenem starken Geschrey in die Höhe *²) mir zu
Hülfe kam, umschlung mich, so bald ich hinauf war, mit

H 5   seinen

62) Bey dem Geschrey der Erynnen im 9ten Gesange.

seinen Armen, und hielt mich, daß ich nicht fiel. Geryon, [63]) sagte er alsdenn, nun laß dein breites Fahr-
zeug allmälig sich bewegen, und fahre gemächlich ab und
hinunter. Bedenke die neue Ladung, die du trägest.

So wie ein kleines Schiff von seinem Orte immer
weiter zurück ab und fortgeht — eben so bewegte sich
das Thier von seiner Stelle hinweg. Und weil es bey
sich fühlte, daß alles nach Wunsche gieng, so wandte es
sich mit dem Schwanze nun dahin, wo es erst mit der
Brust stand, und bewegte denselben ausgestreckt, wie ein
Aal, und mit den Klauen scharrte es gleichsam die Luft
an sich.

Wie groß muß nicht die Furcht auf der Welt gewesen seyn, als Phaeton [64]) einst Zaum und Zügel

fahren

63) Die Poeten dichten, Geryon, König in Spanien habe drey Leiber
gehabt, gewisse Ochsen mit Menschenfleische ernähret, und sey
ein Ausbund von Arglist gewesen. Deswegen nennet Dante diese Bestie Geryon.

64) Phaeton war ein Sohn des Apollo und der Clymene. Wegen des Vorwurfs, der ihm gemacht wurde, er sey kein Sohn
der Sonne, bat er, aus jugendlichem Ehrgeize, nur einen Tag
den Sonnenwagen fahren zu dürfen, und die Welt zu erleuch-
ten. Er erhielt die Erlaubniß und zugleich gehörigen Unter-
richt. Allein Phaeton wußte die feurigen Sonnenpferde nicht
zu regieren. Sie wurden wild, giengen mit ihm durch, und
Himmel und Erde geriethen in Verwirrung und Flammen,
daher, auf Ansuchen der Erde, Jupiter ihn mit einem Don-
nerkeile erschießen mußte, und in den Po herabstürzte, damit
die Welt nicht im Feuer aufgehen möchte.

Icarus

fahren ließ, daher Himmel und Erde in Brand geriethen,
wovon man noch Spuren zu sehen glaubt. Wie groß mußte sie nicht damals bey dem armen Icarus seyn, als er
fühlte, daß ihm, wegen des schmelzenden Wachses, die Flügel entgiengen, und der Vater ihm zuschrie: Du fliegst in
dein Unglück! — Allein weit größer war die Furcht und
die Angst bey mir, als ich sahe, daß ich mich von allen Seiten in der bloßen Luft befand, und daß alle andre Aussicht,
außer die nach dem Thiere, verloschen war. Es geht
also schwimmend ganz sachte und langsam fort, drehet
sich herum, und fährt hinunter. Allein davon wurde
ich

. Icarus war ein Sohn des Dädalus, die beide in dem
von letzterm gebauten Irrgarten eingeschlossen wurden. Um
daraus durch die Luft fortzufliegen, machte der Vater sich
und dem Sohne mit Wachse zusammengefügte Flügel.
Icarus flog, wider des Vaters Warnung, zu hoch gegen die
Sonne, die ihm die Flügel schmelzte, daß er ins Meer herunter stürzte.

Bey Durchlesung dieses Gesangs richte man zugleich seine Gedanken auf die wahre Beschaffenheit eines arglistigen
Betrügers überhaupt, sodann auf den ersten Anschein und
folgenden Zustand eines in die See gehenden Schiffes, ferner auf den ersten Anblick und das allmählige Bezeigen eines reichen Wucherers, wie auch auf den Zustand solcher
Personen, die sich in der Verlegenheit befinden, welche sie nö-
thiget, entweder zu einem solchen wucherischen Thiere ihre
Zuflucht zu nehmen, oder zu Schiffe ihr Heil zu versuchen.
So zeigen die Worte dieses Gesangs viele Sachen
zugleich an, und so, daß alle Ausdrücke diesen mehrern Sachen vollkommen angemessen sind. Und das heißt auf eine
sinnreiche Art mit wenigem viel gesagt.

ich nichts gewahr, als daß ich im Gesichte und unter mir nur einen Wind verspürte. Schon hörte ich auf der rechten Hand den Schlund unter uns erschrecklich gurgeln, daher ich mit hinunter gerichteten Augen den Kopf weit hervorstreckte. Da furchte ich mich aber vor einem jählingen Sturzfall noch weit mehr, zumal da ich Feuer sahe, und Klagen hörte, so, daß ich also zitternd und bebend mich ganz zusammen schmiegte. Und hernach hörte ich das Hinunterfahren und das Herumkreisen, welches ich sonst noch nie gehört hatte, und erfuhr es durch die großen Uebel, die von verschiedenen Seiten her sich näherten.

So wie der Falke, der lange genug in der Höhe herumgeflogen, und, ohne Lockspeise, oder Vogel zu sehen, verursacht, daß der Falkenirer spricht: o! steige herunter, alsdann sich voll Verdruß herabläßt, schnell in hundert Kreisen sich fortbewegt, und von ferne unwillig und unmuthsvoll bey seinem Herrn sich hinsetzt —— also setzte Geryon auf den Grund und Boden unten an dem abgebrochenen Felsen den Fuß nieder, und floh, nachdem er unsere Personen abgeladen hatte, schnell, wie ein Pfeil vom Bogen, fort und davon.

Achtzehn-

✠ ✱ ✠ ✱ ✠ ✱ ✠ ✱ ✠ ✱ ✠ ✱ ✠ ✱ ✠ ✱ ✠ ✱ ✠ ✱ ✠ ✱ ✠ ✱ ✠

Achtzehnter Gesang.

Inhalt.

Der Dichter beschreibt die Lage und die Gestalt des achten Kreises der Hölle, dessen Grund in zehn Abgründe eingetheilt
ist, in denen die Betrüger gemartert werden. Hernach schildert er den ersten Abgrund, in welchem die Kuppler und die
Verführer des Frauenzimmers von Teufeln grausam zer-
peitscht werden. Von da geben sie in den andern Abgrund,
wo die Schmeichler in dem widrigsten Unflat sich eingeschlammt befinden.

Jn der Hölle ist ein Ort, der Malebolge heißt, und
der, so wie sein ganzer Umkreis, rings herum ganz
steinern und eisenfärbig ist. Gerade in der Mitten des verfluchten Gefildes prangt ein ziemlich weiter
und tiefer Brunnen, dessen künstlicher Bau an seinem
Orte beschrieben werden soll. Der ganze übrige Umfang also zwischen dem Brunnen und dem Aeußersten des
hohen harten Ufers ist durchaus rund, und sein Grund
ist in zehn feste Thäler abgetheilt.

So wie da die Aussicht beschaffen ist, wo, zu desto mehrerer Sicherheit der Mauern, feste Oerter mit
Graben umgeben sind, die den Theil, den sie umgeben,
desto fester machen — eben so zeigten sich hier diese
Thäler. Und wie bey dergleichen Festungen von ihrem
Boden an, bis ans Ufer heraus, sich kleine Brücken befinden — so giengen von dem Grunde dieses Felsens
ganze Felsenstücke heraus, welche die dortigen Dämme
und Graben bis zu dem Brunnen hin durchschnitten,
der

der sie alle da abkürzt und an sich sammlet. Und an diesem Orte der Hölle war es, wo wir von dem Rück-grabe Geryons uns abgeschüttelt befanden.

Virgilius hielt sich nun linker Hand, und ich gieng hinter ihm her. Rechter Hand sahe ich abermals neuen Jammer, neue Martern, neue Henker, mit denen der ganze erste Abgrund angefüllt war. Im Grunde waren die Sünder nackend. Auf der Mitte disseits kamen sie uns mit dem Gesichte entgegen, und jenseits giengen sie, jedoch mit stärkern Schritten, mit uns.

So wie dort die Römischen Truppen am Jubel-jahre das Volk über die nur erst *) abgetheilte Brücke hinüberschaffen müssen, so, daß auf der einen Seite alle das Gesicht nach der Engelsburg hinwenden und nach der Peterskirche zu gehen, und die auf der andern Seite ihren Gang nach den Bergen zu nehmen — eben so sahe ich disseits und jenseits, hin und her auf diesen schwarzen Steinen gehörnte Teufel mit großen Geissel-peitschen auf diese hier von hinten zu loshauen. O! wie hoben sie schon bey den ersten Hieben die Bein-auf, und da war wohl niemand, der die andern, vielweniger die dritten Streiche abwartete. Indem ich so gieng, stießen meine Augen auf Einen, daher ich sofort sagte: Schon der Anblick dieses Bösewichts sättigt mich. Um daher seine Gestalt recht einzunehmen, sahe ich ihn starr an, und mein liebreicher Führer stand mit mir stille, und

willigte

---

65) Dieß geschah im Jahre nach Christi Geburt 1300. an dem ersten allgemeinen Jubelablaßjahre, auf Befehl Pabsts Boni-facius des Achten, damit das Volk im Begegnen nicht wi-der einander laufen, und in Unordnung und Aufstand gera-then möchte.

willigte darein, daß ich in etwas zurückgieng. Doch der
Gegeiſſelte glaubte, ſich verbergen zu können, und ſchlug
das Geſicht nieder. Allein es half ihm wenig. Denn
ich ſagte zu ihm: Du, der du die Augen ſo niederſchlägſt,
wenn deine äußerliche Geſtalt nicht betrügt, ſo biſt du
Venedico Caccianimico. Allein was bringt dich zu ſo
ſcharf gewürzten Speiſen? — Ungern ſage ichs, antwortete er mir. Deine helle Sprache aber zwingt mich,
und macht, daß ich mich der alten Welt erinnere. Ja,
ich war der, der die ſchöne Ghiſola 66) dahin brachte,
dem Marquis zu Gefallen zu leben, ſo verſchieden die
Erzählung der unreinen Neuigkeit auch klingt. Und
ich bin nicht etwa der einzige Bologneſer, der hier weinet. O nein! Dieſer Ort iſt vielmehr ſo voll davon,
daß gegenwärtig gewiß ſo viel Zungen nicht ſeyn werden, die man zwiſchen Savena 67) und dem Rhein ein
falſches Ja ſprechen lehret. Und wenn du hiervon Beweis und Zeugniß verlangſt, ſo führe dir nur unſern
geizigen Buſen zu Gemüthe. Indem er ſo redete, gab ihm
ein Teufel mit ſeiner hölliſchen Knute einen ſchrecklichen
Hieb und ſchrie: Fort, Kuppler, hier giebts keine Weibs-
bilder für geprägtes Metall. Ich eilte, daß ich wieder

66) Ghiſola war des Caccianimies leibliche Schweſter, die er zur
Unzucht mit Obizzo da Eſti, Herrn zu Ferrard, vorzüglich
durch Geld und durch die falſche Verſicherung, der Marquis
wolle ſie zur Gemahlinn nehmen, endlich verleitete.
Was kann das Laſter nicht erzwingen,
Wenn es die Hoheit unterſtützt!
Gellert.
67) In Bologna und ihrem Gebiete, wo man Sipa für Si
ſpricht.

dee zu meinem Begleiter kam. Hierauf kamen wir mit
wenigen Schritten an einen Ort, wo ein Felsenstück von
dem Ufer herausgieng. Da stiegen wir ziemlich leicht
hinauf, wo wir uns auf einem Absatze davon rechtshin
wandten, und aus den ewigen Lauffreisen uns fortmach-
ten. Als wir an den Ort kamen, wo der Felsen unten weit ausgeschweift ist, damit die Gestäupten da vorbey gehen können, sagte mein Führer: Halt ein wenig
an, und mache, daß du jene Ausgearteten auch zu Gesichte bekommst, denen du noch nicht hast in die Augen
sehen können, weil sie mit uns nach einer Richtung gegangen sind.

Von der alten Brücke sahen wir den Zug, der auf
der andern Seite auf uns zu kam, und den die Peitsche
gleichergestalt zerschlägt. Siehe, sagte mein guter Lehrer, ohne daß ich ihn darum fragte, siehe den Großen, der
da kömmt, und vor heftigem Schmerze keine Thräne zu ver-
gießen scheint, welch ein königliches Ansehen hat er nicht
noch! Das ist der Held [68]) Jason, der, so beherzt als
klug, die Colchier um das goldne Vlies brachte. Er
zog

68) Jason war ein Prinz Aesons, Königs in Thessalien, der mit
dem schönen Schiffe Argus, und von den vornehmsten Grie-
chischen Helden begleitet, nach Colchos seegelte, um das
goldne Vlies zu erobern, welches daselbst in einem Walde von grausamen Stieren und einem großen Drachen bewacht und verwahret wurde. Bey seiner Ankunft machte er
so fort Freundschaft mit des Königs Aetha Prinzeßinn, der
Medea. Diese war eine große Zauberinn, und machte, aus
Liebe zum Jason, die Ungeheuer schlafend, der alsdenn den
Colchiern ihren Schatz raubte, mit der Medea floh, und sie
zu seiner Gemahlinn nahm.

zog durch die Insel Lemnos, als die wilden und unbarmherzigen Weiber alle ihre Männer dem Tode aufopfer-
ten. Daselbst betrog er mit Liebkosungen und mit zier-
lichen Worten Hysiphilen ⁶⁹), diese junge Schöne betrog er, die vorher alle andre ihres Geschlechts betrogen
hatte. Schwanger und ganz allein verließ er sie daselbst. Und ein so großes Verbrechen verdammt ihn
zu einer so heftigen Marter; so wird auch noch wegen
Medeen ⁷⁰) Rache an ihm ausgeübt. Mit diesem gehen daselbst und leiden alle, die auf solche Weise betrogen haben. Und dieses mag gnug seyn, von dem ersten Abgrunde, und von denen zu wissen, die er in seinem Rachen eingeschlossen hält.

Schon waren wir da, wo der enge Weg den andern Damm durchkreuzet, und mit diesem in einen zweyten Bogen zusammengeht. Hier wurden wir Leute gewahr,

69) Hysiphile war Königinn von Lemnos, wo die Weiber aus
Eifersucht, und um die Untreue ihrer Männer zu bestrafen,
und sich ihrer Tyranney zu entziehen, sie alle, kraft einer allgemeinen Mordverschwörung, umbrachten: Allein das Leben
des Königs Toas, ihres Vaters, rettete diese Prinzeßinn,
und machte seinen Tod so wahrscheinlich, daß alle ihres Geschlechts glaubten, er sey auch ermordet. Und eben diese Königinn war die junge Schöne, die Jason besuchte, und die
ihm Zwillinge gebahr, aber betrügerisch von ihm verlassen
wurde.

70) Rache wird wegen seiner Untreue an ihm ausgeübt, die
er an Medeen dadurch begieng, daß er nach Korinth gieng,
und sich mit des Königs Creon Prinzeßinn, der Creusa, vermählte.

J

wahr, die in den andern Abgrund ganz krumm zusammengebeugt hinein ächzten und wehklagten, mit dem Munde vor Zorn schnaubten, und sich selbst mit den flachen Händen zerschlugen. Die Ufer waren, von dem Hinunterathmen, ganz wie mit Schimmel überzogen, der sich daselbst fest anlegt, und mit den Augen und der Nase den widrigsten Streit verursacht. Der Grund ist so tief, daß hier kein Ort besser zum Sehen ist, als wenn man vorne auf den Rücken des Bogens hinauf steigt, wo die Klippe weiter hervorsteht. Hier machten wir uns also hin, und da sahe ich unten in dem Graben Volk in einen Unflath hineingesenkt, der von jenem Geheimen der Menschen dahin gebracht zu seyn schien. Indem ich da unten mit den Augen so herumsuchte, sah ich einen mit einem Kopfe, der so voll von dergleichen Unreinigkeit war, daß man nicht erkennen konnte, ob es der Kopf eines Layen oder eines Pfaffen war. Dieser schalt und schrie auf mich zu: Warum bist du so begierig, mich mehr, als die andern Unstäthigen, zu betrachten? Weil ich, war meine Antwort, dich schon mit den trocknen Haaren gesehen habe; denn du bist Alessio Interminei von Lucca, und darum sehe ich auf dich mehr, als auf alle die andern. Hierauf schlug er sich vor die kahle Stirne und schrie: O! hier herunter haben mich die verdammten Schmeicheleyen versenkt, deren meine Zunge nie müde werden konnte! ——

Nach diesem sagte mein Lehrer zu mir: Nun richte dein Gesicht ein wenig weiter vor, so, daß du mit deinen Augen noch das Angesicht jener unstäthigen Dirne mit den zerstreuten Haaren recht beschauest, die sich dort mit den unreinen Nägeln die Haut zerkratzet, und

und bald vorwärts, bald seitwärts sich verbeugt, bald wieder aufgerichtet steht. Thais ist die Hure, die ehedem ihrem Buhler für sein Geschenk, und blos aus Schmeicheley, und aus Begierde nach mehreren Geschenken, allen nur ersinnlichen, ja den allerzärtlichsten Dank abstatten ließ. Und hiermit mag das Verlangen unsrer Augen für dießmal gestillt seyn.

Neun-

Neunzehnter Gesang.

Inhalt.

Dante findet in dem dritten Abgrunde die Simonisten, die auf den
Köpfen stehen, und dis an die Beine in die Erde versunken
sind, und deren Fußsohlen wie Flammen brennen. Nachdem
er durch das Gespräch, das er daselbst mit einem Pabste hält, sich
in etwas verweilet, so wird er vom Virgilius dafür in den
folgenden Abgrund getragen.

O! wehe dir, Simon, du Zauberer! [71]) o! wehe
euch allen, ihr seine elenden Nachfolger! Die
heiligen Sachen des allerhöchsten Gottes sollen
das Eigenthum rechtschaffener Gerechten seyn; und ihr
seyd es, die ihr, raubgierig nach Gold und nach Silber,
durch Kaufen und Verkaufen sie schändet! So muß
denn wohl über euch die Posaune des Gerichts itzt erschallen, da ihr euch in dem dritten Abgrunde befindet.
Denn wir waren schon auf der Seite des Felsenstücks,
das gerade mitten über den Graben wegliegt, zu der
folgenden Gruft hingestiegen.

Höchste Weisheit! wie groß, wie wunderbar ist
nicht die Einrichtung aller deiner Werke, die du im Himmel, auf Erden, und in der Hölle offenbarest! und mit
welcher Gerechtigkeit vergilt nicht deine Allmacht!

Ich sahe auf den Seiten und im Grunde den
ganzen schwarzgelblichten Steinfelsen voller Oeffnungen

71) Siehe das achte Kapitel der Apostelgeschichte.

gen, von einer gewissen Breite, und die alle rund waren. Sie schienen mir nicht weiter, auch nicht größer
zu seyn, als die in meiner schönen Johanniskirche
für die Priester gemacht sind, die da taufen müssen, und
wovon ich nur vor wenig Jahren eine mit Gewalt zer-
brach, weil ein unvorsichtiger Mensch darinnen ersau-
fen wollte; und o! möchte dieses Siegel einen jeden
Menschen aus seinem Irrthume herausreissen! —
Aus einer jeden Oeffnung ragten einem jeden Sünder
die Füße bis an die Schenkel heraus, und das andre
alles steckte darinnen. Allen und jeden brannten beide
Fußsohlen wie höllisches Feuer, daher sie in den Bein-
fugen hin und her so starke Bewegungen machten, daß sie
alle Bande von sich losgerissen haben würden. Und wie
das Flammen eines brennenden mit Oehl getränkten Körpers sich oben die äusserste Spitze hindurch zu bewegen
pflegt — eben so gieng hier an ihren Füßen die flam-
mende Bewegung von den Fersen die Zehen hindurch.

O! wer ist der, mein Lehrer, sagte ich, der sich
dort so abängstiget, und die Bewegungen weit stärker,
als seine andere Collegen, treibt, den auch eine weit
rötbere Flamme zu verzehren scheint? — Wenn du
willst, erwiederte er, daß ich dich dort über jenes Ufer,
welches niedriger liegt, hinunter tragen soll, so sollst du
durch ihn selbst von ihm und von seinem verkehrten
Wesen alles erfahren. O! wie lieb, sagte ich, ist mir
alles, was dir nur gefällt! Du bist Herr, und weißt,
daß ich von deinem Willen mich nicht entferne, so weißt
du auch wohl, was verschwiegen wird. Hierauf kamen wir auf den vierten Damm. Wir wandten uns,
und stiegen endlich linker Hand in den öffnungsvollen
und zusammengezwängten Grund hinab. Und noch

J 3

ließ

ließ mich der gute Lehrer von seiner Seite nicht herunter, bis er mich an die Oeffnung des so zu Grunde gerichteten hingebracht hatte, der mit seinen Füßen einen
so großen Jammer trieb.

O! wer du auch seyst, fing ich sogleich an, der
du das Oberste zu unterst kehrest, und wie ein einge-
stoßener Rebenpfahl da stehst, traurige Seele, wenn du
kannst, o! so rede. Hierauf stellte ich mich hin, wie der
Beichtvater eines Meuchelmörders, wann er von diesem, der mit dem Kopfe schon in seinem [72]) Begräbniß-
loche steckt, noch etwas zu beichten, wiedergerufen wird,
um den Tod hierdurch zu hintertreiben. Und er schrie:
Bist du schon da? — Stehst du schon fertig, Bonifacius? — So hat mich doch jene Schrift [73]) um
einige Jahre belogen! Wie ist aber deine Haabsucht so
bald gesättiget, um welcher willen du kein Bedenken
trugst, die schöne Heilige so betrügerisch an dich zu reissen, und sie hernach so schändlich zu Grunde zu
richten?

Hier stand ich, wie zuweilen Personen da stehen,
die nicht hören, was ihnen geantwortet wird, und, wie
ganz beschämt, nicht wissen, was sie wieder antworten
sollen. Darauf sagte Virgilius: Geschwind sage ihm:

Ich

72) Dieses bezieht sich auf eine alte Gewohnheit, nach welcher
die Meuchelmörder lebendig begraben, und mit dem Kopfe
zuerst in ihr Grabloch versenkt wurden. Mithin mußten die
Geistlichen bey einer solchen Execution sich mit dem Kopfe
tief gegen die Erde bücken und dergleichen Stellung annehmen, damit sie und die Delinquenten einer den andern bi-
ten und verstehen konnten.

73) Eine cabalistische Schrift von der Zeit seines Todes.

Ich bin der nicht, ich bin der nicht, für den du mich
hältst. Und ich antwortete, wie mir es gesagt und be-
fohlen ward. Daher verdrehte der Geist alle Ge-
lenke seiner Füße, seufzte hierauf und sagte mit einer
recht kläglichen Stimme zu mir: Was verlangst du
also von mir? Ist dir so viel daran gelegen zu wissen,
wer ich sey, daß du darum das Ufer herab gekommen
bist, so wisse, daß ich ehedem mit dem großen Mantel
bekleidet gewesen bin. Ich war der Sohn einer [74]
Bärin, und so begierig, die jungen Bäre in die Höhe zu
bringen, daß ich endlich über der Begierde, dort und
hier mich so verkehrt in die Höhe brachte. Die andern,
die meine Vorgänger und Simonisten waren, sind unter meinem Haupte durch die Spalte des Felsens gezo-

J 4   gen

74) Dieser Höllenbürger waren weiland Ihro päbstliche Heilig-
keit, Nicolaus der Dritte, aus dem Geschlechte der Ursini,
deutsch, der Bäre, von Rom. Und dieser Pabst erwartete
seinen Amtsbruder, auch einen heiligen Vater, Bonifacius
den Achten, der den Pabst Celestin listig und betrügerisch
überredet hatte, wieder abzudanken, weil er selbst Pabst werden, und sich recht bereichern wollte. O! mochte doch ein
jeder Pabst, statt des widerchristlichen und unmenschlichen
Ketzereifers, statt herrschsüchtiger Excommunicationen, und
statt einer irrigen und nur gewinnsüchtigen Unfehlbarkeit,
sich und der ganzen Kirche zum Besten, vorzüglich rufen und
bitten:

    Verwünscht sey so ein Schatz! Verflucht sey der Gewinn,
    Durch den ich reich, als Thor, reich, als ein Räuber, bin!
    Bestraf mich nicht, o Gott, mit Schätzen dieser Erden,
    Um ein Unseliger, um einst verdammt zu werden!

                                 Gellert.

gen und verborgen worden. Und in diese Grube werde
ich ebenfalls herunter gezogen fallen, wenn der kommen
wird, für den ich dich hielt, als ich, so plötzlich jene Frage an dich that. Allein es ist schon eine längere Zeit,
daß mir die Füße feuern, und daß ich so auf dem Kopfe umgekehrt stehe, als er nicht mit den glühenden Füßen in
die Höhe aufgepflanzt stehen wird. Denn nach ihm
wird von Morgen her ein mit weit häßlichern Unthaten
befleckter[75]), ein gesetzloser Hirte, kommen, so wie derjenige seyn muß, der ihn und mich mit seiner Stelle wieder
bedecken soll. Ein neuer Jason wird er seyn, von dem
man in den Maccabäern lieset[76]). Und so wie diesem
sein König sich gefällig erwies, so wird sich gegen jenen
derjenige verhalten, welcher Frankreich beherrschet.

Ich weiß nicht, ob ich vielleicht hier zu thöricht handelte, daß ich ihm doch auf diese Art antwortete: Wohlan
denn, so sage mir itzt: Wie viel Schätze verlangte
unser Herr und Heiland anfänglich vom heiligen
Petrus, daß er ihm die Schlüssel in seine Verwaltung
übergab? Gewiß nichts weiter, als dieses: Folge mir
nach. Und weder Petrus noch die andern foderten vom
Matthias Gold oder Silber, als er an die Stelle, die
jene

---

75) Dieser Unmensch, hernach das sichtbare Oberhaupt der Rö-
mischen Kirche, war Clemens der Fünfte, von Geburt ein
Gascogner, der Erzbischoff zu Bourdeaux war, und durch die
Staatsränke des Cardinals Prats, und durch Vermittelung
Philipps, des Schönen, Königs in Frankreich, zum Pabst er-
wählet wurde.

76) Von diesem ehrgeitzigen, simonischen und heydnischen Un-
thiere findet man in dem 2ten Kap. des 2ten B. der Maccabäer eine nähre Beschreibung.

jene verrätherische Seele verlor, erwählet wurde. Darum so stehe und leide deine harte, aber gerechte Strafe,
und betrachte die ungerecht geraubte Münze wohl, die
dich wider Carln so tollkühn aufbrachte [77]). Und hielte mich nicht noch die Ehrfurcht gegen die heiligen Schlüssel, die du in deinem vergnügten Leben geführet, zurück,

J 5   so

[77]) Pabst Nicolaus war Freywerber bey Carln dem Zweyten, Könige von Sicilien, und hielt für einen seiner Neffen um eine
königliche Prinzeßinn an. Allein der heilige Vater bekam
abschlägliche Antwort. Dieß brachte ihn so wider ihn auf,
daß er Carln, der sich noch immer vor den Bannstralen
furchte, zwang, sich von der Würde eines römischen Sena-
tors, und von dem Reichsvicariate über Toscana loszusa-
gen, und daß er überdieß, durch seine Einwilligung zur Re-
bellion wider Carln, das Unglück der sogenannten Sicilian-
schen Vesper beförderte.

Und so wäre dann, nach dieser Dantischen Cantate, die
Hure der Mißbrauch der päbstlichen Würde, die Hurerey der
Geiz und die Geldbegierde, das siebenköpfigte Thier das sie-
benbergigte Rom, das Weib die gemißbrauchte ursprünglich
an und vor sich gute römischcatholische Kirche, und ihr Mann
der Pabst! —

Und so entzog Dante einem erchtschaffenen Pabste nie seine Verehrung, sondern eiferte nur wider unwürdige Päbste,
die, durch Mißbrauch ihrer eigenen Religion, zur Befriedigung ihrer geizigen, herrschsüchtigen und ungeistlichen Begierden und Absichten, die alte reine christliche Religion verun-
stalteten und schändeten. Und eine solche widerchristliche
Lebensart muß selbst ein jeder rechtschaffener Catholik verabscheuen, so wie solche auch in den andern Religionen ein
jeder wahrer Christ äußerst verabscheuen muß.

so würde ich mich noch weit nachdrücklicherer Worte bedienen. Denn euer Geiz betrübet die Welt und macht
sie noch ärger. Ihr tretet die Guten mit Füßen, und
hebet die Bösen in die Höhe. Euch, euch Hirten sah
der Evangelist, als ihm im Geiste die Hure gezeiget
ward, die auf den Wassern sitzet, und mit den Königen
Hurerey treibet; als er das Weib auf dem Thiere sahe,
das mit den sieben Köpfen zur Welt kam, und von den
zehn Hörnern seine Kraft und Stärke hatte, bis diese
Hurerey, der Geiz, endlich gar, als eine Tugend, ihrem
Manne gefiel. Von Golde und von Silber habt ihr
euch euren Gott gemacht. Und was ist bey euch anders, als Abgötterey, außer, daß der Abgötter im Verhältnisse gegen euch, nur einen Götzen, ihr aber mehr,
als hundert, anbetet? Ach! Constantin, Constantin,
o! wie ward, nicht etwa deine Bekehrung, nein, sondern die Mitgabe, die von dir der erste reiche Vater
nahm, o! wie ward die eine unglückliche Mutter so
vieler und großer Uebel! ——

Als ich ihm nun diese Noten so vom Blatte
wegsang, so weiß ich nicht, ergrimmte er, oder schlug
ihm das Gewissen, so heftig stieß er mit beiden Füßen
um sich. Ich glaube wohl, daß es meinem Lehrer gefiel, mit einem so zufriedenem Gesichte bemerkte er
allezeit den Ton der wahren Ausdrücke und Worte.
Darum umfaßte er mich mit seinen beiden Armen, und
als er mich ganz oben an seine Brust hinauf gezogen
hatte, stieg er wieder den Weg hinauf, den er herunter
gestiegen war. Er wurde auch nicht müde, daß er mich
so fest an sich druckte, bis er mich über den Gipfel des
höllischen Bogens gebracht hatte, wo der Weg von dem

vierten

vierten zum fünften Damm hinübergeht. Hier setzte er die getragene Last sanft nieder, sanft, wegen der unebenen, steilen und hohen Klippen, die selbst für Gemse ein harter und saurer Weg seyn würden. Und hier war es, wo meinen Augen sich schon wieder ein neues Jammerthal entdeckte.

Zwanzigster Gesang.

Inhalt.

Dante siehet in dem vierten Abgrunde die Wahrsager, welche klagend und seufzend herumwandeln, und, weil ihr Gesicht gegen die Lenden herumgedrehet ist, gezwungen sind, rückwärts und hinter sich zu gehen. Virgilius zeiget ihm einige von solchen Verdammten, und unter andern die Manto, und erzählet ihm, wie von dieser Thebanerinn die Stadt Mantua ihren Ursprung und Namen habe. Endlich setzen sie ihre Reise weiter fort.

Ich fahre fort, neue Martern zu singen. Trauriger Stoff zu dem zwanzigsten Gesange dieses tragischen Gedichts von der Hölle!

Ich stand schon ganz fertig, meine Betrachtungen in dem neuentdeckten Jammerthale anzustellen, das von ängstlichen Thränen überschwemmt war. Da sahe ich Volk in dem rund herumgehenden Abgrunde, stillschweigend und weinend, Schritt vor Schritt, gleich geistlichen Processionen in dieser Welt, daher gezogen kommen. Als meine Augen weiter in die Tiefe auf sie hinunter giengen, so nahm ich wahr, daß ein jeder auf eine wunderbare Art vom Kinn bis ans Hintergesäße herumgedrehet war. Das Gesicht stand also hinten bey den Lenden und umgekehrt, und daher mußten sie, so verkehrt, rückwärts gehen, weil ihnen das Vermögen, vor sich zu sehen, entrissen war. Von der reissenden Gicht vielleicht möchte irgend einmal jemand sich so ganz verdrehet haben, wiewohl ich keinen so gesehen habe,

habe, auch nicht glaube, daß ein solcher in der Welt sey.
Wenn, mein Leser, wenn dir Gott die Gnade schenkt,
daß du aus deinem Lesen Nutzen schöpfest, o! so denke
selbst nach, ob ich wohl ein trockenes Gesicht behalten
konnte, als ich unsre menschliche Gestalt dermaßen verdrehet sahe, daß die Thränen der Augen ihr an den
Hinterbacken herab und hinunter flossen.

Ich hatte mich also an eines von den Stücken
der harten Felsenllippe angelehnet, und weinte gewiß
recht bitterlich, so, daß mein Begleiter zu mir sagte:
Bist du auch einer von den Thoren? — Hier lebt das
Mitleiden, wann es gänzlich erstorben ist. Wer ist
wohl ein größerer Bösewicht, als derjenige, welcher bey
dem gerechten Gerichte Gottes seine Leidenschaft zeigt?
Richte den Kopf in die Höhe, richte dich auf, und siehe,
dort ist der, den zu verschlingen, sich vor den Augen der
Thebaner die Erde aufthat, daher alle schrien: O! wo
fährst du hin, Amphiaraus [78]), warum lässest du den
Krieg? Allein er stürzte demohngeachtet bis zum Minos
hinunter, da, wo sein Gericht einen jeden Sünder ergreift. Betrachte nur, wie er die Schulter zur Brust
gemacht hat. Er wollte zu viel vor sich hinsehen, und
darum sieht er nun hinter sich, und muß folglich auch
rückwärts gehen. Siehe, da ist [79]) Thiresias, dessen
äußer-

78) Amphiaraus war einer von den sieben Königen, die Theben
belagerten, und zugleich ein berühmter Wahrsager.

79) Thiresias war ein Wahrsager aus Theben, der in einem Walde zwo Schlangen fand, die sich umschlungen hatten, sie
mit einer Ruthe schlug, und im Schlagen in ein Frauenzimmer

äußerliche Gestalt sich verwandelte, als, nach Veränderung aller seiner Glieder, er aus einem Manne zum Wei-
be wurde. Und hernach mußte sie die beiden Schlangen, die sich umschlungen hatten, erst mit der Ruthe
wieder schlagen, ehe sie das männliche Gefieder wieder
erlangte. Jener dort, der den Bauch hinterwärts trägt,
ist Aront *). Auf dem Lunischen Gebürge, wo der
Cartareser, welcher unten wohnet, das Feld bauet,
wohnte er zwischen weissen Marmorsteinen in seiner Höh-
le, und hatte folglich, wegen der Höhe, den Vortheil,
daß zur Beobachtung der Sterne und des Meeres seine
Aussicht vorzüglich frey war. Und jene da, welche die
Brüste, die du nicht siehst, mit den ausgeflochtenen
Haaren versteckt, und eine ganz haarigte Haut hat, ist
die ehemalige Manto, die viele Länder durchwanderte,
und sich endlich da setzte, wo ich gebohren ward. Daher sähe ichs gerne, wenn du mir ein wenig zuhören
wolltest.

Als ihr Vater gestorben war, und die Geburtsstadt des Bacchus in die Sklaverey gerieth, so zog sie
eine geraume Zeit die Welt durch. Oben in dem schönen Italien liegt unter den Alpen ein See, der ober-
halb Tirol Deutschlande seine Grenzen setzt, und den
Namen Benaco führet. Durch mehr, als tausend
Quellen, glaube ich, daß er zwischen Garda und dem

Thale

zimmer verwandelt wurde. Nach sieben Jahren fand er
eben daselbst die Schlangen wieder, schlug sie wieder so, und
ward wieder zu einer Mannsperson.

*) Aront war ein berühmter Toskanischer Wahrsager.

Thale Camonica und dem Appenninischen Gebirge sich
mit ihren Wassern bewässert, die in diesem See stehen
bleiben. Dort ist in der Mitte ein Ort, den, wegen seines würdigen Regenten, der Tridentinische und der Bre-
scianische und der Veronesische Bischoff, so oft sie ihren
Weg dadurch nehmen, zeichnen und segnen könnten.
Peschiera, ein schöner und fester Ort, liegt daselbst als eine
Grenzfestung gegen die Brescianer und Bergamasker,
von wannen rings herum das Ufer sich immer weiter
hinabsenkt. Und hier ist es, wo alles Wasser, das in
dem Benaker Schooße nicht bleiben kann, hinabfällt,
und durch die grünen Wiesen hinunter einen Fluß macht.
Wo nun das Wasser seinen Lauf anfängt, da heisset es
nicht mehr der See Benaco, sondern der Fluß Mincio
bis bey Governo hin, wo er in den Po fällt. Allein
sein Lauf erstreckt sich nicht weit, so findet er eine grosse Ebene, wo er sich ausbreitet, und einen Sumpf
macht, der im Sommer zuweilen von trauriger Wirkung zu seyn pflegt. Hier nun sah, im Vorbeyreisen, das
rohe und wilde Mägdchen mitten auf dem unbebauten
Sumpfe trockenes Land. Und eben hier, um allen
menschlichen Umgang zu vermeiden, blieb sie mit ihren
Leuten, und trieb ihre Künste; da lebte sie, und hier hinterließ sie auch ihren entseelten Körper. Hernach kamen
die Menschen, die da herum zerstreuet wohnten, auf diesem Platze zusammen, der wegen des Sumpfes, welcher
ihn auf allen Seiten umgab, ein überaus fester Ort war.
Und da, auf diesen Todtenbeinen, bauten sie eine Stadt,
und nennten sie, ohne alles anderweitige Wählen, Man-
toba; nach dem Namen derjenigen, die diesen Ort zuerst
gewählet hatte. Vormals war sie weit volkreicher,

ehe

ehe [21]) der einfältige von Casalodi sich vom Pinamonte
so hintergehen ließ. Darum erinnere ich dich nur noch,
woferne du jemals den Ursprung meines Vaterlandes
auf eine andre Art ableiten hörest, daß keine betrügliche
Lügen der Wahrheit nachtheilig seyn möge.

Mein Lehrer, fing ich hierauf an, deine Reden
haben meinen Beyfall und Glauben so vollkommen,
daß alle andere mir so unkräftig, als todte Kohlen, vorkommen würden. Allein sage mir nun auch, ob du
nicht unter dem Volke, das da so herumgehet, etwo Einen siehst, der bemerkenswürdig ist; denn nur dieses
Einzige ists, was meinen Verstand beschäfftiget.

Der da, sagte er mir hierauf, dessen Bart von den
Backen bis auf die schwarzbraunen Schultern hinab-
geht, lebte zu der Zeit [22]), als Griechenland von
männlichem Geschlechte dergestalt entblößt ward, daß
kaum die Wiegen noch damit besetzt blieben, und war
der

21) Pinamonte aus einer reichen und mächtigen Familie überredete den Grafen Albert von Casalodi, daß er, um die Gunst
des Volkes wieder zu erhalten, den Adel aus ganz Mantua
fortjagte. Hierauf warf sich Pinamonte verrätherisch zum
Oberhaupte des Volks auf, und verjagte Alberten mit seinem ganzen Geschlechte, und machte sich zum Herrn und
Tyrannen daselbst.

22) Als das große und schreckliche Kriegsheer der Griechen in dem
Meerhafen Aulis sich wider Troia versammlete, dessen
Aufbruch verschiedene Hindernisse verzögerten, bis endlich
die Wahrsager die Zeit bestimmten, da das erste Schiff,
worinnen sich Agamemnon befand, auslaufen mußte, dem
alsdenn die ganze erstaunende Flotte von mehr als tausend
Schiffen folgte.

der berühmte Wahrsager, der mit dem Chalcas damals
den Zeitpunkt bestimmte, in welchem das erste Ankerseil
losgehauen werden mußte. Euripilus hieß er. Und
also singt ihn mein tragisches Heldengedicht in einer
Stelle. Du weißt diese Stelle wohl; denn du weißt
das ganze Gedicht. Der andre dort, der in den Seiten
so schmächtig ist, war Michael, der Schotte ⁸⁹), der das
Gaukelspiel der magischen Betrügereyen vollkommen verstand. Da ist der Sterndeuter, Guido Bonatti. Dort ist der
Sterndeuter Asdente, der nunmehr wünschte, daß er
bey dem Leder und Schuhdrate geblieben wäre, aber es
itzt zu spät bereuet. Hier sind die elenden Kreaturen,
die Nadel und Spule und Spinnrocken verließen und
Wahrsagerinnen wurden, und mit Kräutern und Bildern Hexerey und Zauberey trieben. Allein nunmehr
komm! Denn schon neigt sich der Mond, der gestern
bereits voll schien, an den äußerstn Grenzen der beiden
Halbkugeln zu seinem Untergange, und berührt mit
seinem Scheine bereits unter Sevilien die Wellen des
occidentalischen Meeres. Du mußt dich auch hierbey
wohl erinnern, daß dir der Aufgang der Sonne dort
in dem dichten Walde keinen Schaden brachte. Also
sprach er zu mir, und wir giengen unterdessen immer
weiter fort.

89) Dieser war ein recht verschmitzter und abgefeimter Sterndeuter des Kaisers Friedrichs, des Zweyten.

✥✥✥✥✥✥✥✥✥ ✥✥✥ ✥✥✥✥✥✥✥✥✥

Ein und zwanzigster Gesang.

Inhalt.

Die Dichter kommen zum fünften Abgrunde, welcher ganz finster und mit siedendem Peche angefüllet ist. Darinnen befinden sich die Betrugspieler, welche von Teufeln daselbst bewacht werden. Diese kommen dem Virgilius in voller Wut entgegen. Allein er redet mit Malacoda, und erhält die Erlaubniß, weiter zu gehen.

Also giengen wir von einer Brücke über die andere, und redeten von Sachen, die jedoch kein Gegenstand meines Gedichts sind, bis wir endlich ganz zu oberst hinauf kamen. Hier standen wir stille, um die andre gespaltene Abtheilung von Malebolge, und die andern vergeblichen Thränen darinnen in Augenschein zu nehmen. Allein wie wunderbar dunkel und finster war sie nicht!

So wie in dem Zeughause zu Venedig im Winter das harte Pech siedet, wann sie ihre schadhaften Schiffe, welche die See nicht mehr halten können, wieder in Stand setzen, und auf demselben Platze, der eine sein Schiff von neuem bauet, der andre dem, das mehr Reisen gethan hat, die Seiten wieder ausbessert; dieser an dem Vordertheile, und jener am Hintertheile schlägt und arbeitet; der hier Ruder zimmert, ein andrer dort Seile drehet, und noch ein andrer kleine und große Seegel ausflicket — eben so siedete da unten, nicht durch ein Feuer, sondern durch ein göttliches Kunstwerk ein dickfließendes Pech, welches das Ufer auf allen Seiten mit einem Harze überzog.   Ich

Ich sah den Pechfluß, sah aber in demselben weiter nichts, als Blasen in die Höhe steben, und ihn bald
ganz in die Höhe gähren, bald, zusammen gefallen, sich
wieder setzen. Indem ich nun so starr da hinunter schau-
te, zog mich mein Führer mit den Worten: siehe, siehe!
von dem Orte, wo ich stand, zu sich hin. Hierauf
wandte ich mich um, wie ein Mensch, dem die Zeit lang
wird, das zu sehen, wovor er fliehen soll, und dem eine plötzliche Furcht den Muth ganz danieder schlägt, so,
daß er nun, des Sehens wegen, das Fortgehen nicht
länger aufschiebt. Und ich sah hinter uns einen schwarzen Teufel über die Klippe gelaufen kommen. O! wie
trotzig war seine Mine, und wie leicht schien er mir in
der widrigen Stellung mit den ausgebreiteten Flügeln,
und auf den schnellen Füßen! Auf seinen spitzigen und
stolzen Schultern saß ein Sünder mit beyden Lenden,
und der Teufel hielt ihn bey den beyden Oberschenkeln
unterwärts fest. Hier, ihr Malebranken von unsrer
Brücke, schrie er, da habt ihr einen Rathsherrn **) aus
der heiligen Jungfernstadt. Bringt ihn hinunter, denn
ich kehre gleich wieder in das Land zurück, das mit dergleichen Gerechtigkeitshändlern so gut versehen ist. O!

K 2   da

84) Diese obrigkeitliche Person war aus dem großen Rathe zu
   Lucca, in welcher Stadt das Frauenzimmer wegen ihrer besondern Keuschheit vorzüglich berühmt war.

   Weltliche Simonie ist, kurz zu sagen, ein Gerechtigkeits-
   und Aemterhandel für Geld und gute Worte, oder ein seines Pharaospiel unter obrigkeitlichen Personen, nicht um
   Geld, sondern für Geld und Präsente, auch oft für eine
   Thais, ums Recht, um Gewissen, um Ehre, und folglich
   um das wahre Wohl eines Landes.

da ist fast ein jeder ein weltlicher Simonist, ausgenommen Bonturo. Aus Nein macht man da fürs Geld Ja,
und aus Ja Nein. Und hiermit warf er ihn hinunter.
Drauf kehrte er so fort auf der harten Klippe um, und
jagte so geschwind davon, als wohl noch nie ein
losgelassener Kettenhund, den Dieb zu verfolgen, fort-
gelaufen ist. Der Rathsherr sank nun unter, kam aber
noch einmal mit erbärmlichen Verzuckungen wieder in
die Höhe. Allein die Teufel, die von der Brücke bedeckt
waren, schrien: O! hier findet das heilige Gesicht nicht
statt! Hier schwimmt man ganz anders, als in dem
Serchiosflusse. Willst du also nicht in unsre Klauen gerathen, so mache dich nicht zu weit aus dem Peche hervor. Heenach faßten sie ihn mit mehr, als hundert
Haken und schrien: Verdeckt muß du hier tanzen, und so,
wenn du kannst, so kannst du nun auch hier verstohlner
Weise rauben. Nicht anders lassen die Köche ihre Küchen-
bedienten das Fleisch mit den Fleischgabeln mitten in
den Kessel hinunter tauchen, damit es nicht obenauf und
in die Höhe schwimme.

Hier sagte mein Lehrer zu mir: Damit es nicht
so bald offenbar werde, daß du hier bist, so bücke dich
hinter einem Felsenspitzer hinunter, daß du sicher seyst.
Und laß dich keine Beleidigung, die mir auch geschehen
möchte, anfechten, und fürchte dich nicht, denn ich weiß
alle die Sachen, weil ich schon einmal in diesem Zank-
und Streitloche gewesen bin.

Hierauf gieng er jenseit des Auftritts auf die Brücke fort; und als er den Fuß auf das sechste Ufer hin-
setzte, so war es wohl nöthig, daß er eine gesetzte Mine annahm. Denn mit der Wut, und mit dem Ungestüm,
als Bauernhunde herausfahren, und einen armen Menschen

schen anfallen, der aber so fort, wo er stehen bleibt,
um etwas bittet — eben so schossen die Teufel unter
der Brücke hervor, und kehrten alle ihre Haken wider
ihn. Allein er schrie: Unterstehe sichs keiner von euch,
und falle mich vor der Zeit mit seinen Haken an, son=
dern es trete erst einer von euch hervor, der mich an=
höre, und hernach haltet Rath, wie ihr mich auf die Ha=
ken fassen wollet.

Geh, Malacoda, schrien sie alle. Also machte sich
einer auf; und da indessen die andern stille standen,
kam dieser zu ihm und sagte: Tritt her zum Ufer. Glaubst=
du wohl, Malacoda, so sagte mein Lehrer, glaubst du
wohl, mich hier zu sehen, wenn ich, obschon sicher vor
allen euren Streichen, doch ohne göttlichen Willen, und
ohne Grund und Ursache hieher kommen sollte? Laß
mich gehen. Es ist der Wille des Himmels, daß ich ei=
nem andern diesen wilden Weg zeigen soll — Hierauf fiel
dem Malebranken sein Hochmuth dermaßen, daß er sei=
nen Haken zu seinen Füßen niederfallen ließ, und zu den
andern sagte: Nun rühre ihn niemand an! — Dann
rief mein Führer mir zu. O! du, der du dort zwischen
den Felsensplittern ganz niedergebückt sitzest, nunmehr
komm sicher wieder hervor und zu mir her. Daher
machte ich mich so fort auf und geschwind zu ihm hin.
Da kamen die Teufel alle erst recht zum Vorschein, so,
daß ich befürchtete, sie würden den Vergleich nicht hal=
ten. Eben so sah ich einst die Infanterie, die auf Capitula=
tion aus Caprona [85]) herauszog, sich fürchten, als sie sich

K 3   unter

---

[85]) Caprona war ein Schloß der Pisaner, das von den Luffe=
sern belagert wurde, und sich auf Capitulation ergeben
mußte.

unter so viel drohenden Feinden sah. Ich trat mit gan-
zem Leibe dicht an die Seite meines Lehrers, und verwandte kein Auge von ihren Gesichtern und Minen, die
nichts Gutes zu prophezeyen schienen. Sie machten
allerhand Bewegungen mit den langen Haken, und einer sagte zum andern: Soll ich? — Soll ich ihm
eins hinten aufs Kreuz geben? — und antworteten
sich einander: Ja, ja, mache nur, und versetze ihm
eins. — Allein der Teufel, der mit meinem Führer
geredet hatte, wandte sich geschwind um und sagte:
Stille, stille, Scarmilione! Alsdenn sagte er zu uns:
Weiter vor werdet ihr auf dieser Klippe nicht gehen können; denn der sechste Bogen liegt im Grunde ganz zerfallen danieder. Wollet ihr aber doch gerne vorwärts
gehen, so geht hier durch diese Grotte hinauf. Nahe
dabey ist eine andre Felsenklippe, welche euch zum Wege
dienen kann. Gestern fünf Stunden eher, als um diese
Zeit, waren es eben ein Tausend zweyhundert und sechs-
und sechzig volle Jahre **), als dieser Weg hier so zer-
rüttet ward. Ich schicke eben einige von meinen Leuten
nach dieser Gegend hin, um Acht zu haben, ob sich etwa
einer davon macht. Geht mit ihnen, sie werden euch
nichts thun. Hervor, so fing er nun an zu commandi-
ren, hervor Alikino, Calcabrina, Cangazzo, — und du, Bar-
baric-

---

86) Diese Zerrüttung bezieht sich auf den Tod Christi, als die
Felsen zersprungen. Wenn man nun diesen 1266 Jahren
noch 34 hinzufügt, die der Heiland der Welt, von seiner Em-
pfängniß an zu rechnen, auf der Erde gelebt hat, so erhellet
hieraus, daß Dante seine Reise durch die Ewigkeit im Jahre
nach Christi Geburt 1300 geschrieben habe. Und da er 1265
geboren worden, so ist er damals eben 35 Jahre alt gewesen.

· bariccia, sollst dieß Commando von zehn Mann aufführen;
—— Libiocco, Dragingazzo, heraus —— her, du Ciriotto mit
den Hauern —— Graffiacane, Farfarello, und du toller Rubicante —— halt —— Geht herum, und durchsucht
die siedenden Harzufer. Und diese hier laßt frey und
sicher bis zur andern Felsenklippe mit euch gehen, die
ganz und unverletzt über die Gruben hinüber geht. ——

O! mein Lehrer, sagte ich, was sehe ich, und was
soll das werden! Laß uns doch lieber ohne Geleite allein gehen, wenn du den Weg weißt; ich für mich verlange das nicht. Du bist ja sonst so vorsichtig; siehst du
denn nicht, wie sie die Zähne herweisen, und wie sie mit den
[87]) Augen lauter Unglück drohen? —— Laß dich doch nichts
schrecken, antwortete er mir, und laß sie immerhin nach
ihrem Belieben mit den Zähnen knirschen. Das thun
sie blos wegen der Elenden, die hier gesotten werden,
und so leiden und jammern.

Darauf schwenkten sie sich nach dem linken Damme zu. Allein vorher hielt ein jeder die Zunge gezwungen
mit den Zähnen zurück, und alle sahen, winkend, nach ihrem Anführer hin, der mit einem Male aufbrach), und seltsam trompetete: Marsch! ——

87) Diese Minen und Geberden waren Zeichen, die sie ihrem Capitain
gaben, daß sie den Betrug ganz wohl verstanden hätten, der
den Dichtern gespielt werden sollte. Denn der Felsen war
keinesweges ganz und unzerstückt.

Zwey und zwanzigster Gesang.

Inhalt.

Die Dichter gehen in Gesellschaft mit den Teufeln durch den Ab=
grund der Betrüger fort, und sehen, wie einer von den Ver=
dammten daselbst von ihnen gefangen wird. Dieser redet mit
dem Virgilius, und findet eine feine List, wodurch er den
Klauen der Teufel entwischet, die über dergleichen Streich
ganz verwirrt werden. Und unterdessen setzen die Dichter
ihren Weg weiter fort.

Ich habe doch ehedem gesehen, wie schwere Cavalle=
rie zu Felde zieht, wie sich ihr Kriegssturm an=
hebt, wie sie ihre Musterung hält, und wie sie zu=
weilen zu ihrer Rettung die Flucht nimmt. Ich habe
leichte Truppen, und zwar auf euren Feldern, o! Are=
tiner, herumstreifen, fouragiren reiten, scharmützeln sehen.
Ich habe Turnierrennen und Ritterspiele, und alle diese
Aufzüge, bald unter dem Klange der Trompete, bald un=
ter dem Schalle der Glocken, bald unter Rührung der
Trommel, bald unter Rauch und Feuer auf festen Hö=
hen, und mit andern bey uns und unter Fremden übli=
chen Sachen begleitet gesehen. Allein unter einer so selt=
samen Feldmusik, als dieß Commando fortzog, so habe
ich doch noch nie weder Reuterey, noch Fußvolk, noch
ein Schiff, das Land oder den Nordstern erblickt, fort=
ziehen sehen.

Wir giengen also mit den zehn Teufeln fort. Grausame
Gesellschaft! Jedoch, in der Kirche muß man es mit den
Heiligen, und in der Hölle mit den Teufeln sich gefallen
laffen.

laffen.   Mein ganzer Sinn stand blos auf den Pechfluß,
um nur die völlige Beschaffenheit des Abgrundes,
und des Volks, welches darinnen gesotten wurde, recht
in Augenschein zu nehmen.

So wie Delfine zu Zeiten den Schiffern mit ihrem
erhabenen Rücken ein Zeichen geben, daß sie auf die
Rettung ihres Schiffs bedacht seyn sollen — eben also zeigte bisweilen, wie zu Erleichterung der Strafe,
dieser und jener von den Sündern seinen Rücken hervor, den er jedoch, und geschwinder, als ein Bliß, wieder
verbarg.   Und wie an dem Ufer eines Wassergrabens
die Frösche blos mit der Schnauze heraussstehen, und
die Füsse und den übrigen Leib verborgen halten —
in eben solcher Stellung befanden sich da die Sünder
auf allen Seiten.

Allein so bald Barbariccia sich näherte, so zogen
sie sich so fort unter die Pechwellen wieder hinunter.
Jedoch einen sah ich, und wofür mein Herz mir noch
zittert und aufs neue sich entsetzet, der also in dieser
Lage verzog, so wie es zuweilen kommt, daß ein Frosch
zurück bleibt, wenn die andern forthüpfen.   Und Graf-
fiacan, der ihm vorzüglich zuwider war, hakte ihm in
die mit Pech durchflossnen Haare, und zog ihn, wie eine
Fischotter, herauf.   Ich wußte schon die Namen von
allen, so gut hatte ich mir sie gemerkt, da sie ausgeson-
dert wurden, und wenn sie sich hernach einander riefen,
so war ich sehr aufmerksam auf ihre Benennungen. O!
Rubicante, schrieen alle die verfluchten Henker zugleich,
eile, und greif ihn so mit den Nägeln ein, daß du ihm
das Fell mit abziehest. Da sagte ich: Mein Lehrer, siehe zu, wenn du kannst, daß du erfahrest, wer der Un-

glück-

glückliche sey, der hier in die Hände seiner Feinde gerathen ist.

Mein Führer machte sich zu ihm auf der Seite hin,
und fragte ihn, wo er her wäre. In dem Königs-
reiche Navarra, antwortete er, ward ich gebohren. Meine Mutter brachte mich als Bedienten zu einem Herrn.
Denn sie hatte mich mit einem Nichtswürdigen erzeuget,
der sich und das Seinige lüderlich zu Grunde gerichtet
hatte. Hernach kam ich bey dem gütigen König Theo-
bald in Diensten. Hier legte ich mich darauf **), Betrügereyen zu spielen, wofür ich nunmehr in diesem
heissen Kessel büssen muß. So fort gab Ciriatto, dem,
wie einem Eber, auf jeder Seite ein Hauer aus dem Rachen herausstand, ihm zu empfinden, wie ein solcher einhauet. Die arme Maus war unter böse Katzen gerathen. Doch Barbariccia hielt ihn fest mit den Armen
geschlof-

88) Dieser Navarrefer hieß Ciampolo, wurde am Hofe des
Königs von Navarra Liebling eines Freyherrn, und bediente sich dieses Vorzugs dazu, daß er mit Aemtern und Be-
dienungen einen gewinnsüchtigen Handel trieb. Dergleichen
Ciampoli und Lieblinge sind die Pest und der Untergang
der rechtschaffenen Welt. Wie mancher geschickter und würdiger Mensch wird damals von diesem Ciampolo, bey Gelegenheit einer Beförderung, auf eine sogenannte politische
Art abgewiesen worden seyn! Und wie viele schlechte Kreaturen wird dieser Niederträchtige nicht befördert und ver-
sorgt, und wie ungerecht, wie trotzig und sich stolz brüstend
werden diese gegen die armen Unterthanen und gegen man-
chen verdienstvollen Mann nicht sich bezeigt haben! —
Welch ein Unterschied zwischen den damaligen und unsern
Zeiten! —

geschlossen, und sagte: Bleib da zurück, bis ich ihn wer=
de aufgegabelt haben. Und nachdem er sich zu meinem
Lehrer mit dem Gesichte gewandt hatte, sagte er zu ihm:
Frage ihn noch, wenn du weiter was von ihm zu wis=
sen verlangst, ehe ihn die andern vollends zu Grunde
richten. Daher sprach mein Lehrer zu ihm: Nun so
sage uns doch, wer die andern Verdammten seyn. Kennst
du nicht einen Lateiner, der unter dem Peche sich befin=
det? —— Nur vor kurzem, war seine Antwort, gieng
ich von einem weg, der sich da in der Nähe befand. O!
läge ich nur noch, so wie er, verdeckt, so dürfte ich itzt
weder Klauen, noch Haken befürchten! Wie lange sollen
wir noch zusehen, fing nun Libiccco an, und faßte ihm
mit dem Haken in den Arm, und riß mit aller Gewalt
zu, und ein Stück davon mit hinweg. Auch Dragin=
gazzo wollte unten von den Beinen etwas wegreiffen,
daher sich ihr Officier ganz herumwandte, und ein sehr
zorniges Gesicht dazu machte. Als sie wieder in etwas
befriediget waren, that mein Führer ohne Verzug an ihn,
der seine Wunde noch besah, die Frage: Wer war denn
der, von dem du nur eben sagtest, daß du so unglück=
licher Weise weggegangen, und dadurch gemacht hast,
daß du hier aufs Ufer gekommen bist? Der Frater Go=
mita, antwortete er, der, von Gallura, war es, ein Aus=
bund aller Betrügereyen, der die Feinde seines Herrn [89])
in seinen Händen hatte, und es doch so zu machen wuß=
te,

---

89) Dieser Herr war der Präsident Nino von Gallura, bey dem
der Pfaffenkopf in grossen Gnaden stand, der aber endlich
diesen Gerechtigkeitschänder und untreuen Bösewicht am
Galgen aufknüpfen ließ. Nachahmungswürdiges Verfahren!
Gott

te, daß mit seinem Betragen gegen sie ein jeder von ihnen sich noch rühmte. Er nahm Gelder von ihnen, und
ließ sie, so wie er sagt, wieder auf freyen Fuß. Und
bey Vergebung der Aemter und Stellen spielte er die
Rolle keines geringen, sondern eines Hauptbetrügers.
Michael Zanke von Logoboro *) geht mit jenem Herrn
sehr vertraulich um, und wenn sie anfangen, von Sardinien zu reden, so werden ihre Zungen niemals müde.
— Aber ach! o seht doch, wie der andre nun die Zähne herweist! Ich wollte eben noch sagen — aber ich
befürchte, er rüste sich schon, mich vollends zu zerfleischen.
Gieh auf die Seite, du böser Raubvogel, sagte der große
Corporal, indem er sich zu dem Farfarello wandte, dem
schon die weit aufgesperrten Augen zum Angriffe im
Kopfe herumgiengen. Wenn ihr, so fing hierauf der
Erschrockene wieder an, wenn ihr etwa Toskaner oder
　　　　　　　　　　　　　　　　　　　　　　　Lom-

Gott hebt den Bösewicht, eh ihn sein Donner stürzt:
Mit Reichthum straft er ihn, der seine Jahre kürzt,
Der ihm zum Fallstrick wird.

　　　　　　　　　　　　　　　　　　　　　Lichtwer.

Sardinien gehörte damals den Pisanern, und ward von
ihnen in vier Regierungen, in die zu Logoboro, Callari, Gallura und Alborea, vertheilet.

90) Dieser war anfänglich Oberschenk beym Enzius, einem na-
türlichen Sohne des Kaisers Friedrichs, des Zweyten, dem
sein Vater die Herrschaft Logoboro gegeben hatte. Enzius
starb im Gefängnisse zu Bologna, und Zanke verführte,
vermuthlich auch durch den listigen Gebrauch, den er von
dem vertraulichen Umgange mit dem Nino machte, die
Wittwe, die die Herrschaft behielt, daß sie ihn zum Gemahl
nahm, und er also Herr von Logoboro ward.

Lombarder zu sehen oder zu hören verlange, so will ich
einige kommen lassen, woferne nur die Malebranken sich
ein wenig ruhig verhalten wollen, damit sich die Furcht
vor ihrem Grimme bey jenen erst wieder verliere. So
will ich, selbst auf dieser Stelle, wo ich mich itzt befinde, durch einen, den ich weiß, sieben andre kommen lassen. Denn ich darf nur pfeifen, so wie unser Gebrauch
ist, und wie wir es da machen, wenn einer zum Vorschein kommt. Bey diesem Einfalle und Vorschlage warf
Cangazzo die Schnauze auf, schüttelte den Kopf und sagte: Welch eine Bosheit, die er bloß erdacht hat, sich wieder hinunter zu stürzen! Der aber, der an betrüglichen
Ausflüchten unerschöpflich reich war, antwortete: Die
Bosheit von mir ist freylich zu groß, daß ich das Schicksal meiner Mitbrüder noch trauriger, als das Meinige,
machen will. Alikin brach hier, wider Willen der andern,
mit diesen Worten heraus: Siehe, sagte er zu ihm, wo
du dich hinabläßsist, so will ich dir, nicht bloß in völligem
Galopp, nein, in völligem Fluge, will ich dir auf dem
Pechflusse nacheilen. Man lasse also die Anhöhe frey,
und das Ufer sey das Schild, wohinter wir stille seyn,
und doch sehen wollen, ob du einziger mehr vermagst, als
wir alle.

O! mein Leser, itzt wirst du ein neues Stück spielen sehen. Ein jeder wandte die Augen nach der andern
Seite zu, und zwar der zuerst, der vorzüglich grausam
war, dieses geschehen zu lassen. Der Navarreser nahm
seinen Zeitpunkt wohl in Acht, setzte die Füße fest auf
die Erde, that mit einem Male einen Satz, und ent-
sprang ihrem Vorhaben gleichsam aus den Händen.
Ein jeder war über diesen Streich ganz beschämt und
bestürzt, und der insbesondre, der mit seinen Reden
Schuld

Schuld an biesem Fehler war, baher er auch auf-
sprang und ihm zuschrie: Du bist gefangen. Allein
das half wenig. Denn die Flügel waren nun bey weitem nicht so geschwind, so geschwind nun die Furcht
den Betrüger machte. Jener gieng unter, und bieser
erhob im Fluge seine Brust von der Oberfläche in die
Höhe. So taucht sich plötzlich der Wasservogel, wann
der Falke sich nähert, hinunter, und so steigt bieser ganz
traurig und verstört, wieder in die Höhe zurück. Calcabrina, entrüstet über biesen Streich, flog bicht hinter
ihm her, und wünschte ⁹) nichts mehr, als baß jener
davon kommen möchte, damit er an biesem sich rächen
könnte. Kaum hatte jener Betrugspieler sich gänzlich
verloren, so wandte bieser seine Klauen wider seinen
Cameraben, und gerieth mit ihm über dem Graben in
einen gewaltigen Streit. Allein der andre war gewiß,
so wie er biesen gleichfalls mit den Klauen faßte, ein
ganzer, und in Griffen wohl erfahrner Sperber; jebod
am Ende fielen sie alle beibe mitten in den siebenben
Pfuhl. Das heisse Pech brachte sie nun plötzlich aus einander,

91) Das geht fast in der Hölle zu, wie in der Welt, und beson-
ders wie bey Hofe. Da ist auch einer des andern Teufel,
und am Ende fallen sie alle auch in die Grube, die sie ein-
anber gegraben haben.
   Die Welt ist voller List, des Priesters heilge Mine
   Trügt, wie des Layen Schwur: selbst unterm Hermeline
   Wohnt Bosheit wie im Sack, barinn der Bauer geht.
   Trug ist die große Kunst, die Jung und Alt versteht.
   Doch, was bereitet ihr euch selbst für bittre Schmerzen!
   Ihr tragt in euch den Wurm, die Folter in dem Herzen.
                                        Lichtwer.

der, aber sich in die Höhe zu bringen, war keiner vermögend, so sehr hatten sie ihre Flügel besudelt.

Barbariccia, der mit seinen übrigen Leuten, betrübt über diesen Zufall, da stand, ließ jedoch Viere davon auf der andern Seite mit allen Haken und geschwind
gnug abfliegen. Sie kamen disseits und jenseits herunter, und warfen ihre Haken nach den mit Pech über-
zogenen, zu, die aber schon bis unter der Haut ganz
gesotten waren. Und in solcher Verlegenheit und Verwirrung also, verließen wir sie.

Drey

Drey und zwanzigster Gesang.
Inhalt.

Der Dichter erzählet, wie er von den Teufeln verfolgt, vom Virgilius aber gerettet und in den sechsten Abgrund gebracht
worden sey, in welchem die Heuchler, mit überaus schweren
bleyernen Mänteln bekleidet, ganz langsam einhergiengen.
Hier spricht Dante mit zween Ordensbrüdern, und sieht den
Hohenpriester Caiphas und seine ganz besondere Strafe.

Stillschweigend und ohne Gesellschaft giengen wir
nun ganz allein, der eine vor, und der andre hinten nach, so wie bisweilen Capucinermönche einzeln einher zu gehen pflegen. Ich hatte meine Gedanken, wegen des gegenwärtigen Streits, auf die Aesopische
") Fabel von der Maus und dem Frosche, gerichtet, deren

92) Die Fabel ist diese: Der Frosch erbietet sich, die Maus über
den Graben zu bringen, jedoch in der Absicht, sie zu ersäufen. Als er sein Vorhaben ausführen will, werden sie von
einem Geyer erblickt, angefallen und alle beide aufgefressen.
. Die Gelegenheit in der Fabel war also die Maus, die Absicht des Frosches, sie zu ersäufen, daher er sich stellte, als
wollte er ihr helfen, und der Ausgang war beider Unglück,
nämlich ein Raub des Geyers.
Die Gelegenheit des Streites war der Streich des Be-
trugspieles, die Absicht des Calcabrina, seinen Cameraden
zu stürzen, daher er sich stellte, als flöge er, ihm zu Hülfe, hinter ihm her, und der Ausgang war beider Unglück,
nämlich ein Raub des siebenden Pechs.

ren Vergleichung nicht besser, als gegenwärtig hier, statt
finden kann. Denn eine Begebenheit kann mit der andern ganz wohl verglichen werden, wenn die Gelegenheit, der Ausgang und die Absicht von beiden mit einander übereinstimmen. Und wie ein Gedanke aus dem
andern entspringt, so entstand aus dem von der Fabel
ebenfalls ein neuer, der aber meine [93]) anfängliche Furcht
verdoppelte. Ich dachte also: Die sind unsertwegen
mit Schaden und mit so einem listigen Streiche ange-
führet worden, so wie sie ganz vermuthlich uns anzufüh-
ren gedacht haben. Wenn nun Zorn und Rache sich mit
ihrer Bosheit vergesellschaften, so werden sie uns gewiß
so grausam nachsetzen, als kein Hund hinter dem
aufgespürten Hasen herschießen kann. Ja, ich empfand
schon, daß mir vor Furcht alle Haare zu Berge standen,
und war immer hinter mir aufmerksam, bis ich endlich
sagte: Mein Lehrer, wo du dich und mich nicht schleunigst verbirgst, so bricht meine Furcht vor den Malebranken in ein Erschrecken vor ihnen aus. Gewiß, wir
haben sie schon hinter uns, und ich bilde mir sie so stark
ein, daß ich sie schon fühle. Wenn ich gleich ein wirklicher Spiegel wäre, antwortete er mir, so könnte ich
deine äußerliche Gestalt nicht geschwinder in mir auffan-
gen, als ich deine innerlichen Vorstellungen in mir empfinde. Nur so eben traten deine Gedanken unter die
meinigen, die eben dergleichen Vorstellungen, und eben
dergleichen Aussichten waren, so, daß ich so fort aus
beiden

---

93) Diese anfängliche Furcht war diejenige, welche Dante empfand, als ihnen die Teufel zu ihren Führern mitgegeben
wurden.

beiden zusammen den einzigen Rathschluß gefaßt habe,
welches dieser ist: Wenn die rechte Seite nur so danieder liegt, daß wir in den folgenden Abgrund hinunter
fahren können, so wollen wir der Verfolgung, die unsre
Einbildung befürchtet, doch entfliehen.

Noch hatte er diesen Rath nicht einmal ausführ-
lich von sich gegeben, als ich sie, die Malebranken, schon
mit ausgebreiteten Flügeln, um damit zu fangen, nicht
weit mehr von uns, daher kommen sah. Plötzlich ergriff
mich mein Führer. So plötzlich ergreift eine Mutter,
die über einem Feuerlärmen erwacht, und das Feuer
schon neben sich brennen sieht, ihr Kind, und flieht,
mehr um dieses, als um sich selbst besorgt, und in dem
bloßen Hemde, das sie nur bekleidet, unaufhaltsam damit fort. Und auch so eiligst ließ er, oben von dem Halse
des harten Ufers an, sich rücklings auf dem abhängigen
Felsen hinunter, dessen eine Seite den folgenden Abgrund ganz zuschließt. So geschwind kann Wasser, das
Mühlräder treiben soll, noch nie durch einen Canal, und
wenn es näher auf die Schaufeln zukommt, daher geflossen seyn, als mein Lehrer, der mich, wie
sein Kind, und nicht blos wie einen Freund, auf seiner
Brust vor sich hatte, auf diesem äußersten Wege
mit mir fortschoß. Kaum war er mit seinen Füßen
auf den Boden des Grundes hinunter, als sie oben auf
dem Hügel über uns anlangten. Allein hier erstarb so
gleich alle Furcht. Denn die göttliche Vorsehung, die
sie nur zu Dienern ihrer Gerechtigkeit über den fünften Abgrund gesetzt hatte, benahm da oben ihnen allen das Vermögen, über die Schranken desselben hinaus zu gehen.

In diesem Abgrunde fanden wir ein bemahltes
Volk, das mit ziemlich langsamen Schritten herum
gieng,

gieng, kläglich weinte, und sehr abgemattet und ent-
kräftet aussah. Sie trugen Mäntel mit kleinen Kap-
pen vor den Augen, von der Art, wie sie in Cölln für die
Mönche gemacht werden. Auswendig sind sie vergol-
det, so, daß sie recht blenden, nach ihrer innern und
wahren Beschaffenheit aber sind sie alle durchaus von
Bley, und so schwer, daß jene, die Friedrich den armen
Verurtheilten anlegen ließ, gegen diese so leicht, wie
Stroh, waren. O ewig, ewig beschwerliche Mäntel! —
Noch immer aufmerksam auf die traurigen Wehklagen, wandten wir uns mit ihnen zugleich nach der
linken Hand zu. Allein wegen der schweren Bürde gieng
das müde Volk so sachte, daß wir, bey einer jeden Bewegung unsrer Hüfte, in einer neuen Gesellschaft waren.
Daher sagte ich zu meinem Führer: Mache, daß
du einen findest, den man an seinem Bezeigen, oder sonst
woran erkenne, und siehe dich nur so im Gehen mit deinen Augen darnach um. Da schrie einer, der die
Toskanischen Worte verstand, uns hinten nach: Haltet
doch eure Füße ein wenig an, ihr, die ihr hier durch die
düstre Luft so laufet, vielleicht findest du an mir denjenigen, den du verlangest. Daher wandte sich mein Füh- -
rer, und sagte zu mir: Warte, und richte hernach deinen Gang nach dem seinigen ein. Ich blieb stehen,
und sah zwey, die in ihren Gesichtern eine große innere
Eilfertigkeit, bey mir zu seyn, äußerten, die aber ihr
Lastwagen und der enge Weg aufhielten. Als sie heran kamen, schielten sie mich genau an, ohne ein Wort zu
reden. Hierauf wandten sie sich gegen einander, und sagten einer zu dem andern: Nach dem Ausdrucke seiner
Kehle scheint dieser noch lebendig zu seyn. Und wenn
es Gestorbene sind, wer hat ihnen die Freyheit und

Macht

Macht gegeben, ohne die schwere Kleidung zu gehen?
Alsdenn sagten sie zu mir: O! Toskaner, der du hier
zur Zunft der traurigen Heuchler herkommst, verschmä-
he unsre Bitte nicht, und sage uns, wer du bist. Ich
ward, antwortete ich ihnen, in der großen Stadt, an
dem schönen Flusse Arno, gebohren und erzogen, und
habe den Körper noch, den ich jederzeit gehabt habe. Allein wer seyd ihr, denen, wie ich sehe, ein so schmerzhaf-
ter Angstschweiß die Wangen herabtrieft, und was leidet ihr für eine besondere Strafe, die so schimmert und
glänzet? Die goldfärbigen Mäntel, antwortete mir der
eine, sind so stark von Bley, daß vor Schwere dieser
Gewichte ihre Waagebalken so ängstlich ziehen und
seufzen. Wir waren sogenannte freye Mönche [94]) aus
Bolo-

***

[94]) Einige Reiche von Adel hielten beym Pabst Urban, dem
Vierten, an, einen Ritterorden zu stiften. Sie erhielten
die Erlaubniß, nannten sich Ordensbrüder der heiligen Ma-
ria, und machten sich anheischig, wider die Ungläubigen zu
fechten, und Recht und Gerechtigkeit unparteyisch zu hand-
haben. Allein da sie, als reiche Herren, frey, im Ehestande,
und herrlich und in Freuden lebten, so wurden sie deswegen von dem Volke freye Mönche (frati godenti) genennet.
Diese beiden, der erste, als ein Welfe, und der andre, als ein Gibelline, wurden von Florenz zu ihren Statt-
haltern gewählet, damit das Volk, nach der Niederlage des
Königs Maufreds, keinen Aufstand machen, und Ruhe und
Friede und die allgemeine Wohlfahrt erhalten werden möchte. Allein sie ließen sich von den Welfen bestechen, und
hierauf erfolgten, durch diese beiden Häupter, die schrecklich-
sten Einäscherungen und Verwüstungen, besonders in der
Gegend

Bologna, und hießen, ich Catalano und dieser hier Lode-
ringo, und wurden von deinem Vaterlande weggenom-
men, so wie man einen Menschen, zur Erhaltung seiner
Wohlfahrt, der Einsamkeit zu entreissen pflegt, und befanden uns in solchen Umständen, wovon man in der Gegend um Gardingo herum noch die traurigsten Spuren
erblickt. —

O! Mönche, rief ich hier aus, eure Uebel —— doch
mehr sagte ich nicht, weil mir plötzlich ein unten auf der
Erde an drey Pfählen Gekreuzigter in die Augen fiel.
So bald dieser mich sah, verzerrte er alle seine Glieder,
und ächzte in seinen Bart die ängstlichsten Seufzer.
Der Mönch Catalano merkte solches und sagte zu mir:
Der da ans Kreuz Geschlagene, den du so ansiehst, gab
ehedem den Pharisäern den Rath, daß es besser sey, einen Menschen für ein ganzes Volk den Martern des
Kreuzes aufzuopfern. Er liegt, wie du siehst, kreuzweis
und frey und nackend über dem Wege, und muß nun
allemal erst schrecklich empfinden, wie schwer ein jeder,
der da durchgeht, mit seinen Füßen zutritt. Und auf
eben die Art müssen hier in diesem Abgrunde sein Schwiegervater und die andern Glieder jenes großen Raths
leiden, der für die Juden ein so böser und höchst un-
glücklicher Saame war.

Da sah ich den Virgilius vor Verwunderung über
den, der, so schimpflich und schmählich auf dem Kreuze
ausgestreckt, ins ewige Elend verwiesen war, sich äus-
serst entsetzen. Hernach wandte er sich zu dem Mönche und
sagte: Werdet nicht ungehalten, daß ich euch bitte, mir

L 3   doch

Gegend um Gardingo herum, wo die Ubertische Familie,
als das Oberhaupt von den Gibellinen, ihre Güter hatten.

doch, im Fall es euch erlaubt ist, zu sagen, ob nicht dort, rechter Hand, ein Schlund liegt, wo wir alle beide heraus können, ohne dadurch schwarze Engel zu nöthigen, daß sie etwa da aus dem Grunde kommen und uns fortbringen. Noch eher, als du denkst, antwortete er mir, kömmt ein Felsenstück, das aus dem großen Kreise hervor, und über das ganze wilde Thal hinübergeht. Nur ist der einzige Umstand, daß solches eingestürzt liegt, und keine gehörige Bogendecke mehr macht. Doch könnet ihr auf dem Steinschutte, der auf der Seite liegt, und den Grund ausfüllt, fortsteigen. Mein Führer blieb ein wenig mit niedergebeugtem Kopfe stehen, und sagte darauf: Also hat uns der, der jenseits dort die Sünder so zerhaken läßt, zu unserm Fortkommen sehr falsch und übel berichtet. Schon in Bologna, erwiederte der Mönch, hörte ich ehedem dem Teufel Laster gnug, und unter andern auch dieses nachsagen, daß er ein Lügner, und ein Vater der Lügen sey.

Hierauf gieng mein Führer, dem äußerlichen Ansehen nach, in etwas vom Zorne beunruhiget, mit großen und starken Schritten fort, daher auch ich, immer auf seinen treuen Fußtapfen hinter ihm her, mich von den dasigen Lastträgern zugleich entfernte.

Vier und zwanzigster Gesang.

Inhalt.

Dante geht aus dem sechsten Abgrunde heraus, übersteigt, mit
Hülfe seines Führers, einen eingestürzten Ort, und geht so
den siebenten Abgrund hinein, wo er eine erschreckliche auf=
gehäufte Menge von Schlangen findet, von denen die be=
trügerischen Straßenräuber gepeiniget werden. Hier be=
merkt er einen seltsamen Zufall, der einem von den dorti=
gen Verdammten begegnet, mit dem die Dichter sich un=
terhalten.

So wie noch in der Jugend des neuen Jahres,
wann die Sonne ihre heissen Strahlen in dem
Wassermanne löschet, und die Nächte fast bis an
den Mittag noch reichen; wann der glänzende Reif auf
der Erde das Bildniß seiner weissen Schwester, wiewohl
nur mit Farben entwirft, die für die schöne Malerey
von zu kurzer Dauer sind; so wie in solcher Jahrszeit
der arme Landmann, dem sein Vorrath ausgeht, auf=
steht, umherschaut, und das ganze Land sich weiß klei=
den sieht, daher er vor Unwillen mit beiden Händen sich
in die Seiten schlägt; dann wieder nach seiner Woh=
nung zurückkehrt, und hier und da ängstlich klaget, wie
ein Nothleidender in der Fremde, der nicht mehr weiß,
was er anfangen soll; hernach endlich, schon durch die
Hoffnung entschädiget, wiederkommt, weil er die Gestalt
der Welt in so kurzer Zeit verändert sieht, und nun sei=
nen Weidenstock nimmt, und das Zuchtvieh froh auf
die Weide hinaustreibt — eben so machte mich mein

L 4   Lehrer

Lehrer anfänglich ganz unzufrieden und verzagt, als ich
an ihm die traurig unruhige Stirne erblickte, aber auch
eben so bald heilte er wieder mit einem erquickenden
Balsam meine schmerzhaften Wunden.

Denn so bald wir an die eingefallene Brücke hin-
kamen, wandte sich mein Lehrer mit eben dem liebreichen
Angesichte zu mir, das ich zum erstenmale dort bey dem
Fuße des Berges an ihm wahrnahm. Mit offenen Armen umfaßte er mich, wiewohl er erst den Ruin genau
betrachtete, und vorher bey sich erst zu Rathe gieng
und seinen Entschluß deswegen faßte. Und gleich einer
Person, die immer fortarbeitet, dabey aber alles wohl
überdenket, und beständig sich in Zeiten vorzusehen
scheint, also hob er mich nach dem Gipfel eines Felsenstücks zu in die Höhe, und wieß schon im Aufheben auf
einen folgenden Felsensplitter und sagte zugleich: Auf
den klettere hernach hinauf, doch versuche erst, ob er
auch so beschaffen ist, daß er dich trage und aushalte.
Für Personen in langer Kleidung war der Weg gar nicht.
Denn er, mein Führer, war doch so leicht, und ich wurde so an und fortgetrieben, und dennoch konnten wir
kaum von einem Steine auf den andern hinaufsteigen.
Und wäre der Weg auf dieser Seite der Ringmauer so
lang, und nicht kürzer, als auf der andern Seite gewesen, so sage ich, zwar nicht von ihm, sondern nur von
mir, daß ich vor Unvermögen hätte erliegen müssen. Da
hiernächst Malebolge, bis unten vor der Thüre des entsetzlich tiefen Brunnens zu, ganz abhängig ist, so bringt
es die Lage eines jeden Thals so mit sich, daß die eine
Seite aufwärts, und die andre hinabwärts gehet.

Endlich kamen wir doch ganz oben auf die Höhe
hinauf, wo das letzte steile Felsenstück etwas abschößig
sich

sich ausbreitet. Das ewige Athemholen hatte meine
Lunge von Luft so ausgeleeret, daß ich, als ich hinauf
war, unmöglich weiter fortkommen konnte, und mich
vielmehr auf den ersten Absatz niederlassen mußte. O!
nunmehr mußt du dich, sagte hier mein Lehrer, von
unedler Trägheit entfesseln. Denn auf sanften Kissen
und in weichen Federbetten macht man sich in der Welt
keinen rühmlichen Namen. Und wer ohne diesen seine
Lebenszeit verschwendet, der läßt kein andres Andenken
hinter sich, als das der Rauch in der Luft, oder der
Schaum im Wasser hinter sich läßt. Darum stehe auf,
bekämpfe und überwinde das ängstliche Wesen mit dem
Geiste, der, wenn er mit seinem aus Trägheit sinkenden
Körper sich nicht zugleich erniedriget, in allen Schlachten den Sieg glorreich davon trägt. Eine weit höhere
Leiter muß noch erstiegen werden. Denn die du bisher
überstiegen hast, ist nicht zureichend. Und siehst du das
ein, wohlan, so sey dein Betragen auch so, daß es zu
deinem Ruhme und zu deinem Besten ausschlage.

Hierauf stand ich auf, bezeigte mich weit freyer
im Athemholen, als ich mich wirklich fühlte, und sagte
zu ihm: Wohlan, so komm, ich gehe stark und beherzt mit.

Also nahmen wir oben auf der Felsenklippe, die
weit unebensteinigter, enger, beschwerlicher und steiler,
als die vorige war, unsern Weg fort. Ich redete beständig im Gehen, um meine Schwachheit nicht bloß zu
geben, daher eine Stimme aus dem andern Graben erschallte, die aber keine vernehmlichen Worte hören ließ.
Ich verstand nicht, was sie sagte, wiewohl ich mich schon
auf dem Rücken des Felsenbogens befand, der da hinübergeht. Allein der, welcher redete, schien, als wenn
er von Zorn aufgebracht wäre. Ich wandte mich, und

L 5 sah

sah hinunter, konnte aber mit den schärfsten Blicken, wegen der dicken Finsterniß, nicht bis auf den Grund hinunter sehen. Mein Lehrer, sagte ich daher, mache, daß
du zu dem andern Kreise hinkommst, und daß wir daselbst
die Mauer hinabsteigen können. Denn so, wie ich hier
zwar höre, aber nichts verstehe, eben so sehe ich wohl hinunter, kann aber auch nichts erkennen. Ich gebe dir,
sagte er, keine andre Antwort, als diese, es so zu machen,
daß dein anständiges Verlangen durch die That stillschweigend befolget werden muß.

Wir stiegen also von der äußersten Höhe
die Brücke bis da hinunter, wo sie sich mit dem achten
Ufer zusammenfüget, da denn sogleich der siebente Abgrund sich meinen Augen entdeckte. Ich sah hinein,
und fand eine so aufgehäufte erschreckliche Menge von
Schlangen darinnen, und die von so verschiedener Art
waren, daß, so oft ich daran denke, mir das Blut in
allen Adern wieder erstarret.

O! rühme dich nun nicht mehr, Lybien, mit der
Menge deines Sandes! O! schweig, ganz Aethiopien!
Schweig gleichfalls, du Land, das an dem rothen Meere liegt, schweigt alle! Denn ihr alle zusammen könnt
mit eurer ganzen Menge ") von giftigen Wasserschlangen, von Pfeilschlangen, von Erdschlangen, von Hiersen-
schlangen, von Doppeltschlangen, und mit allen den
übrigen, die eure Gegenden hervorbringen, könnt ihr
nicht ·

95) Diese verschiedene Arten von Schlangen, sind, der Ordnung
im Texte nach, Schlangen, die im Wasser und auf der Erde
leben, die von den Bäumen wie ein Pfeil auf die Menschen
zuschießen, die aufgerichtet gehen, die wie Hierse gezeichnet
sind, und endlich, die zween Köpfe haben sollen.

nicht so viel und so mannichfaltiges und so böses und so
pestilenzialisches Schlangenungeziefer aufweisen, als hier
anzutreffen ist. Und durch dieses grausame und erschreckliche Schlangenheer mußte ein nacktendes Volk, ohne die
allergeringste Hoffnung, einen Ausgang, oder einen [96])
Zauberstein zu finden, mit dem äußersten Entsetzen her-
umlaufen. Mit Schlangen waren ihnen hinten auf dem
Rücken die Hände zusammen gebunden, die ihren
Schwanz und Kopf bey den Nieren hindurchsteckten,
und von vorne her in einen Haufen zusammen verwickelt
waren. Und auf einen, der aus unser Gegend war,
schoß plötzlich eine Schlange los, die ihm gleich da durch
und durch stach, wo der Hals an die Achseln gefügt ist.
Kein O und kein I kann so geschwind geschrieben werden, als dieser sich entzündete, brannte, und ganz
in Asche zerfallen mußte. Hernach, so bald er auf der
Erde so zerstört da lag, versammlete sich die Asche wieder, und stellte durch sich selbst eben denselben Körper
plötzlich wieder her.

Also behaupten große Weltweisen, daß der Phönix, wann er bald fünfhundert Jahre alt ist, ster-
be, und sodann wieder gebohren werde. Er weidet sich

in

96) Dieses ist der Sonnenstein, der wider den Gift seyn, oder nach
   der fabelhaften Erzählung die Kraft haben soll, den, welcher
   ihn bey sich trägt, unsichtbar zu machen.

   Und der Phönix, dieser weltberühmte Vogel, soll sich in
   dem glückseligen Arabien befinden, nur einmal in der Welt
   seyn, und ehe er noch fünfhundert Jahre alt wird, auf dem
   kostbarsten Specereyen, an den Stralen der Sonne sich selbst
   verbrennen, und aus seiner Asche neu gebohren wieder aufer-
   stehen.

in seinem ganzen Leben, weder mit Kraut, noch mit Ge-
traide. Nein, bloße Thränen von Weyrauch und Amom
sind seine einzige Speise, und Narden und Myrrhen werden zuletzt sein Sterbebette.

So wie einem Menschen, der plötzlich zu Boden fällt, ohne zu wissen, wie und warum, welches durch
dämonische Zauberkraft, die ihn zur Erden wirft, oder
wegen innerlicher Verstopfungen, die den Menschen oft
wie bezaubern, geschehen kann; wie einem solchen, sage
ich, da zu Muthe ist, wann er wieder aufsteht, so, daß
er sich um und um beschauet, und ganz verstört vor grosser Herzensangst, die er erlitten hat, umhersieht und
seufzet — eben so ward da dem Sünder zu Muthe, sobald
er wieder aufgestanden war.

O! wie strenge ist die Strafgerechtigkeit des allerhöchsten Gottes, die in so rächende Blitze und Don-
nerschläge schreckensvoll ausbricht!

Mein Lehrer fragte ihn hernach, wer er wäre.
Ich stürzte, war seine Antwort, aus Toskana nur vor
kurzem in diesen wilden Schlund herunter.   Eine nicht
menschliche, nein, eine viehische Lebensart war dort auf
der Welt meine einzige Lust und Freude, die nur für einen solchen Bastarten, wie ich war, sich am besten schickte. Vanni Fucci, das Unthier, bin ich, und Pistoja war
meine, und die meiner würdige Höle.

Sage ihm doch, bat ich meinen Führer, daß er
nicht davon fliehe, und frage ihn, was für Verschuldungen ihn hier herunter verstoßen, weil ich ihn ehedem
doch als einen blutdürstigen Wüterich gekannt habe.

Der

Der Sünder, der solches hörte, verstellte sich nicht,
sondern wandte sich, von trauriger Schande getrieben,
mit seinem Geiste und Gesichte recht zu mir hin, und
sagte hernach: Daß du mich in dem Elende, wo du
mich hier siehst, angetroffen hast, das schmerzt mich
weit empfindlicher, als da ich jenem Leben dort entrissen
ward. Ich kann dir dein Verlangen unmöglich versagen. Ich bin darum so tief hier herunter verstoßen worden, weil ich, als ein Straßenräuber, die reiche Sacristey 97) mit den schönen Geräthen so beraubet habe.
Und o wie widerrechtlich ward da ein andrer aufgehenkt!
Allein, damit du an solchem Anblicke dich nicht weidest,
wenn du einmal aus den finstern Oertern wieder heraus
seyn wirst, so öffne itzt deine Ohren, und höre, was ich
dir verkündigen will: Pistoja wird anfänglich an
Schwarzen ziemlich abnehmen. Hernach wird Florenz
neues Volk und Vermögen wieder aufbringen. Unterdessen zieht Mars aus den Tiefen von Magra tödliche
Dünste herauf, daß ihr Himmel mit trüben Wolken
ganz

97) Dieser Straßenräuber bestahl die reiche Sacristey der Dom-
kirche zu Pistoja, beschuldigte hierauf dieses Diebstahls
einen Notar und Mann von gutem Rufe, und brachte es durch
einen sogenannten geschickten Advocaten, und durch den pro-
ceßmäßigen Lauf des Rechtens so weit, daß dieser Unschuldige
richtig an den Galgen aufgeknüpft wurde; und das von Rechts
wegen. — Allein du rechtsgelehrter vorzüglicher Mörder eines solchen Unschuldigen,

Sein Schatten soll dafür des Tages deine Pein,
Des Nachts dein Schreckenbild, und stets dein Henker seyn.
Lichtwer.

ganz umzogen wird. Dann werden sich gewaltige und schwere Ungewitter zu Schlachten über den Picenischen Gefilden fürchterlich aufthürmen. Endlich wird Mars plötzlich die schwarzen Wolken zerbrechen, so, daß ihre Donner alle Weissen verwunden und erschlagen werden. Und das habe ich dir blos darum gesagt, damit ich dir dadurch Schmerzen verursache.

Fünf

✝✱✝✱✞ ✝✱✝✱✞ ✝✱✝✱✞ ✝✱✝✱✞ ✝✱✝✱✞

Fünf und zwanzigster Gesang.

Inhalt.

Der Dichter erzählt, wie der verdammte Fucci auf eine schreck=
liche Art Gott schändete, und hernach davon floh.　Ferner
sieht er den Cacus in Gestalt eines Centaurs, der hinter sich
eine ganze Last Schlangen, und auf den Achseln einen grau=
samen Drachen aufsitzen hatte.　Endlich beschreibt er die
seltsamen Verwandlungen, die mit einigen von den Staats=
räubern daselbst vorgiengen.

Kaum hatte der Straßenräuber seine Rede geendi=
get, als er seine verfluchten Hände mit beiden
zwischen den zween ersten Fingern schandbar her=
ausgesteckten Daumen verächtlich gegen den Himmel
aufhob und schrie: So, du Gott, stehe, so biete ich dir
Trotz! — Deine Schlangen sind mir bisher recht lieb
gewesen! — Hier fuhr ihm plötzlich eine um den Hals,
als wenn sie ihm sagen wollte: Ich verbiete dir weiter
zu reden.　Und eine andre schlung sich ihm um die Ar=
me, band ihm selbige von neuem, und verniedete sie vor=
ne an den Händen so stark mit sich selbst, daß er nicht
im Stande war, sie von sich zu schleudern.

Ach! Pistoja, Pistoja, o! warum veranstaltest du
nicht, dich zu einem Aschenhaufen zu verbrennen, damit
dein Daseyn gänzlich aufhöre, darum, daß du es deinen
Vorfahren in Uebelthaten noch zuvor thust! —

In allen den düstern Kreisen der ganzen Hölle fand
ich auch überall keinen einzigen Geist, der sich so vermessen
wider Gott empöret hätte.　Nicht einmal der that es,

der

der in Theben [98]) von den Mauern herunter stürzte.
Und so verstockt, ohne weiter ein Wort zu reden, floh er
davon.

Da sah ich einen Centaur voll Wut dahergeschoſ-
ſen kommen, welcher ſchrie: Wo iſt, wo iſt der harte Böſe-
wicht? — Mehr Schlangen kann Maremma [99]) auf
ſeinem fruchtbaren Boden nicht haben, als dieſer hinter
ſich bis da oben hinauf hatte, wo unſre Lippen ſich anfangen. Und auf den Achſeln hinten im Genicke lag
ihm ein Drache mit ausgebreiteten Flügeln, der auf
alle, die ihm begegneten, Feuer ausſpie. Das iſt Cacus, ſagte mein Lehrer, der unter der Steinhöle des
Aventiniſchen Berges zum öftern ganze Lachen unſchul-
diges Menſchenblut vergoß. Er geht nicht mit ſeinen
Mitbrüdern einen Weg, weil er einſt den betrügeriſchen
Diebſtahl an der großen Viehheerde begieng, die ſich damals in ſeiner Nachbarſchaft befand, und weswegen
ſeine betrügeriſchen Thaten unter der Keule des Herkules
ein ſchreckliches Ende nahmen, der ihm wohl hundert
Schläge damit gab, wovon er jedoch kaum zehne fühlte.

Indem er ſo redete, und jener vorbey jagte, kamen
drey Geiſter unter uns hervor, die weder mein Führer,
noch ich eher gewahr wurde, als da ſie ſchrien: Wer
ſeyd ihr? — Daher hielt unſre Erzählung inne, und wir
waren hernach nur auf dieſe aufmerkſam. Ich kannte
ſie nicht. Allein es fügte ſich, ſo wie das oft zufälliger Weiſe zu geſchehen pflegt, daß der eine dem andern
jeman-

98) Capaneus, der im vierzehnten Geſange beſchrieben worden
iſt,

99) Maremma iſt ein fruchtbares an dem Meere im Florenti-
niſchen gelegenes Feld.

jemanden-nennen mußte, und sagte: Wo mag Ciansa
geblieben seyn? — Darum legte ich geschwind den
Finger an das Kinn und aufwärts an die Nase hinauf,
um dadurch meinen Führer still und aufmerksam zu
machen.

Kein Wunder ist es, wenn du, mein Leser, anstehst,
das zu glauben, was ich dir nunmehr sagen werde, da
ich selbst, der ich es gesehen, mich doch kaum davon überzeugen kann.

So bald ich meine Augen auf sie hingerichtet hielt,
so schoß eine sechsfüßige Schlange vor dem einen an
ihn hinauf, die ihn ganz und gar umwickelte. Mit ihren mittlern Füßen umschlung sie ihm den Bauch, und
mit den Vorderfüßen ergriff sie seine Arme. Alsdenn
biß sie ihm in beide Backen. Die Hinterfüße streckte
sie an den Hüften von sich, und ihren Schwanz zwischen beiden hindurch, und hielt ihn hinten bey den Nieren in die Höhe. So innigst kann Epheu einen Baum
nicht umschlungen, als dieses schreckliche Thier durch des
andern Glieder die ihrigen herumschlung. Hernach
klebten sie sich so fest an einander, als wenn sie von war-
men Wachse gewesen wären, und vermischten ihre Farben so genau mit einander, daß schon keines mehr dasjenige zu seyn schien, was ein jedes eigentlich war. So sieht
man auf einem Papiere, ehe es in Brand geräth, die
sterbende Weiße desselben sich in das dunkelste Braun
verwandeln. Ein jeder von den beiden andern sah alles
mit an, und schrie: O! Angolo, o! wie verwandelst
du dich! — Siehe nur, schon bist du nicht zwey, auch
nicht eins mehr! — Denn die beiden Köpfe waren
schon da wie ein Kopf geworden, als zwo vermischte
Gestalten in einem Gesichte erschienen, in welchem sich

zween Köpfe verloren hatten. Die beiden Arme wurden
zu vier herumgehenden Banden. Die Schenkel mit den
Beinen, der Bauch und die Brust wurden Glieder, die
in der Welt noch je kein Mensch so gesehen hat. Ihr
ganzes erstes Ansehn war nun völlig verschwunden.
Das verwandelte Gesicht schien ein doppeltes Gesicht und
auch kein Gesicht zu seyn; und so gieng diese Gestalt mit
langsamen Schritten fort.

So wie unter der heissen Ruthe der Hundstage
die grüne Eider da, wann sie aus ihrer Zaunhöle über
die Wege springt, wie ein Blitz scheinet — eben so schien
eine kleine feurige und, gleich Pfefferkörnern, schwarz-
gelbliche Schlange, die den andern beiden Schatten gegen die Bäuche zufuhr, und dem einen von ihnen den
Theil durchstach, aus welchem der Mensch zuerst seine
Nahrung herzieht, worauf der Verdammte vor ihr ausgestreckt zur Erden niederfiel. Der, welcher durchstochen
ward, beschauete sie aufmerksam, sagte aber kein lautes
Wort, verzog vielmehr die Füsse und gähnte, als wenn
ihn ein Schlaf oder ein Fieber überfallen hätte. Er
sah die Schlange, und sie sah ihn an. Jener schnaub-
te aus der Wunde, und diese aus ihrem Maule einen
starken Rauch heraus, der da zusammenstieß. So schweige Lukan nun da, wo er etwas von dem unglücklichen
Sabellus ¹⁰⁰) und vom Naßidius berühret, und höre
aufmerksam auf das, was sogleich erschallen soll! —
Auch schweige Ovid nunmehr von Cadmus und Aretu-
sen! Immer dichte er jenen zu einer Schlange und die-

se

---

¹⁰⁰) Diese Personen waren durch Schlangen getödtet, und unglücklich geworden. Siehe hiervon das 9te B. des Lucan, und
das 3te und 4te B. der Verwandlungen des Ovid.

se zu einer Quelle, ich beneide ihn nicht. —— Denn zwo Naturen, Stirne gegen Stirne gerichtet, hat doch seine
Dichtkunst nie so verwandelt, daß alle be de Gestalten
bereit gewesen wären, ihr Wesen zu verändern. Sie
verstanden sich nach solchen Maaßregeln mit einander,
daß die Schlange ihren Schwanz wie eine Gabel aufspalten, und der Verwundete zu gleicher Zeit die Spuren davon in sich durchzwingen sollte. Die Beine selbst
mit den Schenkeln hiengen sich so fest an einander zusammen, daß in kurzem die Fugen nicht das geringste Zeichen
einer Bewegung mehr spüren ließen. Der gespaltene
Schwanz legte seine Figur ab, die sich hier verlor, und
seine Haut wurde weich, jene menschliche hingegen wurde hart. Dann sah ich die Arme durch die Achseln hinein und hindurch gehen, und die beiden Füße des Thieres, die erst kurz waren, sich so verlängern, so wie sich
jene Arme verkürzten. Hierauf wurden die zusammen
und hinaufwärts gedrehten Hinterfüße dasjenige Glied,
welches der Mensch verbirgt; und der elende Verdammte
bekam von dem Seinigen zween Schlangenfüße heraus.
Unterdessen der Rauch beide mit neuer Farbe überzog,
und an der Schlange Haare erzeugte, an dem Verdammten aber solche hinwegnahm, so erhob sich die
menschgewordene Schlange, und der Verwandelte fiel
hinunter, ohne darum die verruchten Augen zu verdre-
hen, unter denen ein jeder sein Gesicht verwandelte.
Denn jene, die sich aufgerichtet hatte, zog ihr Gesicht
gegen die Schläfe hinauf; und wegen zu häufiger Ma-
terie, die da geflossen kam, giengen ihr die Ohren von
den noch ungestalteten Wangen hervor. Diejenige Mate-
rie, welche nicht hinterlief, sondern stehen blieb, bildete
von diesem Ueberflusse am Gesichte die Nase, und die

M 2   Lippen-

Lippen so groß und stark, als sichs gehörte. Der Verdammte, welcher zu Boden lag, trieb die Schnauze hervor, und zog die Ohren in den Kopf zurück, so wie die Schnecke ihre Hörner einzieht. Die Zunge, welche er erst in sich ganz unzertheilt und zum Reden fähig und fertig hatte, spaltete sich, die Gabelgestalt in der andern schloß sich wieder zu, und der Rauch blieb. Die zum Thiere gewordene Seele machte sich zischend in der Tiefe fort, und die zum Menschen gewordene Schlange sprudelte redend hinter ihr her. Hernach kehrte diese jener den neuen Rücken zu, und sagte zu ihr: Nun Buoso, lauf und krieche, so wie ich es zuvor gemacht habe, diesen Weg auch hin.

Und also sah ich die Veränderungen und Verwandlungen in dem siebenten Abgrunde, deren Seltsamkeit mich hier entschuldigen wird, wenn sich die Sprache in ihrer Beschreibung ganz verirret. Und wiewohl meine Augen in einige Verwirrung geriethen, und mein Geist vor Erstaunen ganz außer sich war, so konnten doch jene so völlig zugeschlossen nicht forteilen, daß ich nicht den Puccio Sciancato ganz wohl hätte gewahr werden sollen. Dieser war der einzige von den drey [101]) Gesell-

schafts-

---

101) Die drey Gesellschaftseelen waren also Angolo, Buoso und Puccio, die sechsfüßige Schlange war Cianfa, und die schwarze Schlange war Cavalcante, der in Gaville, einem Marktflecken bey Florenz ermordet wurde, dessen Tod zu rächen, die Seinigen fast alle dasigen Einwohner umbringen ließen. Dieses unschuldige Blut wird um so vielmehr mit Recht beweinet, da der Eemordete sich seinen gewaltsamen Tod erraubt und erschändet hatte. Denn alle diese fünf Geister waren,

als

schaftsgeistern, die da zum Vorschein kamen, welcher unver-
wandelt blieb; und die schwarze Schlange war jener,
über den du, Gaville, dort weinest.

als große Cavaliers und hohe Regierungsräthe von Florenz,
keine groben und gemeinen Straßenräuber, wie Vanni Fucci,
sondern recht subtile und charakterisirte Geheimbetrüger,
Staaträuber und Landesblutegel, die durch unverantwortliche
Projecte, Auflagen und Gelderpressungen dem armen Florentinischen Volke das Mark aus den Adern saugten, und von
dem Schweiße der armen Unterthanen sich bereicherten; die
die öffentlichen Einkünfte mit Manier bestahlen, sich damit
in die Höhe, und das Land herunter brachten, und als vornehme Wollüstlinge, und als richterliche Ehren - Gewissens - und
Religionsschänder lebten, und denen leyder! die höchste Gewalt und die Handhabung der Gerechtigkeit anvertrauet war.
Mit einem Worte, es waren Schlangen von List, Gift, Ver-
führung, Schaden und Abscheu, und werden also auch in der
Hölle gerechter Weise mit Schlangen bestrafet, und durch
dergleichen entsetzliche innigste Vereinigung mit solchen vorzüglich abscheulichen Thieren in sie unwiderstehlich verwandelt.

Verflucht sey doch die Kunst, den Unterthan zu pressen!

Gellert.

Sechs

Sechs und zwanzigster Gesang.

Inhalt.

Die Dichter gehen in den achten Abgrund, der ganz voll Flam=
men ist, in denen die boshaften Rathgeber verborgen
liegen und gestraft werden. Unter solchen Flammen be=
merken sie eine, welche zu oberst in zwo Spitzen abgetheilt
war, in welchen sich Ulysses und Diomedes verborgen befan=
den, von denen der erste ihnen seine lange Schiffreise nach
der andern Halbkugel erzählet.

Freue dich, Florenz, über deine Größe! Freue dich über
deine Macht, die du zu Wasser und zu Lande aus=
breitest! Freue dich über deinen Namen, der sogar
durch die Hölle erschallt! Denn Fünfe von deinen
Staatsbürgern fand ich dort unter den Straßenräu=
bern. Mir steigt davon eine Schaamröthe ins Gesicht,
und dir wird auch kein großer Ruhm daraus erwachsen.
Allein wenn Morgenträume gemeiniglich Wahrheit ver=
kündigen, so wirst du in kurzem erfahren, was Prato[102]
andere zu geschweigen, dir sehnlich wünschet. Und wä=
re

102) Prato ist eine Stadt nahe bey Florenz, die ein schönes
Schloß hat.
   Dante sieht das Unglück als unvermeidlich voraus, das un=
gerechte Regierung über ein Land bringt, und wünscht es
seinem Vaterlande, damit die räuberischen Staaträthe ge=
straft, und die armen Unterthanen noch gerettet werden mögen.
So wünschet man oft einen, auch schädlichen, Sturmwind, wenn
man einen Wolkenbruch befürchtet.

re es schon geschehen, so würde es nicht zu zeitig seyn.
Möchte es dann nur erfolgen, wenn es ja geschehen
soll! Denn so, wie sich meine Jahre mehren, wird diese
Last mich immer schwerer drücken.

Wir begaben uns also weiter fort. Mein Führer stieg auf einer eben dergleichen felsigten Leiter,
auf deren rauhen Stufen wir erst hinabgestiegen
waren, wieder hinauf, und mich zog er hinter sich
nach. So giengen wir die einsame Straße zwischen den Felsensplittern und den Schuttsteinen der
Klippe fort, wo sich der Fuß allein, ohne die Hand, fort-
zuhelfen, nicht vermögend war. Da, da betrübte ich
mich erst recht, und itzt betrübe ich mich aufs neue, wenn ich
mein Andenken auf das richte, was meine Augen dort
sahen. Und nun halte ich meinen Witz und Verstand
mehr, als ich sonst gewohnt bin, im Zaum, damit beide
nicht ohne Führung der Tugend ausschweifen, und damit,
wenn ein gütiges Gestirn, oder ein besseres Wesen mich
mit dem großen Gute eines glücklichen Genies beschenket
hat, ich nicht selbst darüber einst misvergnügt seufzen müsse.

So wie der Landmann, der feyerabendlich auf einem Hügel ausruhet, zu der Jahrszeit, wann jene dort,
welche die Welt erleuchtet, ihr Angesicht in kürzern Näch-
ten verborgen hält, und zu der Stunde, wann die Fliege
der Mücke Platz macht, so wie er da in den tiefen Thä-
lern, dort ungefähr, wo er Wein liest und pflüget, eine
Menge leuchtender Johanniswürmer sieht — von eben
so einer Menge Flammen sah ich den ganzen ächten Abgrund erleuchtet, welches ich wahrnahm, so bald ich mich
da befand, wo die Tiefe des Grundes meinen Augen
sich zeigte. Und so wie jener, der durch die Bäre gerächet wurde, den Wagen des Elias beym Abfahren sah,

M 4   als

als die Pferde sich in die Höhe nach dem Himmel zu erhoben, daß er ihm mit den Augen nicht folgen, und weiter nichts, als eine große Flamme sehen konnte, so wie
man eine Wolke beym Aufsteigen sieht — eben so be-
wegten sich alle Flammen aus dem Schlunde des Gra-
bens herauf, so, daß keine ihren Raub sehen ließ, und
doch eine jede einen Sünder, als ihren Raub, bey sich
führte.

Ich stand auf der Brücke, um alles zu beschauen,
so aufgerichtet, daß, wenn ich nicht ein Felsenstück ergriffen hätte, ich, ohne irgendwo anzustoßen, hinunter
gefallen seyn würde, und daß mein Führer, der mich so
aufmerksam sah, sagte: Drinnen in den Feuern sind
die Geister, und ein jeder hüllet sich mit demjenigen ein,
von welchem er entflammt wird. Mein Lehrer, antwortete ich, wenn ich dich höre, so werde ich allezeit gewisser. Ich bildete mir aber schon ein, daß es also wäre, und wollte schon fragen: Wer ist dort in dem Feuer,
das oben sich so zertheilet, als stiege die Flamme von
jenem Scheiterhaufen auf, auf welchem [103]) Eteocles
mit seinem Bruder verbrannt wurde?.— In diesem

Feuer,

[103) Eteocles und Polynices waren zween Brüder und Prinzen
des Oedipus, der ihnen das Königreich Theben mit der Be-
dingung überließ, daß sie ein Jahr um das andre regieren
sollten. Als der älteste Bruder nach dem ersten Jahre seiner
Regierung nicht weichen wollte, geriethen sie in einen harten
Krieg, und in einen so unauslöschlichen Haß wider einander,
daß sie endlich einander umbrachten, und daß auf dem Scheiterhaufen, bey Verbrennung ihrer Körper, die Flamme, zum
Zeichen ihres ewigen Hasses, sich noch zertheilet und von einander gesondert haben soll.

Feuer, erwiederte er, werden ¹⁰⁴) Ulyſſes und Diomedes
gemartert, und laufen nun mit einander eben ſo nach
M 5 Rache,

104) Ulyſſes und Diomedes ſind die aus dem Trojaniſchen Kriege bekannten griechiſchen Könige, liſtigen Rathgeber und klu-
gen und tapfern Helden. Die Trojaner verließen ſich auf ihr
Palladium, welches, ihrem Vorgeben nach, ein vom Himmel
gefallenes Bildniß der Minerva war, von dem das Orakel den Ausſpruch gethan hatte, daß ſie unüberwindlich bleiben würden, ſo lange ſie ſolches beſäßen. Ulyſſes und Diomedes ſchlichen ſich heimlich in die Stadt und raubten das
Palladium aus dem Tempel. Als die Griechen demohngeachtet Troja noch nicht erobern konnten, ſo ließ Ulyſſes das
bekannte ungeheure hölzerne und inwendig hole Pferd vor
Troja, und zwar auf Rollen zum Fortbewegen, aufbauen, und
verbarg ſich mit dreyhundert der auserleſenſten Soldaten in
dem Bauche dieſes Pferdes. Darauf machten die Griechen einen verſtellten Abzug von Troja, und Ulyſſes hatte ſeinen
Vetter, den Prinzen Sinon, angeſtellt, der ſich für einen Ue-
berläufer ausgeben, und den Trojanern ſagen mußte, die Griechen hätten, wegen des Palladiumraubes, gedachtes Pferd zur
Verſöhnung der Minerva, und ſolches deswegen ſo groß aufgebauet, damit es nicht in die Stadt gezogen werden könnte,
weil dieſes ſonſt, nach dem Verhängniſſe, den gänzlichen Untergang der Griechen nach ſich ziehen würde, ſo wie, nach eben
dem Verhängniſſe, die Eroberung der Stadt Troja erfolgen
müßte, daferne die Trojaner das Pferd, als der Minerva
gewidmet, etwa aus irgend einer Abſicht zerſtörten. Hier-
nächſt hätten die Götter auch verlangt, ihnen, wenn ſie eine
glückliche Rückreiſe haben wollten, einen Menſchen zu opfern,
und er, Sinon, ſey vom Ulyſſes, als ſeinem beſtändigen Tod-
feinde, zu dieſem Opfer auserſehen worden, daher er alſo
davon

Rache, wie ehemals nach Wut: In ihrer Flamme be-
seufzen sie nun die arglistige Erfindung des Pferdes,
wel-

davon geflohen sey. Und dieses alles scheuete sich Sinon nicht, dem Könige Priam selbst freymüthig und wohl-
meynend vorzulügen. Hierauf machten die Trojaner eine Oeffnung in der Mauer, zogen das Pferd durch selbige in die
Stadt, und schwärmten, vor Freude über ihre Befreyung von
einer zehnjährigen Belagerung, festlich bis in die Nacht sich
von Verstand und Sinnen zur Ruhe. Da öffnete Sinon den
Bauch des Pferdes. Ulysses gieng mit den Soldaten heraus,
die, überall vertheilt, so fort die Stadt ansteckten, und die
übrigen auf ein vorhergegebenes Zeichen wieder zurückkom-
menden Griechen zu der Oeffnung in der Mauer hereinließen,
und alsdenn mit vereinigter Wut plünderten, mordeten, und
die ganze Stadt gänzlich zerstörten.

Der edle Saame der Römer ist der Trojanische Prinz
Aeneas, der eine Prinzeßinn des Königs Priamus zur Gemahlinn hatte, und hernach der Stifter des großen und mächtigen römischen Reichs wurde.

Deidamia war eine Prinzeßinn des Königs Lycomedes, an
dessen Hofe seine Schwester ihren Prinzen Achilles, der so schön,
als kriegerisch war, als eine verkleidete Prinzeßinn unter dem
Namen Pyrrha erziehen ließ, um ihn von dem Trojanischen
Kriege zu entfernen, zu welchem ihn ein Orakel verlangte,
und weswegen dem Ulysses aufgetragen ward, ihn ausfün-
dig zu machen. Ulysses gieng seiner Muthmaßung nach an
diesen Hof, nahm allerhand Kleinodien zum Frauenzimmer-
schmucke mit, untermengte sie mit Waffen von verschiedener
Art, und legte solche den jungen Prinzeßinnen vor, sich, was
ihnen davon gefiel, auszusuchen. So fort giengen die Augen
und Hände der verkleideten Prinzeßinn Pyrrha nach den

Waffen,

welches das Thor eröffnete, aus dem der edle Saa=
me der Römer herausgieng. Da beweinen sie die List,
um deren willen Deidamia auch nach ihrem Tode noch
um den Achilles trauret, und da leiden sie ebenfalls we=
gen des Palladiums ihre gerechte Strafe. O! wenn
sie, mein Lehrer, sagte ich, wenn sie in den Funken re=
den können, so bitte ich dich, ja, tausend und noch tau=
sendmal bitte ich dich, verweigere mir es nicht, daß ich
so lange warten darf, bis die gehörnte Flamme hieher
kömmt. Siehe nur, wie ich vor sehnlichem Verlangen
mich gegen sie hinbiege. Deine Bitte, war seine Ant=
wort, ist sehr lobenswürdig, und deswegen nehme ich
sie an. Allein halt deine Sprache zurück, und laß mich
reden. Denn ich verstehe schon, was du willst, und sie
möchten etwa, weil es Griechen waren, an deinem Re=
den einen Anstoß nehmen. Als die Flamme zu uns her=
angekommen war, und meinem Führer die Zeit und der
Ort anständig zu seyn schien, hörte ich ihn folgenderge=
stalt reden: O ihr Zwey, die ihr euch dort in einem
Feuer befindet, woferne ich mich in meinem ehemaligen
Leben hinreichend, oder nur einigermaßen, um euch ver=
dient gemacht habe, als ich in der Welt jene erhabenen
Verse schrieb, o! so unterbrechet gegenwärtig eure Be=
wegung,

Waffen, woraus Ulysses urtheilte, daß es Achilles sey. Hier=
auf entdeckte er ihm insgeheim die Absicht seines Besuchs
und den Ausspruch des Orakels, und überredete ihn, daß er
unaufhaltsam zu dem vorhabenden Feldzuge mit dem Ulysses
sich fortbegab, und folglich Deidamien entrissen ward, mit
der er sich heimlich vermählt und den Pyrrhus erzeugt hatte,
und die sich also über den Verlust ihres Achilles schmerzlich
betrübte.

wegung, und einer von euch sage, wo er, durch sich selbst
verirret, hingieng, und endlich seinen Tod fand. Hierauf fieng das größere Horn der alten Flamme murmelnd
an sich zu erschüttern, so wie ein Feuer, das der Wind
bearbeitet. Alsdenn bewegte es den Gipfel hin und her,
als wenn solcher die Zunge wäre, die da spräche, und
stieß eine Stimme heraus und sagte:

Als ich von der Circe [105]) abreisete, die mich über
ein Jahr lang dort, bey Gaeta, aufhielt, ehe sie Aeneas
noch so benennte, da war weder die Zärtlichkeit eines
Kindes, noch das Jammern eines alten Vaters, noch
die pflichtmäßige Liebe, die Penelopen erfreuen sollte,
nichts war da vermögend, das brennende Verlangen in
mir zu überwältigen, das ich empfand, die Welt und
die menschlichen Laster und die Tugend erfahrungsmäßig
kennen zu lernen. Ich begab mich vielmehr, und blos
nur einem Schiffe, und mit der kleinen Gesellschaft, die
mich nie verlassen hatte, auf jenes große und weite Meer.
Ich sah beide Ufer bis nach Spanien und Marocco,
auch Sardinien und die andern Inseln, die jenes Meer
dort

---

105) Circe war eine Prinzeßinn und Zauberinn, die einige von
der Reisegesellschaft des Ulysses mit einem Tranke bewirthete,
wovon sie in Schweine und andere Thiere verwandelt wurden.
Ulysses nahm das vom Merkur erhaltene Kraut Moly zu
sich, das wider Zauberey und Vergiftung diente, gieng zu ihr
mit dem Degen in der Faust, und zwang sie, daß sie die Be-
zauberten wieder als Menschen herstellte, woraus die zärtlich-
ste Freundschaft und Vertraulichkeit entstand, in der sie eine
geraume Zeit mit einander lebten.

Penelope war die Gemahlinn des Ulysses, die ihn innigst
liebte, und mit der er den Telemach erzeugt hatte.

dort umströmet. Ich und meine Gesellschafter, wir waren ziemlich alt [106]) und langsam, als wir dort an die Meerenge [107]) kamen, wo Herkules seine Aussichten bezeichnet hat, damit der Mensch daselbst nicht weiter schiffen solle. Allein ich, ich ließ rechter Hand Sevilien, so wie ich linker Hand Ceuta bereits gelassen hatte. O Brüder, sagte ich da, die ihr durch mehr, als hundert tausend Gefahren hier zum Occident hergekommen seyd, o! versaget nunmehr der rückständigen und nur noch so kurzen Wache eurer Sinnen, versaget ihr die Erfahrung von der Welt nicht, wo man, hinter der Sonne her, hinschiffet, und die nicht von Menschen bewohnt ist! Bedenket euer Geschlecht! Ihr seyd nicht zu einem thierischen Leben, nein, zur Tugend und zur Erkenntniß seyd ihr, als Weltbürger, gebohren. — Mit dieser kleinen Rede machte ich meine Gesellschaft so begierig auf die Fortreise, daß ich sie hernach kaum würde haben zurückhalten können. Und so ruderten wir denn, das Hintertheil des Schiffs nach dem Morgen zugekehrt, im thörigten Fluge fort, indem wir immer weiter nach der linken Seite schifften. Schon sah die Nacht alle Sterne des andern Pols, den unsrigen hingegen so niedrig, daß er über der Fläche des Meeres nicht mehr zum Vorschein kam. Und fünfmal schon, nachdem wir den großen

Schritt

---

106) Sie waren alt und langsam wegen der zehnjährigen Belagerung der Stadt Troja, und wegen der zehnjährigen Schifffahrt auf dem Meere.

107) Diese Meerenge ist bey Gibraltar zwischen Europa und Africa, wo Herkules durch die beiden Berge, Calpe in Europa, und Avila in Africa, als die sogenannten Herkulsseulen, seiner weitern Schifffahrt Grenzen gesetzt haben soll.

Schritt gewagt hatten, war das Licht der Tiefe vom
Monde angezündet, und eben so vielmal schon wieder
verloschen, als unsern Augen ein wegen der Entfernung,
schwärzlich scheinender Berg sich entdeckte, der mir so
hoch vorkam, als ich in der Welt noch' keinen einzigen
je gesehen hatte. O! was hatten wir für Freude, die
sich aber plötzlich in Wehklagen verkehrte! Denn aus
der neuen Erde empörte sich ein Wirbelwind, und stieß
mit voller Wut auf das Vordertheil des Schiffs. Drey-
mal riß er es mit allen Wassern im Kreise herum. Das
viertemal hob er das Hintertheil in die Höhe, und stürzte das Vordertheil hinunter in die Tiefe, bis endlich, nach
dem Gefallen des Schicksals, das Meer über uns völlig
verschlossen ward.

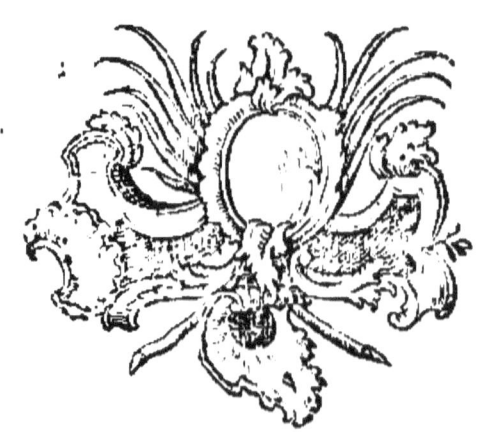

Sieben und zwanzigster Gesang.

Inhalt.

Die Dichter wenden sich zu einer andern Flamme, aus der sie
einen Verdammten reden hören, welcher mit ihnen spricht,
und ihnen die Ursache offenbaret, warum er zu einer so
schmerzhaften Strafe verdammt sey. Von da gehen sie
zum neunten Abgrunde.

Schon war die Flamme wieder in die Höhe und in
ihrer stillschweigenden Ruhe, schon gieng sie, mit
Genehmhaltung des liebreichen Dichters, von
uns fort, als eine andre, die hinter ihr kam, durch einen
unverständlichen Ton, der von ihr herausbrannte, meine
Augen auf ihren Gipfel hinzog.

So wie der Sicilianische Ochse [108]), der das erstemal
— und das war gerecht und billig — mit dem Klaggeschrey desjenigen brüllen mußte, der ihn erkünstelt hatte, so
wie

108) Phalaris, der grausame Tyrann in Sicilien, versprach demjenigen eine reiche Belohnung, der ein neues Werkzeug zur
Marter der Menschen erfinden würde. Perill, ein Athenien-
sischer großer Künstler erfand und verfertigte hierauf einen
metallnen Ochsen, der, so bald der Delinquent hinein war,
glühend gemacht wurde, und dann von dem Geschrey des Menschen darinnen nicht anders, als wie ein natürlicher Ochse, vor
eigenem Schmerze, fürchterlich brüllete. Zur gerechten Belohnung mußte der barbarische Erfinder dieser grausamen
Marter den ersten Versuch machen, und schrecklich darinnen
umkommen.

wie solcher mit der Stimme des darinnen. Jammernden
brüllte, daß er, ob er schon aus bloßem Metalle bestand,
gleichwohl wie von eigenem Schmerze durchdrungen
schien — eben so verkehrten sich anfänglich die traurigen Worte der Flamme in ihre Feuersprache, weil sie
weder Weg noch Oeffnung fanden. Allein so bald sie
ihren Gang oben durch die Spitze getroffen, und
dieser den Schwung gegeben hatten, den bey ihrem
Durchgange die Zunge ehedem geäußert hatte, hörten
wir vernehmlich sagen:

O du, an den ich diese Stimme richte, du, der
so eben lombardisch sprach und zu der Flamme sagte:
so gehe nun, ich reize dich nicht weiter; o! werde, weil
ich vielleicht ein wenig spät hieher gekommen bin, nicht
ungehalten, und verziehe noch ein wenig, mit mir zu
reden, um so vielmehr, da ich, wie du siehst, so brenne,
und nicht empfindlich hierüber werde. Wenn du nur
itzt aus jenem anmuthigen Lande Italiens in diese finstre Welt herunter gestürzt kommst, aus dem Lande, wo
alle meine Verschuldungen sich herschreiben, o! so sage
mir, ob die Romagner gegenwärtig Krieg oder Frieden
haben. Denn ich war dort aus dem [109]) Urbinischen
Gebirge, wo die Tyber entspringt.

Ich stand noch ganz aufmerksam und hinunter
gebückt, als mein Führer mich sachte anstieß und sagte:
Itzt rede du, denn das ist ein Italiäner. Da ich meine
Ant-

109) Dieser Verdammte war ehedem ein Graf Guido aus Romagna, ein Oberhaupt der Gibellinen und Herr von der
Stadt Forli, die eben dem Pabste den so langen Widerstand
that, wovon gleich die Erzählung folgen wird.

Antwort schon fertig hatte, so fieng ich unverzüglich also
an zu reden:

Dein Romagna, o du in dieser Flamme verborge-
ne Seele, ist in den Herzen seiner Tyrannen keinesweges, ja es war nie in denselben ohne Krieg. Allein in
öffentlichen Kriegsunruhen habe ich es nicht verlassen.
Ravenna befindet sich in dem Zustande, in welchem es
sich seit vielen Jahren her befunden hat. Der Polen-
tische Adler breitet sich so daselbst aus, daß er auch Cer-
vien mit seinen Flügeln decket. Das Land, das den so
langen Widerstand that, und jenes französische Kriegsheer in einen so blutigen Haufen aufschlachtete, befindet
sich unter den grünen Klauen seines Löwen ''°). Und
die

110) Dieser Adler ist das Wapen des damals regierenden Herrn
von Ravenna, des Guido von Polenta, der ein vorzüglicher
Beschützer und Freund des Dante war. Und diese Beschreibung ist eine Schilderung seiner gnädigen und ruhigen Regierung.

Der Löwe mit den grünen Klauen ist das Wapen des Sini-
baldo Ordolaffi, der damals regierender Herr von Forli,
nämlich von dem Lande war, das ehedem, unter der Regierung jenes gedachten Guido, so langen Widerstand that,
wovon die merkwürdigsten Umstände diese sind. Pabst Martin, der dritte, schickte im Jahr 1282. ein Französisches Heer
nach Romagna. Dieses nahm sogleich Faenza ein, und belagerte darauf die Stadt Forli, die sich aber aus allen
Kräften widersetzte. Als gedachter Guido sah, daß ihm
die Franzosen zu stark waren, bediente er sich seiner gewöhnlichen Verschlagenheit und List. Er beschied, nach getroffenem
Vergleiche, den Heerführer der Franzosen, den eben der Pabst

N   als

die beiden Landhunde, der alte und der junge, von Verucchio, die den von Montagna in eine so grausame Ver-
wah-

als Grafen von Romagna, und zu dieses Landes Besitzneh-
mung dahin schickte, diesen beschied Guido auf den ersten
May, noch vor anbrechendem Tage, mit seiner ganzen Ar-
mee nach Forli. Er kam, und gieng, in der Meynung als
Freund empfangen zu werden, nur mit einiger auserlesener
Mannschaft durch ein Thor, das man ihm öffnete, in die
Stadt, und das Uebrige der Armee ließ er, ganz enge unter
Bäumen zusammen gestellt, draußen, daß das ganze Volk nur
wie ein Haufen schien. Sobald er hinein war, schlich sich
Guido so fort durch ein andres Thor heimlich heraus, fiel den
Französischen Haufen von allen Seiten plötzlich an, erlegte sie
gänzlich, eilte wieder in die Stadt zurück und schlug und
verjagte vollends, was von Franzosen noch anzutreffen war,
die so gleich bey ihrem Eintritt in die Stadt, aus Raubbe-
gierde, und unaufhaltsam geplündert hatten und noch in völligem Plündern begriffen und überall zerstreuet waren. So
that Guido, ein Oberhaupt der Gibellinen, dem Pabste, als
dem Oberhaupte der Welfen, langen Widerstand, und machte
aus der Französischen Armee den blutigen Haufen, wiewohl
Forli durch eine andre Armee des Pabstes hernach doch eingenommen und Guido endlich verjagt wurde.

Die beiden Landhunde sind die beiden grausamen Herren
Malatesta von Rimini, die ihre Unterthanen unmenschlich
plagten. Und Verucchio ist ein Schloß in Rimini.

Montagna war ein vornehmer Cavalier in Rimini und ein
Oberhaupt der Gibellinischen Partey und wurde, nebst vielen andern Gibellinen, von dem alten Malatesta gefangen
genommen und dem jungen Malatesta zur Verwahrung übergeben,

wahrung brachten, die saugen dort, an ihren gewöhnlichen Orten, mit den Zähnen das Mark aus. Die Städte an dem Lamon und an dem Santernflusse regieret der kleine Löwe aus der weissen Grube, der seine Partey alle Sommer und Winter verändert. Und jene Stadt, welcher der Savioflußt die Seite dort wässert, so wie sie in der Ebene und in Bergen liegt, eben so lebt solche zugleich unter der Tyranney, und als ein freyer Staat. Allein nun bitte ich dich, sage mir auch, wer du bist! und sey, woferne dein Name auf der Welt im Rufe und Ansehen ist, nicht härter, als andere gewesen sind!

Nachdem das Feuer nach seiner Art erst ein wenig wie gebrüllt hatte, so bewegte es die scharfe Spitze hin und her und hauchte hernach folgende Worte heraus: Könnte ich glauben, daß meine Antwort an eine Person käme, die irgend einmal wieder auf die Welt zurückkehrte, so sollte diese Flamme, ohne sich im geringsten weiter zu bewegen, so fort anhalten. Allein da noch nie eine einzige Seele, nach dem, was ich als wahr gehöret habe, aus diesem Abgrunde wieder zurückgekehret ist, so kann ich dir, ohne Schande zu befürchten, antworten.

N 2　　　　Ich

geben, in welcher sie ihn endlich jämmerlich umkommen oder umbringen ließen.

Die Stadt an dem Flusse Lamone ist Faenza; die am Flusse Santerno heißt Imola, deren Regent ein junger Machinardo war, und bald die Partey der Welfen, bald die Partey der Gibellinen wählte: und die Stadt am Flusse Savio ist Cesena. Fast alle Städte von Romagna wurden damals von Tyrannen beherrschet. Allein Cesena lebte frey, wiewohl die vornehmsten Häupter der Bürgerschaft zu Zeiten auch Tyranney ausübten.

Ich war erst ein Soldat, ward aber hernach ein Fran-
ciscanermönch, weil ich glaubte, durch diese geistliche Feldbinde mich büßend zu beffern. Und mein Glaube wäre gewiß von erwünschtem Erfolge für mich gewesen, wenn mich
nicht jener Hohepriester — die Hölle belohne ihn dafür! —
in die vorigen Verschuldungen wieder gestürzt hätte.
Wie, und warum, sollst du von mir itzt vernehmen.
Als ich in jener Gestalt von Fleisch und Beinen, die
mir meine Mutter geschenkt hatte, noch lebte, waren
meine Handlungen nicht Handlungen eines grimmigen Löwen, sondern eines listigen Fuchses. Die
verschlagenen Ränke, die geheimen Schliche und
Wege, die wußte ich alle, und ich trieb die Kunst darinnen so hoch, daß der Ruf davon bis an das Ende der Erde
erschallte. Ich kam endlich auf die Stufe des Alters,
da billig ein jeder die Seegel niederlassen, und gänzlich
einlegen sollte, und empfand nunmehr über alles, woran ich erst Gefallen hatte, ein wahres Mißfallen. Ich
bereuete und bekannte meine Vergehungen, und, ach ich
Unglückseliger! ich wäre gewiß noch gerettet worden! —
Allein der Fürst der neuen Pharisäer führte, doch weder
mit Saracenen noch mit Juden, sondern an der Seite
des Laterans ***) führte er Krieg. Denn alle seine

Feinde

***) Pabst Bonifacius der achte hatte einen päbstlichen Haß wider
die fürstliche Familie der Colonnen, weil die beiden damaligen
Cardinäle aus dieser Familie ihm in der Pabstwahl zuwider
gewesen waren. Hierzu kam, daß ein gewisser Sciarra,
auch ein Colonner, dem Pabste einen Theil seines Schatzes
entwendet hatte. Daher entsetzte er die ganze Familie aller
Ehren und geistlichen Aemter und befahl den beiden Cardinälen,

Feinde waren Christen, und kein einziger von ihnen war
weder Ueberwinder von Acri, noch ein Kaufmann gewesen, der mit verbotenen Waaren in das Reich des

Sul-

nälen, ihre Cardinalskleidung abzulegen. Da sie nicht gleich
Gehorsam leisten wollten, ließ er ihre Häuser, die eben in Rom
beym Lateran standen, niederreissen, nahm ihnen ihre Schlöf-
ser und gab sie andern, zerstörte verschiedene, eroberte hernach ihre Festungen und belagerte endlich auch Paläftrina,
die er aber nicht erobern konnte, und weswegen er dem Guido den boshaften Rath päbstlich heraus absolvirte. Er stellte
sich auch hierauf sehr mitleidig, und ließ unter der Hand den
Cardinälen zu verstehen geben, daß sie nur kommen und sich
demüthigen möchten. Sie erschienen auch wirklich in schwarzer Kleidung, warfen sich ihm zu Füßen und baten um Verzeihung und Gnade. Er versprach ihnen den Wiederersatz
ihres ganzen Verlusts, wenn sie gehorsam wären und Paläftrina übergäben. Allein kaum sah er auch diese Festung
durch solche Uebergabe in seiner Gewalt, als er sie von Grund
aus niederreissen und darneben eine neue aufbauen ließ, die
er die Stadt des Pabsts nennte, und so die Familie der
Colonnen vollends zu Grunde richtete und vertrieb. Und so
führte dieses Unthier von einem Pabste, der überhaupt mit
einer ruchlosen Freude die ganze Religion für eine Fabel er-
klärte, ein schöner Stadthalter Christi! aus Rache, aus
Gewinnsucht, und mit Christen führte er Krieg, und nicht
mit dem Ueberwinder von Acri. Dieser war der Sultan,
der im 13ten Jahrhunderte die den Christen in Syrien noch
übrig gebliebene Festung Acri, das ehemalige Ptolomais,
schrecklich eroberte, ihre ganze Armee gänzlich schlug, die Stadt
plündern, zerstören und mehr, als 60000. Christen beiderley
Geschlechts jämmerlich umbringen ließ.

Sultans gehandelt hätte. Er sah also nicht auf sein
hohes Amt, nicht auf seine heilige Orden, nicht auf den
Gürtel des meinigen [112]), wiewohl dieser die damit Um-
gürteten größtentheils noch entkräfteter zu machen pflegt.
Nein. Er berief mich vielmehr eben so zum Arzte, ihn
von seinem Hochmuthsfieber zu heilen, so wie Constantin ehemals den Sylvester [113]) aus der Sirattischen Höh-
le berief, ihn vom Aussatze zu heilen. Er fragte auch
um Rath, ich aber schwieg, weil mir seine Reden von
Rachsucht trunken zu seyn schienen. Hierauf sagte er
zu mir: Dein Herz hat nicht Ursache, etwas zu besor-
gen. Denn von nun an spreche ich dich von allem frey.
So rathe mir dann, wie ichs anfange, daß ich Paldstri-
na zu Boden stürze. Du weißt, ich habe die Macht,
den Himmel zu- und aufzuschließen. Eben dazu sind
die beiden Schlüssel, die mein Vorfahr nicht achtete.
Nun drangen mich diese schweren Gründe, so, daß ich
das

112) Dieser Gürtel ist der Strick oder die geistliche Feldbinde,
womit sich die Franciscanermönche umgürten, und der diese
Ordensbrüder zu noch ungesundern und untüchtigern Invali-
den an Leib und an der Seele zu machen pflegt, weil sie die
vorgeschriebene Enthaltsamkeit nicht beobachten, vielmehr
durch Unmäßigkeit, Schwelgen und Prassen sich noch mehr
entkräften.

113) Diesem Pabste Sylvester, der damals vor heidnischer
Verfolgung der Christen in die Syrattische Berghöle flüchtete, die von Rom nach Loreto zu, eine Tagereise entfernt
liegt, und hernach den Constantin getauft haben soll, dem soll
dieser Kaiser das Patrimonium Petri geschenkt haben. Diese
Schenkung nennet Dante im 19ten Gesange die unglückliche Mitgabe, die der erste dadurch reiche Vater von diesem Kaiser nahm.

das Schweigen hier für höchst nachtheilig hielt, und vielmehr sagte: Heiliger Vater, da du mich von der Sünde, in die ich gleich itzt fallen muß, frey sprichst, o! so
wird dann: Viel versprechen und wenig halten, dir auf
dem erhabenen Stuhle Sieg und Triumph zuwege
bringen.

Der heilige Franciscus kam hernach, als ich gestorben
war, nach meiner Seele. Allein ein schwarzer Cherub sagte
zu ihm: Wo willst du mit diesem hin? O! thue mir kein Unrecht: Denn der gehört und muß unter meine Unglückseligen hinunter, weil er dort den betrügerischen Rath ertheilte,
und ich seit solchem bis hieher ihn schon in meinen Klauen
gehabt habe.   Und niemand kann auch von Sünden
losgesprochen werden, die er nicht bereuet.   Noch weniger kann einer Sünden bereuen, die er zugleich bege-
hen will.   Das ist ein Widerspruch, und der ist unge-
reimt. —   Ach ich Unglückseliger! — Und o! wie
fuhr ich da zusammen, als er mich ergriff und zu mir
sagte: So hast du doch wohl nicht geglaubt, daß ich
auch Logik studirt habe? — Zum Minos trug er
mich; und dieser schlung seinen Schweif achtmal um den
harten Rücken herum, biß sobann vor schrecklicher Wut
gräßlich in denselben und schrie: Das ist ein Verdammter zum Feuer für die Räuber! Daher bin ich nun
hier, wo du mich siehst, verloren, und muß mich,
mit dieser Flamme bekleidet, ewig härmen und
quälen.

Als er seine Rede auf solche Art vollendet hatte,
krümmte und bewegte die Flamme ihr spitziges Horn
hin und her, und so gieng er jammernd davon.

Mein Führer und ich, wir giengen über die Brücke weiter fort und bis auf den andern Bogen hin, der den Abgrund bedeckt, in dem die Unseligen ihren gerechten Lohn empfangen, die durch allerhand Trennungen und Spaltungen schwere Verschuldungen auf sich laden.

Acht

Acht und zwanzigster Gesang.

Inhalt.

Die Dichter kommen zum neunten Abgrunde und finden in sel=
bigem die Stifter von allerhand Aergernissen, Trennungen
und Religionsspaltungen, welche von einem Teufel mit ei=
nem Schwerdte grausam zerhauen werden. Hier bewundert
Dante die schrecklichen Strafen des Mahomet, des Ali.
und noch anderer, und erstaunt zuletzt über das schreckliche Ge=
richt, welches über Bertram von Bornis ergehet.

Ewig wird kein Mensch im Stande seyn, auch in den
allerfreyesten Ausdrücken, und in noch so oft
wiederholten Erzählungen, vollständig von dem
Blute und von den Wunden, die ich izt sah, zu reden.
Wahrhaftig, alle und jede Sprachen müßten vor unsern
Redensarten und vor unsern Empfindungen gleichsam
in Ohnmacht sinken.　Denn so was nur zu begreifen,
dazu sind diese, o! viel zu unfähig sind sie dazu.　Ja,
wenn sich auch alles Volk versammlte, welches ehedem
auf Apuliens sonst so beglücktem Erdboden das Blut
beweinte, das durch die Trojaner, und durch den lang=
wierigen Krieg vergossen wurde, der, nach dem Berichte
des Livius, des glaubwürdigen Livius, zu jener so gros=
sen Beute von Ringen **) Gelegenheit gab; ja, wenn.

N 5　　　　　　auch

114) Fünf Kriege sind es, die Dante hier anführt.　Der
erste ist der Krieg der Trojaner, oder des Aeneas wider den
Turnus.

auch dieses Volk noch dazu käme, welches jene schmerzhaften Streiche empfand, als es dem Rubert Guiscard
sich

Turnus. Der andre ist der Punische Krieg der Cartha-
ginenser mit den Römern, der die schreckliche Schlacht bey
Canna nach sich zog, in der Hannibal auf 50000. Römer
umbrachte, und verschiedene Getraidemaaße voll goldner Rin-
ge von den Fingern der Ritter Beute gemacht haben soll,
welche sein Bruder in Carthago, in dortiger öffentlichen
Rathsversammlung, soll haben ausschütten lassen, um durch
diesen sinnlichen Beweis den ganzen Rath von der Wichtig-
keit dieses Sieges vollends zu überzeugen. Der dritte Krieg
ist derjenige, den Rubert, damals regierender Herzog von
Apulien, mit dem Fürsten von Salerno führte, und der,
durch die Ankunft des Rubert Guiscard, eines herzoglichen
Prinzen von der Normandie, und durch seinen Beystand
wider den Salernischen Fürsten, so allgemein wurde, daß dieser Normandische Held, welcher vom Rubert, weil dieser
ohne Erben war, endlich zu seinem Schwiegersohne und Erben seines Landes ernennet ward, hernach ganz Apulien,
Calabrien und das ganze Reich Sicilien, die sich ihm wider-
setzten, durch schreckliches Blutvergießen völlig überwand.
Der vierte Krieg ist der, den Carl von Anjou wider Manfreden
führte, wo alle Apulier den König Manfred verließen und zu
Carln von Anjou übergiengen. Und der fünfte ist der, den
nur gedachter Carl, als König von Sicilien, wider den recht-
mäßigen Erben von Sicilien, und unglücklichen Conradin
führte, welcher auf Anrathen des Pabsts zu Neapolis öffentlich enthauptet wurde. Alard war ein Franzose, der aus
Palästina kam, ein schon alter Herr, aber ein überaus kluger
und gefürchteter Held. Dieser gab Carln den Rath, er solle,

wegen

sich widersetzte; und jenes andre noch hinzu träte, dessen Gebeine man noch dort bey Ceperan aufgehäuft her-
umliegen sieht, wo jeder Apulier so frevenlich zum Lügner wurde, und dort bey Tagliacozzo, wo der alte Alard
ohne Macht der Waffen siegte; ja, wenn auch, sage ich,
alle diese Völker zusammen aufträten, und ein jeder davon, der eine seine durchborten, und der andre seine verstümmelten Gliedmaßen darzeigte, so würde dennoch dieses alles mit der abscheulichen Beschaffenheit des neunten
Abgrundes gar nicht zu vergleichen seyn.

Kein Faß, das in der Mitte oder auf der Seite
seines Bodens eine Daube verliert, kann so durchsichtig
seyn, als ich da einen Verdammten sah, der vom Kinn
bis an den Wannst herunter ganz von einander gebor-
sten war. Zwischen den Beinen hiengen ihm die Ge-
därme herab. Das Eingeweide lag frey. Und der unreine Darm, der aus dem, was man hinunterschlingt,
den Unflath in sich sammlet, auch der war da zu sehen.
Indem ich mich gänzlich damit beschäfftigte, ihn genau zu
betrachten, sah er mich an, öffnete sich mit den Händen die
Brust, und sagte: O! siehe, wie ich mich nun in Stücken zerlege, siehe, wie verstümmelt ich, Mahomet, nun
bin! Vor mir her geht und weint Ali, dessen Angesicht
vom Kinn bis an den Wirbel gespalten ist. Und alle
die andern, die du hier siehst, waren in ihrem ehemaligen

wegen seiner gegen Conradins Kriegsheer geringen Armee,
seine Zuflucht vorzüglich zur Vorsichtigkeit und Klugheit nehmen, worauf Carl dem alten Alard alles anvertraute und
übergab, und dieser, mehr durch seine Klugheit, als durch
Carls Macht, über die feindliche Armee einen glorreichen,
wiewohl sehr blutigen Sieg davon trug.

ligen Leben Stifter von Aergernissen, Trennungen und
Religionsspaltungen, und daher sind sie nun hier also
zerspaltet. Denn dort hinten ist ein Teufel, der uns
mit der Schärfe eines Schwerdts grausam zertheilet,
und wann wir die schmerzhafte Straße herum sind, einem jeden von unsrer Gattung diese Trennung von
neuem aufhauet. Denn die Wunden schließen sich erst
wieder zu, ehe einer wieder vor ihm vorbeygehet. Allein
wer bist du, daß du da oben auf der Klippe das Maul
so aufsperrest? Willst du etwa verziehen, die Strafe
anzutreten, die auf deine Anklagen gerichtlich ausgespro-
chen ist? ——

Noch hat ihn, so antwortete mein Lehrer, weder
der Tod betroffen, noch führt ihn irgend eine Verschul-
dung zu seiner Strafmarter hieher. Ich aber bin ein
Todter, und muß, um ihm eine vollkommne Erfahrung
zu verschaffen, ihn hier unten durch die Hölle von Kreise
zu Kreise durchführen. Und dieß ist so zuverläßig wahr,
als ich mit dir rede.

Mehr als hundert, da sie das hörten, blieben in
dem Abgrunde stille stehen, sahen mich starr an, und ver-
gaßen sogar über der Verwunderung ihre Marter.

So sage denn du, der du vielleicht in kurzem dort
die Sonne wieder sehen wirst, sage dem Bruder Dolcin [115]), daß er, woferne er nur nicht bald hieher nach-
folgen

***

[115]) Dolcin war ein Mönch aus Novara in der Lombardey,
ein Mann von bewundernswürdigen Fähigkeiten und von einer außerordentlichen Beredtsamkeit. Dieser floh, wegen eines begangenen Diebstahls, nach Trento, trat in den Gebir-
gen daselbst in Mönchskleidung unvermuthet auf, gab vor,
er

folgen will, sich dergestalt mit Lebensmitteln versorge,
damit die Menge des Schnees den Novaresern nicht
den Sieg zuwege bringe, welchen sie sonst so leicht gewiß nicht erhalten würden.

Nachdem nun Mahomet, der unterdessen den einen Fuß, um fortzuschreiten, in die Höhe gehalten, mir
diese Worte gesagt hatte, so setzte er ihn nunmehr auf
die Erde herab, und gieng also davon.

Hierauf kam ein andrer Bösewicht, dem die ganze Kehle durchlöchert, und die Nase bis unter die Au-
gen-

er sey ein Apostel, und Gott habe ihn gesandt, den Menschen zu verkündigen, daß alle Güter in der Welt, auch die
Frauenspersonen, nur Mutter und Tochter nicht, gemein-
schaftlich gebraucht werden sollten. Er bekam sofort einen
starken Anhang, mit dem er jedoch von Gebirge zu Gebirge
fliehen mußte, bis er endlich mit mehr, als 3000. Menschen,
in das rauhe, unwegsame und feste Gebirge zwischen Novara
und Vercelli hinflüchtete, wo er unüberwindlich zu seyn glaubte, und seine Anhänger durch seine Beredsamkeit in allen
Arten von Sinnlichkeiten unterhielt. Endlich ward er von
einem Lombardischen Kriegsheere belagert, und, wiewohl erst
nach Verfließung eines ganzen Jahres, als sich seine Rotte
aus Hungersnoth endlich ergab, gefangen nach Novara geführet. Hier wurde er, wegen hartnäckiger Beharrung in
seiner Lehre, mit glühenden Zangen zerrissen, unter welchen
Martern er, zum Erstaunen aller Menschen, keine Mine verzog, noch im geringsten kläglich that, vielmehr seine Anhänger zur unverbrüchlichen Haltung seiner Vorschriften auf das
nachdrücklichste beschwor, bis der Tod seiner unzüchtigen und
tollkühnen Junge ein Stillschweigen abzwang, das sonst nichts
auf der Welt zu bewirken vermögend war.

genbraunen verstümmelt war, und der nur ein einziges
Ohr hatte, und welcher mit den übrigen voll Verwunderung, mich zu sehen, zurück geblieben war. Dieser
öffnete vor allen andern seine Gurgel, die von auffen
auf allen Seiten ganz zinnoberroth war, und sagte: D
du, den Verschuldungen nicht hieher verdammten, und
den ich, woferne mich eine zu große Aehnlichkeit nicht betrügt, vormals in der Oberwelt, auf Italiens Erde, gesehen habe, im Fall du wieder zurückkehren, und jene
anmuthsvolle Ebene wieder sehen solltest, die sich von
Vercelli nach Marcabo hin abneiget, o! so erinnere dich
Peters von Medicina ¹¹⁶), und suche doch den beiden
würdigsten Männern in Fano, dem Guido und auch
dem Angiolello, die Nachricht beyzubringen, daß sie,
woferne das Vorhersehen hier nicht ungegründet ist,
auf verrätherisches Anstiften eines boshaften Tyrannen
¹¹⁷), bey Catholica aus ihrem Schiffe werden heraus-
geworfen und ins Meer versenkt werden. Innerhalb
des

116) Peter von Medicina hatte zwischen dem Adel und der
Bürgerschaft in und bey Bologna herum sehr schädliche Uneinigkeiten gestiftet.

117) Dieser Tyrann war schon gedachter Malatesta, Herr zu
Rimini. Und Rimini war eben die Stadt, welche Curio,
ein großer Römischer Redner, aber aufrührischer Kopf, der
von den Pompejanern aus Rom verjagt wurde, mit in der
Hölle in seinem Andenken so verwünschte, weil er eben da
den Julius Cäsar, zum widergesetzlichen Uebergang über den
dortigen Grenzfluß Rubincon, der itzt Pisatella heißt, und
mithin zu dem großen Kriege wider die Freyheit seines Vaterlandes, vollends überredet hatte.

Cypern

des ganzen Meeres zwischen der Insel Cypern und der Insel Majorca hat Neptunus weder von Seeräubern, noch von dem Volke der Argonauten, noch nie hat er eine so große Schandthat gesehen. Dieser Verräther, der nur einäugig ist, und jenes Land beherrschet, das einer, der hier bey mir ist, nimmermehr gesehen zu haben wünschte, dieser Verräther, sage ich, wird sie zu einer geheimen Unterredung mit ihm einladen lassen, hernach aber es so anstellen, daß sie bey dem Sturme von Focara, weder Gelübde, noch Gebeth nöthig haben werden. Hier sagte ich zu ihm: Verlangst du wirklich, daß ich dort Nachricht von dir hinauf bringen soll, so zeige und schildre mir den, dem das Andenken jenes Landes, itzt so bitter ist. Hierauf legte er die Hand an die Kinnbacken eines Verdammten von seiner Gesellschaft, brach ihm den Mund auf und schrie: Der hier ist es, und nun spricht er nicht. Dieser verjagte Römer unterdrückte, durch sein Zureden, im Cäsar vollends alles Bedenken, indem er behauptete, eine bereitstehende Macht habe jederzeit zu ihrem Schaden den Verzug mit angesehen. ——— O! wie kleinmüthig schien mir nun hier der Curio mit seiner bis in dem Schlunde zerschnittenen Zunge, der ehedem im Reden so freymüthig war!

Nach diesem trat einer auf, dem beyde Hände abgehauen waren. Dieser hob die handlosen Arme durch
die

Cypern ist eine orientalische, und Majorca eine occidentalische Insel. Die Argonauten waren die Griechen, die eine lange Zeit die Herrschaft über die Meere behaupteten. Und Focara ist eine stürmische Meergegend zwischen Pesaro und Catholica, wo die Schiffenden zu ihrer Errettung vorzüglich beten, und große Gelübbe thun.

die düstre Luft in die Höhe, daß das Geblüte davon ihm
das ganze Gesicht verunreinigte, und schrie: Erinnere
dich auch des Mosca [118], der leider! damals sagte: Ge-
schehene Sachen haben ein Ende, welches der unglücks-
volle Saame für das Toscanische Volk war; hier fügte
ich aber hinzu: und der Tod deines Geschlechts; daher sich bey ihm Schmerz mit Schmerzen häufte, und
er, wie ein recht boshafter und aberwitziger Mensch, davon gieng.

Allein ich blieb da, um die Schaaren ferner zu
betrachten, und sah eine Sache, die ich, nach meiner
bloßen Erfahrung, und ohne weitere Beweise, zu erzählen, mich billig fürchten sollte. Allein das Gewissen,
dieser gute Gefährte der den Menschen, unter dem Har-
nische des Gefühls der Lauterkeit, stets und überall
freymüthig macht, eben das Gewissen macht auch mich
　　　　　　　　　　　　　　　　　　　　　　　　gegen-

118) Mosca war aus der Familie der Uberti, und befand sich,
　　als ein Oberhaupt der Gibellinen, mit in der Berathschlagungs-
　　versammlung, welche die Uberti, Lamberti und Amadei von
　　der Gibellinischen Partey wider einen Buondelmonte hielten,
　　der ein adeliches Fräulein der Amadei zu seiner Gemahlinn
　　zu nehmen versprochen, sein Wort aber nicht gehalten, viel-
　　mehr sich in die Familie der Donati vermählet hatte. Hier
　　nun riethen einige verständige Greise, man solle behutsam
　　gehen und das Ende aller Unternehmungen wohl bedenken.
　　Allein Mosca, der überhaupt ohne alle Klugheit unterneh-
　　mend und tollkühn war, bediente sich da der Worte: Gesche-
　　hene Sachen haben ein Ende, und gab den Rath, man solle
　　ihn umbringen, den er auch selbst ohne Zeitverlust barbarisch
　　vollzog, und woraus die so häufigen Verjagungen bald der
　　Gibellinen, bald der Welfen hernach entstanden.

gegenwärtig beherzt und sicher. Ich sah gewiß und
wahrhaftig, ja mir ist, als sähe ich ihn noch itzt, einen
Rumpf ohne Kopf sah ich da gehen, so wie auch alle von
der schrecklichen Heerde dort einhergiengen. Er hielt das
körperlose Haupt oben bey ben Haaren, wog es mit
der Hand wie eine Laterne, und uns sah es an,
und sagte, doch weiter nichts, als: O weh! Mit sich
leuchtete er sich selbst, und zwey waren eins, und eins
war zwey, und wie das seyn könne, weiß der dort oben
am besten, der so unbegreiflich regieret. Als dieser Verdammte gerade unten an die Brücke gekommen war,
hob er den Arm mit dem ganzen Kopfe hoch in die Höhe,
um uns dadurch seine Reden recht nahe zu bringen, welche diese waren:

O! siehe hier die beschwerliche Strafe, du, der du
lebendig noch athmest, und so, die Todten zu sehen, ihr
Reich durchreisest, ja, stehe, ob wohl eine einzige Strafe
so groß, als diese ist. Und damit du auch von mir
Nachricht mitbringen kannst, so wisse, daß ich Bertram
von Bornio ¹¹⁹) bin, der, welcher dort dem Könige Johann

---

119) Johann, ein Prinz Heinrichs, des Zweyten, Königs von
Engelland, bat sich einst bey seinem Herrn Vater eine Gnade
aus, die er ihm aber versagte, so, daß der Prinz ganz beschämt
fortgieng. Hierauf wandte sich der König zu den Umstehenden
und that die Frage: Was ist beschämender, um eine Gnade zu
bitten, oder eine Gnade zu versagen? — Für eine großmüthige
Seele, antwortete der Prinz so fort, ist es allezeit beschämender,
eine Gnade zu versagen. — Diesen Ausspruch sah der König als
einen hoffnungsvollen Beweis eines großen Geistes und eines
edlen Herzens an. Allein der Prinz überließ sich bald der

Frey-

hann die ruchlosen Anfrischungen gab. Ich machte Vater und Sohn zu Rebellen wider einander. Und mehr
hat Ahitophel nicht an Absalom und an David durch
seine boshaften Anreizungen verübet. Da ich also so
vereinigte Personen trennte, ach! darum trage ich hier
mein Gehirn auch von seinem Ursprunge getrennet, der
sich in diesem Rumpfe befindet, und darum sieht man
von gerechter Wiedervergeltung an mir ein schreckliches
Exempel.

Freygebigkeit dermaßen, daß sie in eine Art der Verschwendung ausartete, und der König diesen Ausschweifungen sich
billig widersetzen mußte. Und der Prinz würde sich auch gewiß zur Ordnung haben einschränken lassen, wenn ihn nicht
dieser Bertram, sein Oberhofmeister, boshafterWeise nun zur
Verschwendung vielmehr angefrischt, und zur Empörung wider seinen Herrn Vater aufgewiegelt hätte, so, daß Vater
und Sohn in einen entsetzlichen Haß und blutigen Krieg wider einander geriethen.

Die Geschichte vom Ahitophel befindet sich in dem andern Buche der Könige.

Neun und zwanzigster Gesang.

Inhalt.

Die Dichter setzen ihre Reise fort und kommen endlich zum zehnten und letzten Abgrunde des achten Kreises, in dem die Verfälscher sich befinden, und von unzähligen pestilenzialischen Krankheiten gepeiniget werden. Dante redet zuerst von den Alchymisten, die die Metalle verfälscht haben, und welche durch die abscheuliche Krankheit des ewigen Aussatzes daselbst gestraft werden.

Die große Menge Volks, und die verschiebenen Wunden hatten meine Augen gleichsam so trunken gemacht, daß sie sich gerne darüber recht satt geweint hätten. Allein Virgilius sagte zu mir: Was siehst du so? und warum richtest du deine Blicke dort unter die verstümmelten traurigen Schatten so starr hinunter? So hast du dich ja bey allen den andern Abgründen nicht geberdet. Bedenke, wenn du sie etwa zu zählen glaubst, daß dieses Thal zwey und zwanzig Meilen im Umkreise hat; und der Mond ist auch schon unter unsern Füßen. Hiernächst haben wir von der Zeit, die uns vergönnet ist, itzt wenig mehr übrig, und es ist noch weit mehr zu sehen vorhanden, als du vielleicht nicht glaubst. O! hättest du, antwortete ich hierauf, die Ursache bemerkt, um welcher willen ich so starr hinsah, vielleicht würdest du mich noch ein wenig da gelassen haben. Mein Führer gieng bereits weiter fort, ich aber hinter ihm her, und er wollte schon antworten, als ich noch dieß hinzufügte: In jener Grube dort, sagte ich, wo ich

die Augen so mit Fleiß hingerichtet hatte, da glaube ich,
daß ein Geist, der ein Blutsverwandter von mir ist, die
schwere Schuld beweinet, die dort unten so harte Strafen kostet. Darauf sagte mein Lehrer: Zerbrich dir von
nun an den Kopf über ihn nicht weiter. Betrachte andre Sachen, und ihn laß, wo er ist. Denn ich sah ihn
unten an der Brücke auf dich weisen, und dir stark mit
dem Finger drohen, und hörte ihn Geri del Bello [120])
nennen. Du warst eben damals durch jenen, der ehedem den Tower inne hatte, so gänzlich verhindert, daß
du nicht hinsahst, und indessen hatte er sich davon gemacht. O mein Führer, sagte ich, der gewaltsame Tod
desselben, welcher durch einen ihm an Schande Aehnli-
chen noch nicht gerächet worden ist, hat ihn vermuthlich
so aufgebracht, daß er, wie ich dafür halte, ohne mich
zu sprechen, davon gegangen ist. Allein eben dadurch
hat er mich weit gewissenhafter [121]) gemacht.

Also sprachen wir mit einander bis hin an den ersten Ort, wo sich das folgende Thal der Felsenklippe sehen läßt, und wenn mehr Licht da gewesen wäre,
sich ganz bis zur untersten Tiefe entdeckt haben würde.

So

---

120) Geri del Bello, ein Blutsverwandter des Dante, ward
als ein Stifter großer Uneinigkeiten in Familien, von einem
aus der Familie der Sacchetti gewaltsam ermordet.

Der Tower ist das Citadell mit dem hohen weißen Thurme, der ehemalige Aufenthalt der alten Könige, und nunmehr das Staatsgefängniß in London. Und diesen Tower hatte, für den Prinzen Johann, gedachter Bertram von Bornio inne.

121) Die Unversöhnlichkeit wohnt nur in niedern Geistern,
Und eines Weisen wird sich Rachgier nie bemeistern.
Lichtwer.

So bald wir an dieß letzte Kloster von Malebolge hin
waren, so, daß die da eingesperrten Ordensbrüder unsern Augen sich zeigen konnten, schossen plötzlich Wehklagen verschiedener Arten auf mich los, die ihre Pfeile
mit Mitleiden geschmiedet hatten, daher ich mir die Ohren mit beiden Händen zuhalten mußte.

So wie ungefähr Schmerz und Jammer da aus-
brechen würde, wenn zwischen dem Julius und Septem-
ber aus den Lazareten zu [122]) Valdichiana, zu Maremma, und in Sardinien, alle Kranken in einer Grube bey-
sammen sich befänden — eben so war es hier; und
eben ein solcher Gestank fuhr hier heraus, so wie der,
welcher aus faulenden Gliedern heraus zu fahren
pfleget.

Wir stiegen also auf das letzte Ufer der langen
Felsenklippe, auch linker Hand noch, herab. Und hier,
hier giengen erst meine Blicke mit der größten Lebhaf-
tigkeit die Tiefe des Grundes hinunter, da, wo die rächende Dienerin der ewigen Majestät des unendlich erhabenen Weltmonarchen, die unfehlbare Gerechtigkeit
des allerheiligsten Jehovah, alle die Verfälscher strafet,
die sie hier einschreibet.

Ich glaube nicht, daß auf der Welt irgend ein Elend
von so traurigem Anblicke gewesen ist, als das Elend
des ganzen todtkranken Volkes in Aegina damals anzusehen war, als die Luft so voll pestilenzialischer Dünste
wehete, daß auch die Thiere, bis auf das kleinste Gewür-
me, sterbend dahin fielen, und hernach die alten Völker,

O 3   so

---

122) Diese drey Oerter liegen in überaus sumpfigen, heissen
und höchst ungesunden Gegenden, wo besonders in gedachten
Monaten rechte Seuchen von Krankheiten herum schleichen.

so wie die Poeten für gewiß behaupten, durch den Saamen der Ameisen [123]) sich wieder ergänzen mußten. Allein weit trauriger war das Elend der Geister anzusehen, die hier in diesem finstern Thale zu ganzen und verschiedenen Haufen an ewigwährenden Krankheiten gräßlich herum siechten. Einer lag dem andern, der eine
diesem auf dem Bauche, der andre jenem auf dem Rücken, und jener dort veränderte seine Gestalt, indem er
den traurigen Weg fortkroch.

Schritt vor Schritt giengen wir, ohne ein Wort
zu reden, und sahen und hörten die Kranken nur an, die
nicht vermögend waren, ihre Körper in die Höhe zu richten. Vornämlich sah ich zwey so an einander gelehnt
da sitzen, so wie in einem Ofen zum Heizen, Kachel an
Kachel angesetzt ist, und die alle beide vom Kopfe bis
auf die Füße mit Ausschlage wie besäet waren. Und so
habe

123) Aeacus, ein Muster von einem gerechten Regenten, be-
herrschte damals die Insel Aegina, und bat den Jupiter,
seinen Vater, ihm entweder seine durch die Pest geraubten
Unterthanen wieder zu geben, oder ihn auch sterben zu lassen.
Hierauf erblickte er unvermuthet an einem alten Eichbaume
eine erstaunende Menge Ameisen, die, nach seinem geäus-
serten Wunsche, Jupiter in Menschen verwandelte, und ihm
zu seinen neuen Unterthanen schenkte. So dichten die alten
Poeten. Allein durch diese Ameisen versiehet man vielmehr
die Colonisten und das Volk der Myrmidonen, die aus verschiedenen Gegenden Griechenlands, und besonders aus Thessalien, vorzüglich aus Liebe zum Aeacus, als einem so würdigen Regenten, gezogen kamen, sein Reich wieder bevölker-
ten, und, gleich Ameisen, emsig und unermüdet arbeiteten,
und vornämlich den Ackerbau in Flor brachten.

habe ich noch nie einen Reitknecht, auf den sein
Herr wartet, oder der vor Schlaf kaum noch aus den
Augen blicken kann, die Striegel führen sehen, so wie ein
jeder von den beiden gleichsam die Bisse mit den Nägeln
ihrer Hände, vor großer Wut des fressenden Juckens,
über sich herführte, weil sie sich weiter mit nichts sonst
helfen können.   Und so zogen sich ihre Nägel den Aus-
schlag hinweg, so wie ein Messer einem Seefische, oder
einem andern noch schuppigtern Fische die Schuppen
hinwegreißt.

    O du, so redete mein Lehrer nun einen von ihnen
an, der dir mit den Fingern die Haut so gewaltsam
aufreissest, ja solche zuweilen wie Zangen brauchest, o!
woferne dir die Nägel ewig zu dieser Arbeit noch dienen
sollen, so sage mir, ob ein Lateiner sich mit unter den
Geistern befindet, die hier eingekerkert sind.   Eben wir
beide, die du hier so zugerichtet siehst, antwortete der
eine mit Thränen, wir sind Lateiner.   Allein wer bist
du, daß du dich nach uns erkundigest? Ich bin, sagte
mein Führer, ein Geist, der mit diesem noch Lebenden
hier von Klippe zu Klippe herunter steigen, und ihm die
Hölle zeigen muß. Hier zerriß sich plötzlich der ganze gemeinschaftliche Zusammenhang aus einander, und ein
jeder wandte sich zitternd, nebst den übrigen, die solches
vom Wiederhalle nur gehört hatten, nach mir um. Und
hier trat mein gütiger Lehrer dicht an mich heran, und
sagte zu mir: Sprich, was du willst, mit ihnen; worauf ich nach seinem Verlangen sie also anredete: Woferne euer Gedächtniß auf der ersten Welt dem Andenken der Menschen nicht entfliehen, sondern noch durch
viele neue Jahre fortleben soll, o! so sagt mir, wer ihr
seyd, und aus was für Völkern ihr herstammet, und

lasset

lasset eure aussätzige und widrige Strafe euch nicht ab-
schrecken, euch mir zu offenbaren.

Ich war von Arezzo [124]), antwortete der eine,
und Albert von Siena war es, der mich dem Feuer auf-
opfern ließ. Doch hat die Ursache, warum ich sterben
mußte, mich keinesweges hieher gebracht. Zwar ist es
an dem, daß ich im Scherz einst zu ihm sagte, ich könnte mich fliegend durch die Lüfte schwingen, worauf er,
der ein eitles Vergnügen daran fand, und wenig Verstand besaß, von mir verlangte, ich sollte diese Kunst ihm
lernen. Und blos darum, weil ich keinen Dädalus aus
ihm machte, ließ er mich von Einem verbrennen, der
ihn für seinen Sohn hielt. Allein wegen der Alchymie,
die ich auf der Welt trieb, deswegen verdammte mich
Minos, der sich nie irrt, hier zu dem letzten vgn den
zehn Abgründen herunter.

Ist aber wohl jemals, sagte ich hierauf zum Virgilius, ein Volk auf der Welt so eitel gewesen, als das
Sanesische ist? Gewiß, auch so gar das Französische
kommt ihm so völlig nicht bey.

Dieß

124) Dieser aus Arezzo hieß Grisalino, und Albere hieß ein
natürlicher Sohn des Bischoffs zu Siena, der ihn wenigstens,
wegen einiger Bekanntschaft mit Alberts Mutter, dafür
halten mußte. Die gute Frau dachte, ein reicher Bischoff
ist der beste Vater. Und ungeachtet Albert ein Einfaltspinsel
war, so mußte er doch durch diesen Vater glücklich werden.
Wie wahr sind also nicht die letzten Worte jenes sterbenden
Vaters:

Für Görgen ist mir gar nicht bange,
Der kommt gewiß durch seine Dummheit fort.

Gellert.

Dieß war die Urfache, daß der andre Ausfätzige, der mich verftand, auf meine Rede folgendes antwor- tete.

O! nimm wenigftens, rief er in fpöttifchem Tone, den Stricca [135]) davon aus, der das rechte Maaß des

D 5 Anf-

[135] Stricca war ein junger, reicher Stutzer aus Siena, der eine fo finnreiche Einrichtung in feinen Verfchwendungen machte, daß auch nicht das mindefte von feinem ganzen Ver- mögen übrig blieb.

Nicolaus, ein ebenfalls reicher Verfchwender, erfand täglich neue Leckerfpeifen und gewürzte Brühen, und foll das Fleifch über glüende Gewürznelken haben braten und rö- ften laffen, damit der vornehme Stand einen Vorzug hätte.

Und Caccia von Afciano, einem Schloffe, wo feine Weinberge und Holzungen lagen, gieng gleichfam mit der Ueberdenkung fchwanger, wie er diefe Güter am rühmlich- ften anwenden möchte. Er ward endlich fchlüßig, verfilberte und verfchwendete fie, und von diefem Verfehen und dem erfolgenden unordentlichen Leben gieng es ihm gleichfam unrichtig, daß er das Seinige verlieren und einbüßen mußte.

Diefe drey reichen Eitelkeitsgenoffen waren vornehme Mitglieder der in der Stadt Siena, als einem Uebermuths- garten, damals errichteten und fo genannten Vergnügten Gefellfchaft, die aus lauter reichen Familienföhnen beftand, welche ihr ganzes Vermögen von 200000. Ducaten zufam- men gefchoffen hatten, womit fie, binnen einer Zeit von zwan- zig Monaten, in allen nur erdenklichen Ueppigkeiten, fich zu vor- nehmen Bettlern und ungefunden Verbrechern prächtig und ftandesmäßig vergnügt hatten.

Sie waren werth, den Reichthum zu befitzen,
Denn keiner wußt ihn recht zu nützen.
Gellert.

Aufwandes so genau zu treffen wußte; und den Nicolaus, durch den der reiche Gebrauch der Gewürznelke das
Licht der Welt erblickte, den er in dem Garten, wo dergleichen Saame von Uebermuth geschwind aufgeht, vor-
nehm erfand. Auch die prächtige Gesellschaft nimm davon aus, in der es dem Caccia von Asciano mit der
Nutzanwendung seiner Weinberge und der großen Holzungen gleichsam unrichtig gieng, und in welcher dieser
Verblendete seinen Witz und Verstand zeigen wollte.
Allein, damit du auch erfahrest, wer der sey, der wider
die Sanser dir so zu statten kömmt, so schärfe deine
Blicke recht gegen mich, so wird schon mein Angesicht
dir solches sagen. Und also wirst du sehen, daß ich der
Schatten des Capocchio bin, der durch die Alchymie die
Metalle endlich verfälschte, und mußt dich, da ich dich
so genau ansehe, unstreitig erinnern, daß ich die Natur
ziemlich gut nachäffte.

Capocchio, der alle diese ironischen Ausnahmen machte,
soll mit dem Dante studirt, und in der Physik und Alchymie es außerordentlich weit gebracht haben, welche letztere
er aber, nach allen mißgelungenen Versuchen, die wahre Veränderung der Metalle herauszubringen, endlich zur Verfäl-
schung derselben anwendete, so, daß er also die eigentlichen
Hervorbringungen und Veränderungen der Natur nicht anders
nachgekünstelt hat, als ein Affe die Handlungen der Menschen nachzumachen pflegt.

Dreyßig-

⚜ ⚜ ⚜ ⚜ ⚜ ⚜ ⚜

Dreyßigster Gesang.

Inhalt.

Dante beschreibet noch andere Verfälscher. Zuerst diele-
nigen, welche sich in die Person eines andern verstellt haben;
und diese sieht er wie rasend herum laufen und beissen. Hernach die Münzverfälscher, die mit der ewigen Wassersucht
gequälet werden. Endlich die Verfälscher der Wahrheit;
und diese martert ein ewig höllisches Fieber.

Zu der Zeit, als Juno wegen Semelen [126]) wider
das Thebanische Blut durch Eifersucht aufgebracht ward, wovon sie zu verschiedenen Malen
grausame Beweise äußerte, gerieth auch Athamas in eine so rasende Wut, daß er einst beym Anblick seiner Ge-
mah-

126) Semele, eine Prinzeßinn des Königs Cadmus von Theben,
war eben mit dem Bacchus vom Jupiter, dem Gemahle der
Juno, schwanger. Dieses brachte die Juno wider die ganze königliche Thebanische Familie so rachgierig und blutdürstig auf,
daß sie durch eine höllische Furie ihren Verstand zu verschiedenen Grausamkeiten wider einander verwirren ließ. Der
König Athamas hatte Nephelen, seine erste Gemahlinn, mit
der er den Phryxus und die Helle erzeugt, verstoßen, und
die Ino, eine Schwester der Semele, zur Gemahlinn genommen, von welcher die beiden Prinzen, Learch und Melicert,
geboren waren. Hier nun verwirrete Juno nicht nur den
Verstand der Ino zu einer so grausamen Mordsucht, daß diese ienen Kindern erster Ehe, als Erben des Reichs, nach dem
Leben

mahlinn, die mit den beiden Kindern auf ihren Armen, dahergegangen kam, gräßlich schrie: Netze her, daß ich die Löwinn mit den Jungen bey ihrem Durchgange hier fange. Und hernach streckte er seine unbarmherzigen Klauen aus einander, ergriff das eine Kind, das Learch hieß, schleuderte es in der Luft schrecklich herum, und zerschmetterte es endlich auf eine so grausame Art wieder einen Felsen, daß sie, die Gemahlinn, eiligst davon floh, und sich mit dem andern Kinde ersäufte.

Und als das Schicksal die Hoheit der Trojaner, auf die sie stolz alles wagten, in die traurigste Tiefe herab stürzte, dergestalt, daß das ganze Reich zugleich mit seinem Könige zu Grunde gieng, so gerieth die traurige, elende und gefangene Hecuba, [127]) besonders nach dem kran-

Leben trachtete, daher beide sich mit der Flucht retteten, sondern auch den Verstand des Athamas zu einer so schrecklichen Raserey, daß dieser, als er solches erfahren, seine Gemahlinn einst für eine Löwinn, und seine beiden Prinzen für junge Löwen ansah, und das eine Kind so schrecklich umbrachte, daß die Mutter sich mit dem andern, um einer gleichen Wut zu entfliehen, ins Meer stürzte. Daher ist Ino die bekannte Leucothea, und Melicert der bekannte Palämon, unter welchen Namen beide zu Gottheiten des Meeres aufgenommen wurden.

127) Hecuba war die Gemahlinn des Trojanischen Königs Priamus. Unglückliche Prinzeßinn! Sie sah sich, durch die zehnjährige Belagerung, eine Frucht des kühn gewagten Raubes der Helena, fast aller ihrer Kinder beraubt, endlich ihren Gemahl grausam ermordet, die Stadt mit Feuer und Schwerdt zerstöret, ihre Prinzeßinn, Polyxene, auf dem Grabe

traurigen Anblicke der todten Polyxene, und hernach
auf die jammervolle Erscheinung ihres Polydors an jenem Gestade des Meeres, vor Unglück auf Unglück, in
einen solchen Unsinn, daß sie wie ein Hund heulte; so
groß war der Schmerz, der ihr Verstand und Sinnen
verrückte.

Allein weder jene Thebanischen, noch diese Trojanischen Furien sind jemals, auch nicht bey allem ihren Wüten wider Bestien, geschweige wider Menschen, so grausam gesehen worden, als ich zwey ganz todten-
bleiche

Grabe des Achilles, der Rache ihrer Feinde noch schrecklich
aufgeopfert, und mußte sich zuletzt, mit der noch unermor-
det übrigen königlichen Familie in die traurigste Sklaverey
gestürzt, fortführen sehen. Priamus hatte kurz vor der Belagerung, aus Vorsicht und zur Erhaltung seines Stamms,
den jüngsten Prinzen, Polydor, mit den besten Schätzen,
nach Thracien geschafft, und ihn nebst denselben der Vor-
sorge des dasigen Königs Polynestors, seines Schwiegersohns,
auf alle zu besorgende Fälle, übergeben. Und dieser Prinz
war noch der einzige Trost seiner so unglücklichen Mutter.
Hecuba kömmt nach Thracien. Hier erscheint ihr der todte
Polydor, und offenbaret ihr, daß Polynestor, auf die erhaltene Nachricht von dem Tode Priams und der Zerstörung
der Stadt Troja, ihn sofort habe umbringen und ins Meer
stürzen lassen. Dieß bringt sie endlich zur Verzweiflung, die
in einen so wütenden Unsinn ausbricht, daß sie dem Polynestor die Augen ausreißt, und hernach, als sie deswegen von
den Thraciern gesteiniget wurde, vor Schmerz, Rache und
Wut, wie ein Hund, bellte, heulte, und in die Steine ein-
biß, daher die Alten dichten, sie wäre in eine Hündinn verwandelt worden.

bleiche und nackende Schatten sah, die in vollem Beiß-
sen und so wild dahergeschossen kamen, so wie ein Eber
fortschießt, der aus seinem Behältnisse sich durchgerissen
hat. Der eine davon kam zum Capoechio hin, und haue-
te ihm mit den Zähnen vorne auf den Halsknorpel dermaßen ein, daß er im Zureissen ihm die Haut von dem
Bauche bis ganz herunter mit abstreifte. Hier sagte der
Aretiner zitternd und bebend zu mir: Der tolle Schatten ist Johann Schicchi [128]), der durch sein rasendes
Beissen andre so zurichtet. O! wenn der andre Schatten,
sagte ich zu ihm, nicht mit seinen Zähnen auch auf dich
einhauet, so werde nicht ungehalten, daß ich dich bitte,
und auch zu sagen, wer der ist, ehe er sich von hier hinwegreißt. Das ist, antwortete er, die alte Seele der verruchten Myrrha [129]), die in widergesetzlicher Liebe zur
Buh-

128) Schicchi war ein vertrauter Freund des Simon Donati,
und dieser ein Anverwandter vom Buoso Donati, der auf dem
Tod krank lag, und dessen großes Vermögen noch nähern
Anverwandten ohne Testament zufiel. Der Patient starb.
Simon Donati verbarg in aller Stille den todten Körper,
und Schicchi, der in der Kunst, eines andern Person natürlich vorzustellen, ein Meister war, mußte sich in des Verstorbenen Bette legen, sich in den Buoso Donati verstellen, und
so ein Testament machen, und den Simon Donati, zum
Nachtheile jener nähern Anverwandten, zum Erben einsetzen,
wofür er, abgeredtermaßen, das beste Pferd aus dem Stalle
zur Belohnung erhielt.

129) Myrrha war eine Tochter des Königs Cynara von Cypern, in den sie sich dermaßen verliebte, daß sie endlich den
Schluß faßte, sich durch einen Selbstmord von den Mártern
ihrer

Buhlerinn ihres leiblichen Vaters wollüstig sich schändete. Sie kam eben so durch Verstellung ihrer Person in
eine andre, zu dem Verbrechen mit ihrem Vater, so wie
der andre, der eben fortgeht, blos um das beste Pferd
aus dem Stalle davon zu tragen, es unternahm, sich in
den Buoso Donati zu verstellen, und so noch ein Testament zu machen, und solchem die erzielte Richtung zu
geben.

So bald diese zween rasenden Schatten vorbey waren, wandte ich mein Auge, das ich nur auf sie hingerichtet hatte, nun zu den andern Unglücksgeburten hin,
um auch diese noch zu betrachten.

Unter solchen sah ich einen, der wie eine Laute gestaltet war, wenn ihm nur der Unterleib auf den beiden
Seiten, die bey dem Menschen unterwärts wie eine Ga-
bel·gestaltet sind, abgekürzt gewesen wäre. Die be-
schwer-

ihrer Triebe zu befreyen, die sie ohne Blutschande nicht befriedigen konnte. Ihre ehemalige Amme merkte solches, und
suchte auf alle nur mögliche Art ihr dergleichen unsinnige
Liebe und Entschließung auszureden, ward aber zuletzt aus
einer der vernünftigsten Rathgeberinnen eine der schändlich-
sten Kuplerinnen. Sie gieng zum König und pries ihm ein
junges und außerordentlich schönes Frauenzimmer zur Unzucht an, welches aber schlechterdings unerkannt bleiben wollte. Hierauf führte sie ihm die Myrrha zu, die auf solche
Art und so lange mit ihrem leiblichen Vater Blutschande
trieb, bis sie einst der König, aus Neubegierde, sie zu sehen,
schreckensvoll erkannte. Er wollte sie ermorden; allein sie
entfloh ihm und seinem Reiche, und gebahr endlich ein Kind,
welches der leibliche Sohn und Enkel seines Vaters, und der
leibliche Sohn und Bruder seiner Mutter war.

schwerliche Wassersucht, welche, durch den Ueberfluß ver-
dorbener Feuchtigkeiten, die Glieder so verunstaltet, daß
das Gesicht gar kein Verhältniß zu dem Bauche hat,
diese machte, daß er die Lippen weit von einander auf-
sperrte, und wie ein Schwindsüchtiger athmete, dem der
heisse Durst beide Lippen, die eine unterwärts nach dem
Kinn, die andre aufwärts nach der Nase zu, öffnet.

　　O ihr, so jammerte dieser auf uns zu, die ihr euch,
und warum, weiß ich nicht, ohne die geringste Strafe,
in dieser trostlosen Welt befindet, o! sehet und betrachtet nun hier das Elend jenes Münzmeisters, des ehedem
reichen Adams [130]). Ich hatte in meinem Leben von allem, was ich nur wünschte, zur Gnüge, und ach! nun
sehne ich mich nur nach einem einzigen Tropfen Wasser,
aber auch hiernach lechze ich vergebens. Jene Bäche,
die dort von den grünen Casentinischen Hügeln herab
sich in den Arno ergießen, und ihre Canäle so angenehm
erfrischen und erweichen, o! die schweben mir stets
und nicht umsonst vor den Augen. Denn ihr bloßes
Bild dörret mich weit empfindlicher aus, als dieses Uebel, welches mir mein Gesicht entfleischet. Und die
strenge Gerechtigkeit, die mich so quälend versuchet, zie-
het aus eben dem Orte, wo ich sündigte, nun auch An-
lässe

---

130) Dieser Münzmeister verstand sich, aus Geiz und Gewinnsucht, mit den Grafen von Romena, und münzte heimlich die Florentinischen Ducaten mit dem Bildnisse Johan-
nis des Täufers, des Schutzheiligen von Florenz, von ge-
ringerm Gehalte aus, wofür er zur Belohnung verbrannt
wurde.

　　Branda ist eine der anmuthigsten Wasserquellen in Siena,
die sich in sehr reichem Maaße ergießt.

läffe her, die hier meine Seufzer erst desto begieriger machen, um desto empfindlicher ewig sie in die Flucht zu
schlagen. Denn eben dort liegt Romena, da, wo ich den
Gehalt des geprägten Täufers verfälschte, und wo ich
meinen deswegen dort oben verbrannten Körper zu-
rückgelassen habe. Allein könnte ich nur eine von den
verruchten Seelen des Guido, oder des Alexanders, oder
ihres Bruders hier sehen, o! diesen Anblick vertauschte
ich nicht, nicht gegen die Branda, jene hellglänzende
Quelle, vertauschte ich ihn. Zwar ist dort eine von ihnen schon drinnen, wenn anders die herumstreichenden
rasenden Schatten die Wahrheit sagen. Allein was
hilft mirs, da mir die Glieder so schwer gefesselt sind?
Wäre ich wenigstens nur um so viel noch erleichtert, daß
ich alle hundert Jahre nur so weit gehen könnte, als
die Länge eines einzigen Fingers austrägt, so wäre ich
schon auf dem Wege, und suchte ihn unter diesem Volke
von Mißgeburten auf, ungeachtet es eilf Meilen weit
herumliegt, und der Weg queer hindurch nur eine halbe
Meile breit ist. Denn durch sie bin ich unter dieses Geschlecht gerathen. Sie nur verleiteten mich dazu, daß ich
Ducaten münzte, die drey Karat Zusatz hatten.

Wer sind aber, fragte ich ihn hier, die beiden Unglückseligen, die so stark, als eine im Winter aus war-
men Wasser gezogene Hand, rauchen, und neben dir zur
Rechten so dicht an einander liegen?

So fand ich sie hier, antwortete er, als ich in diesen Abgrund hinabstürzte, und seitdem haben sie sich
nicht umgewandt, und ich glaube, daß sie es auch ewig
nicht thun dürfen. Die eine ist jene unkeusche Verfäl-

P   scherinn

scherinn der Wahrheit [131]), die den Joseph dort anklag-
te. Der andre ist der falsche Sinon, jener griechische
Lügner vor Troja. Und ein hitziges Höllenfieber stößt den
so rauchenden Brandgestank von ihnen heraus. Hier gab
der eine von den beiden, dem es verdrüßlich fiel, daß er
so unrühmlich genennt wurde, ihm mit der geballten
Faust einen Schlag auf den aufgespannten Wanst, der
wie eine Trommel erschallte. Und der Münzmeister
Adam schlug diesen mit seinem Arme wieder ins Gesicht,
welches einen fast eben so härten Schall von sich gab,
und sagte zu ihm: Ob mir schon die Bewegung der
schweren Glieder genommen ist, so habe ich doch zu solchen Geschäfften den Arm noch frey. Als du aber, antwortete jener hierauf, zum Scheiterhaufen hin giengest,
hattest du ihn nicht so fertig; doch da, wann du münz-
test, da konntest du ihn weit freyer führen. Hierinnen,
erwiederte der Wassersüchtige, sagst du die Wahrheit.
Allein warum war denn deine Aussage da der Wahrheit nicht auch so gemäß, als du vor Troja um die
Wahrheit befragt wurdest? Habe ich, versetzte Sinon,
die Wahrheit, so hast du die Münze verfälschet: Doch
bin ich nur wegen einer Vergehung, du hingegen bist wegen wehrerer Verbrechen hier, als kein andrer Teufel hier
ist. O! Meyneidiger, antwortete jener, erinnere dich
des Pferdes mit dem falschen Bauche, und das bestrafe
dich, Bösewicht, daß die ganze Welt solches weiß! Und
dich,

---

[131] Von dieser unkeuschen Gemahlinn des Potiphar in Egypten, und dem Gott fürchtenden Joseph siehe das 39. Cap. des
1. B. Mos.

Und vom Sinon siehe die 104. Anmerk. zum 26 Gesange
dieses Gedichts von der Hölle.

dich, Bösewicht, sagte der Grieche, bestrafe der Durst,
daß dir die Zunge davon zerplatze, und das faule Wasser, daß dir solches den Leib noch höher auftreibe und
dir die Augen damit verzäune! Das ist, antwortete hierauf der Münzer, schon deine verdammte Gewohnheit,
dir mit solchen Verwünschungen den Rachen zu zerreissen. Denn leide ich Durst, und bin ich von Feuchtigkeiten aufgeschwollen, so hast du dagegen den Brand im
Leibe, und leidest gewiß die allerempfindlichsten Kopfwe-
hen, würdest dich auch, die spiegelnde Quelle des Narcissus [12]) auszutrinken, nicht erst durch viele Worte
nöthigen lassen.

So sah und hörte ich ihnen mit meiner ganzen
Aufmerksamkeit zu, als mein Lehrer zu mir sagte: Nun,
siehe nur immer weiter; denn es fehlt nicht viel mehr,
daß ich mich mit dir überwerfe. — Da ich ihn so im
Zorne mit mir reden hörte, wandte ich mich so fort, jedoch mit einer Schaam, zu ihm hin, die mich noch immer
in meinem Gedächtnisse beunruhiget.

So wie einem zu Muthe ist, der von seinem Unglücke träumet, daher er im Traume wünschet, daß es
ein Traum seyn möchte, und nach einem Zustande, der
doch wirklich ist, sich ängstlich sehnet, als wäre er nicht
wirklich vorhanden — eben so ward auch mir gegenwärtig zu Muthe. Ich wußte fast nicht zu reden. Ich
wünschte, mich zu entschuldigen, und entschuldigte mich
doch immer, glaubte aber nicht, daß ich es wirklich thäte.

P 2 Eine

132) Der Spiegel, oder die spiegelnde Quelle des Narcissus ist
nichts anders, als das Wasser, in welchem Narcissus, ein junger
und schöner Mensch, sein eigenes Bildniß sah, und in solches sich
selbst dermaßen verliebte, daß er darüber ganz ausgezehrt wurde.

Eine noch nicht so große Schaam, sagte darauf mein Lehrer, büßet schon einen auch noch größern Fehler, als der deinige ist, wieder aus. Entläßtige dich also aller Traurigkeit, und denke allezeit daran, daß ich dir stets zur Seite sey, wenn es sich ferner zutragen sollte, daß dich das Schicksal dahin führte, wo sich Leute in dergleichen Zank und Streite befinden: denn so etwas nur mit anhören wollen, ist eine der niedrigsten Begierden.

❧❀✦❧❀✦❧❀✦❧❀✦❧❀

Ein und dreyßigster Gesang.

Inhalt.

Nun entfernen sich die Dichter von dem zehnten und letzten Abgrunde des achten Kreises der Hölle. Dante hört unterweges ein lärmendes Horn blasen. Hierauf erzählt er, wie sie, nachdem sie ein wenig weiter fortgegangen, einige Riesen angetroffen, unter denen sich Antheus befand, von welchem sie alle beide in den neunten und letzten Kreis der Hölle hinunter gelassen wurden.

Eben die Zunge, die mich zuerst verwundete, so, daß sie mir beide Wangen färbte, eben dieselbe war es auch, die hernach mit einer heilenden Arzeney mich wieder erquickte. Und eben also finde ich, daß ehedem die Lanze ¹³³) des Achilles und seines Vaters allezeit zuerst ein trauriges, aber hernach auch wieder ein erfreuendes Andenken zu verursachen pflegte.

Nun wandten wir dem unglücksvollen Abgrunde den Rücken zu, und giengen, ohne zu sprechen, queer über das Ufer, welches ihn rings herum einfasset.

Hier war es eigentlich nicht Nacht und auch nicht Tag, so, daß mein Gesicht sich nicht weit vor mich hin

P 3   erstreck-

___

133) Achilles war nicht nur ein Fürst und Held, sondern auch, und ohne sich deswegen zu schämen, ein geschickter Wundarzt, und soll viele Wunden von seiner Lanze, mit dem davon abgeschabtem Roste auf einem Pflaster, wieder geheilet haben, daß also viele so Verwundete erst ein trauriges, hernach auch ein erfreuendes Andenken von seiner Lanze erhielten.

erstreckte. Allein ein lautlärmendes Horn hörte ich so
stark erschallen, daß dieser durchdringende Ton jeden
andern Schall übertäubt haben würde, und daß ich gerade nach dem Schalle zu auf dem Wege, wo er her-
kam, meine Augen ganz auf einen Ort hinrichtete.

So schrecklich kann selbst Roland, nach der traurigen Niederlage, nicht geblasen haben, als jene heilige
¹³⁴) Unternehmung für Carln, den Großen, den verlust-
reichen Erfolg hatte.

Noch wenig hielt ich mein Haupt dahin empor,
als mir es schien, daß ich viele hohe Thürme sähe, daher ich rief: Mein Lehrer, o! sage mir, was ist das für
ein Land da? Dein Auge, antwortete er mir, durchläuft
die grauen Finsternisse noch zu entfernt, und daher
kömmts, daß du dich hernach in deiner Einbildung irrest.
Je weiter du dich dahin näherst, je deutlicher wirst du
sehen, wie sehr in Entfernungen die Sinne dich betrügen.
Und darum treib dich immer selbst etwas stärker zum Gehen

---

¹³⁴) Carl, der Große, schickte damals seinen Gesandten, Gano, an noch zween in Spanien gebliebene Könige der Saracenen, und ließ ihnen andeuten, sich zum christlichen Glauben zu bekennen, sich taufen zu lassen, und den gehörigen
Tribut zu zahlen. Sie versprachen anfänglich diesem Gesandten alles, bestachen ihn aber endlich mit Gelde, daß,
durch seine verrätherischen Anstalten und Vermittelungen,
von den Armeen dieser Könige das Heer der Christen in den
Pirendischen Gebiegen eine schreckliche Niederlage erlitt.
Und eben hier soll der bekannte Roland auf seinem Horne
schrecklich musicirt, und ohngefähr mit hundert Mann, die
er von den Zerstreueten dadurch wieder zusammen geblasen,
noch gräßlich gehaust haben.

hen an. Hierauf nahm er mich liebreich bey der Hand,
und sagte ferner zu mir: Damit die Sache dir nicht so
ganz seltsam sey, so wisse, ehe wir weiter fortgehen, daß
es keinesweges Thürme, sondern Riesen sind, die sich
alle, bis an den Nabel, unten in dem Brunnen, bey
dem Ufer herum, befinden.

So wie, wann sich ein starker Nebel zertheilet, die
Blicke nach und nach das wieder erkennen, was der
Dunst verbirgt, welcher die Luft verdicket — eben so
spürten meine durch die grobe und düstre Luft sich hindurch arbeitenden Blicke, je mehr und mehr ich dem Ufer
mich näherte, daß der Irrthum mir entfloh, die Furcht
dagegen mit starken Schritten auf mich zukam.

Denn so wie Montereggion, [135] auf jenem runden Bezirke, gleichsam mit einer Krone von Thürmen
auf seinem Haupte, pranget — eben so zeigten sich die
erschrecklichen Riesen, denen Jupiter, so oft es donnert,
noch drohet, an dem um den Brunnen herumgehenden
Ufer, mit ihren halben Leibern, welche, Thürmen gleich,
in die Höhe hervorragten. Und schon entdeckte ich das
Gesicht, die Schultern, die Brust, einen großen Theil
des Bauchs, und an den Seiten herunter, die beiden
Arme von einem dieser Ungeheuer. Gewiß, die Natur
handelte sehr weislich, daß sie die Kunst, so gestaltete
Thiere hervorzubringen, fahren ließ, um dadurch dem
Mars dergleichen Scharfrichter zu entziehen. Und wenn
sie die Hervorbringung der Elephanten und Wallfische
sich nicht reuen läßt; so wird derjenige, welcher scharf-
sinnig denkt, sie um deßwillen nur desto gerechter und

P 4   weiser

---

135) Montereggion ist ein Schloß, nicht weit von Siena,
welches viele Thürme und Festungswercke hat.

weiser preisen. Denn wo Verstand und Witz mit einem bösen Willen und mit einer starken Macht sich vergesell-schaften, nur da kann ein Volk keinen Einhalt und Wi-derstand thun. Jenes Riesengesicht schien mir also fast wie die Hauptspitze der Peterskirche zu Rom, überaus lang und stark, und nach diesem Verhältnisse waren auch die andern Glieder gestaltet. Daher ließ das Ufer, wel-ches von der Mitte der Riesenkörper an bis hinunter gleichsam ihre Unterkleidung ausmachte, wohl noch so viel über sich hervorragend sehen, daß drey große Frieß-länder sich nur vergebens gebrüstet haben würden, mit ihren über einander aufgestellten Körpern bis an das Haupthaar hinauf zu reichen. Denn dreyßig große Span-nenlängen zählten meine Augen an ihm von da herun-ter, wo eine Mannsperson den Mantel sich zuzuknöpfen pflegt.

Rafel mai amech zabi almi, so fieng dieß Unge-heuer nun an, auf uns los zu schreyen, für dessen wil-den Rachen sich auch Psalmen in sanftern Tönen nicht schickten. O! bleib bey deinem Horn, du unsinnige See-le, rief ihm mein Führer zu, und töne das Gefühl dei-ner Verdammniß damit heraus, wann Zorn oder andre Begierden dich innerlich quälen. Am Halse, verwirrter Geist, suche, da findest du den Riem, wo es angebun-den ist, und wo du es auch selbst über deine Riesenbrust, gleich einem Reife, herumhängen siehst. Hierauf sagte Virgilius zu mir: Er selbst klagt voll Verwirrung sich an. Nimrod ist es, dessen unsinnige Baubegierde Schuld ist, daß man sich einer einzigen und allgemeinen Spra-che auf der Welt nicht mehr bedienet. Komm, laß ihn stehen, und laß uns nicht vergebens in den Wind reden. Denn ihm kommt jede Sprache eben so vor, wie allen an-

dern

dern die seinige vorkommt, die keinem Menschen bekannt ist.

Wir giengen also weiter fort, und wandten uns linker Hand, wo wir, ohngefähr einen Bogenschuß von uns,
den andern Riesen fanden, der weit wilder, auch weit
größer, als der erste, war. Wer der Meister gewesen sey,
der ihn so umgürtet hat, kann ich nicht sagen. Allein den
linken Arm hielt er vor, und den rechten hinter sich,
ganz kurz mit einer Kette gebunden, die ihn vom Halse
herunter so gefesselt zusammen hielt, daß sie ihn bis zu
Ende des hervorragenden Körpers zu fünf Malen umschlung. Dieser stolze Geist, sagte mein Führer, wollte ehedem seine Macht wider den höchsten Jupiter ge-
brauchen, und daher leidet er eine solche verdiente Strafe. Phialt heißt er, der damals die großen Versuche
[136]) wagte, als die Riesen selbst den Göttern Furcht erregten. Und die Arme, die er wider den Himmel erhob,
kann er nun ewig weder rühren noch bewegen.

Wenn es geschehen könnte, sagte ich hier, so wünschte ich meinen Augen doch die Erfahrung, daß sie den un-

P 5   geheu-

---

[136]) Diese großen Versuche sind, nach Beschreibung der alten
Dichter, der fürchterlichstolze Riesenkrieg wider den Jupiter
und ganzen Himmel

Phialt, Briareus, Tidus und Tiphöus waren ungeheure Riesen.

Antheus, der bekannte Riese und Sohn der Erde, besieg-
te durch seine außerordentliche Stärke auf tausend Löwen.
Der starke Herkules kämpfte lange mit ihm, weil Antheus,
so oft er auf die Erde kam, von solcher immer neue Kräfte
erhielt, worauf Herkules, sobald er dieses merkte, ihn endlich in freyer Luft, ungeachtet eines mächtigen Widerstan-
des, siegreich erdruckte.

geheuren Briareus auch sähen. Auch den Antheus, antwortete mein Lehrer, sollst du sehen, der sich in der Nähe hier befindet und redet, auch ungefesselt ist, und der uns in den Abgrund alles Uebels hinunter schaffen wird. Denn der, den du gerne sehen möchtest, ist viel weiter von hier entfernt, und ebenfalls, gleich dem Phialt, gefesselt und gestaltet, außer daß er im Gesichte noch ungleich wilder aussieht.

Kein Erdbeben hat wohl jemals auf der Welt irgend ein Gebäude so stark erschüttert, als hier Phialt sich plötzlich erschütterte. Und niemals habe ich meinen Tod zuverläßiger, als in diesem Schrecken, befürchtet, zu dessen wirklichem Erfolge die Furcht allein schon hinreichend gewesen wäre, woferne ich nicht die Bande noch an dem Ungeheuer gesehen hätte.

Wir giengen also weiter vor, und kamen endlich zum Antheus hin, der wohl zehn Ellen, ohne den Kopf mit zu rechnen, aus der verdammten Grotte in die Höhe hervorragte.

O du Unglückseliger, also redete mein Lehrer ihn an, der du in jenem glückseligen Lande [137]), das Scipio

damals

---

[137]) Als Scipio im andern Punischen Kriege den Römern ganz Spanien unterwürfig gemacht hatte, ward er zum Consul ernennet. Hierauf gieng er, und spielte den völligen Krieg nach Africa hin, wo er sein Lager in der Gegend aufschlug, die man ehedem das Reich des Antheus geheissen hat. Und wegen seiner siegreichen Waffen daselbst ward Hannibal schleunigst aus Italien zurück berufen. Allein Scipio überwand ihn bald in einer Schlacht so entscheidend, daß er dadurch den andern Punischen Krieg, zu einem für Rom vollkommen rühmlichen und vortheilhaften Frieden, glorreich endigte.

damals zum Erben seines Ruhms wählte, als Hannibal
mit seinem Heere wieder dahin zurückeilte, der du daselbst jene siegreiche Beute von tausend Löwen einst davon trugest; o! Held, durch dessen Tapferkeit, wenn du
deinen Mitbrüdern in jenem erhabenen Kriege Beystand
geleistet hättest, die Söhne der Erden alsdann, stärkerm
Anscheine nach, noch eher gesiegt haben würden; o!
laß dir unʃre Niedrigkeit nicht zuwider seyn, und bringe uns da hinunter, wo die ewʼge Kälte den Cocyt [138])
zusammen frieret! Laß uns nicht zum Titius, oder zum
Typhöus hingehen! Denn der hier bey mir ist, kann
dir dafür geben, was man hier wünschet. Laß dich also herab, und ergrimme nicht wider uns! So kann dir
dieser dort auf der Welt noch großen Ruhm verschaffen,
weil er noch lebet, und noch ein langes Leben zu hoffen
hat, daferne die gütige Vorsehung ihn nicht vor der Zeit
zu sich ruft. Auf diese Reden streckte er seine Hände,
welche Herkules, davon oft ganz zusammengepreßt, einst
kämpfend empfand, diese streckte er eiligst, um meinen
Führer damit zu ergreifen, von sich und aus einander.
So bald Virgilius fühlte, daß er zufaßte, sagte er zu
mir: Geschwind stelle dich hieher, daß ich dich recht fassen kann, und hierauf nahm er mich so, daß er und ich
gleichsam ein Bündlein zusammen ausmachten.
      So wie Carisenda [139]), wenn man diesen Thurm
auf der hängenden Seite ansieht, einem vorkommt,
                                                   wann

138) Cocytus ist der Höllenfluß, der aus lauter Thränen der
    Verdammten besteht, welche die dortige Kälte in unzerbrech-
    liches Eis zusammenhärtet.
139) Carisenda ist ein so genannter hängender Thurm in Bo-
    logna.

wann eine Wolke gegen ihn hinziehet, so, daß er auf dieselbe herab zu sinken scheint —— eben so kam auch Antheus mir vor, so, daß ich alle Augenblicke dachte, ihn
sinken zu sehen, und, in diesen schreckensvollen Erwartungen, lieber jede andre Straße gegangen seyn würde.

Allein ganz sanft ließ er uns in den Abgrund,
in dessen Schlunde Lucifer und Judas sich befinden,
hinunter. Auch hielt er, so herabgebeugt, sich gar nicht
auf, sondern erhob sich, gleich einem Mastbaume am
Schiffe, sofort wieder in die Höhe.

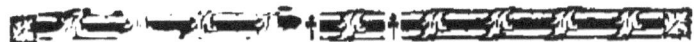

Zwey und dreyßigster Gesang.

Inhalt.

Der Dichter beschreibet den neunten und letzten Kreis der Hölle, und den daselbst gefrornen Thränensee Cocytus, in dessen Eislachen die Verräther, und zwar auf vier abgetheilten Bezirken, sich befinden. In dem ersten Bezirke, Caina genannt, findet er die Bösewichter, die ihre Eltern und Blutsverwandten verrathen haben. Von da gehet er in den andern Bezirk, der Antenora heißt, wo er die Verräther des Vaterlandes eingefroren sieht.

! hätte ich nun recht herbe und rauhe Worte, so wie sie für die traurige Tiefe sich schicken, über welcher alle die vorigen Felsenschlünde aufgebrückt sind, so wollte ich aus meinen Begriffen und Empfindungen die Kraft weit vollkommener heraus zu pressen suchen. Allein da mir solche fehlen, ist es wohl möglich, daß ich ohne Furcht eine Schilderung wage? Denn dem ganzen Erdkreise seinen tiefsten Abgrund zu beschreiben, das ist gewiß kein Unternehmen, an das man, als zu einem Scherz und Spiele, gehen kann: Eben so wenig ist es das Werk einer Sprache, die dazu nur lallende Ausdrücke herzugeben vermag.

O ihr Musen, die ihr dem Amphion [140]) dort bey Aufführung der Mauern von Theben so hülfreich zu
statten

---

140) Die alten Poeten dichten, Amphion habe so kunstreich und anmuthig auf seiner Harfe spielen können, daß er dadurch

statten kamet, o! kommet dann auch meinen Reden
·gegenwärtig durch eure Hülfe zu statten, damit alle Ausdrücke ihren Gegenständen vollkommen angemessen seyn
mögen!

Aber ach! du vor allen Völkern auf der Welt
vorzüglich verruchtes Volk, das sich in jener Tiefe befindet, die zu beschreiben so schwer ist, o! wie unendlich
besser würde es um dich stehen, wenn du eine Heerde
Schaafe oder Ziegen gewesen wärest! ——

So bald wir in dem dunkeln Brunnen, und, unter den Füßen des Riesen, in einer von ihnen ziemlich
entfernten Tiefe, hinunter waren, wo ich so im Gehen
noch die hohe Mauer hinauf sah, hörte ich plötzlich eine
Stimme, die auf mich zu rief: O! gieb auf deinen Gang
Acht, und gehe so, daß du unsern hier so elenden und
geplagten Mitbrüdern mit deinen Füßen nicht auf ihre
Köpfe trittst. Hierauf wandte ich mich so fort um, und
sah vor mir und unter meinen Füßen einen See, der
von Eise, nicht wie Wasser, sondern wie Glas aussah.

Kein Winter kann jemals weder die strömende Do-
nau in Oesterreich, noch dort unter jenem kalten mitter-
nächt-

durch die Mauern von Theben erbauet habe, deren Steine
nämlich durch den angenehmen Klang sich versammlet, in
gehörige Ordnung zusammengesetzt und zu Stadtmauern sich
aufgeführet hätten. Die Wahrheit in dieser poetischen Erzählung ist diese: Amphion hat, durch seine einnehmende
Wohlredenheit und Beredtsamkeit, die hin und wieder, wie
Steine, zerstreueten Menschen in eine Stadt und ordentliche Bürgerschaft zusammengebracht.

nächtlichen Himmel den Donfluß ¹⁴¹) mit einem so star=
ken Eisschleyer überzogen haben, als derjenige ist, mit
welchem dieser Thränensee hier überzogen, und welcher von
einer solchen Stärke war, daß, wenn gleich Tabernick
und Pietrapana auf ihn herab gestürzt wären, der Fall
dieser ungeheuren Berge, auch nicht einmal an dem äuf=
fersten Rande, den mindesten Laut eines Bruchs verur=
sacht haben würde.

Und so wie die Frösche, bey ihrem Geschrey, mit
den Schnauzen zu der Zeit aus dem Wasser hervorra=
gen, wann die Bäuerinn oft von Aehrenlesen träumet —
eben so ragten die in diesem Eise jammernden schwarz=
gelben Schatten aus demselben, bis dahin, wo bey dem
Menschen die Schaamröthe aufsteiget, hervor, und klap=
perten, nach Art der Störche, mit den Zähnen. Ein je=
der hielt das Gesicht niederwärts. Aus dem Munde drang
der Frost, und aus den Augen die Marter des Herzens,
durch die traurigsten Beweise, hervor.

Als ich ein wenig umhergeschauet hatte, wandte
ich mich herum, und sah zu meinen Füssen zween Schat=
ten, die so dicht an einander standen, daß die Haare auf
ihren Köpfen ganz in einander verwickelt waren. O! ihr
elenden Geschöpfe, rief ich, die ihr euch so fest an eurer
Brust zusammen drucket, o! saget mir, wer seyd ihr? So=
fort machten sie eine Beugung mit den Hälsen; und so
bald sie die Gesichter auf mich gerichtet hatten, weinten
ihre Augen, die vorher schon ganz voll Thränen standen,
auf ihre Lippen Zähren herab, welche durch die Kälte zwi=
schen

141) Der Donfluß ist der Tanais, der Rußland durchströ=
met. Und Tabernick und Pietrapana sind zween hohe
Berge, jener in Selavonien, und dieser in Toscana.

schen ihnen alsobald zusammenfroren, und also durch
den Frost beide fest zusammenzwängten. So stark hat
gewiß noch nie irgend eine eiserne Klammer zwey Hölzer
zusammengezwängt; daher sie sich auch, wie zween Bö-
cke, grausam stießen; so heftig war der Zorn, der sie so
wütend wider einander dahin riß. Und einer, der durch
den Frost seine beiden Ohren eingebüßt hatte rief, jedoch
mit niedergeschlagenem Gesichte, mir zu: Warum be-
siehst du uns so genau? Wenn du ja darauf bestehst, es
zu wissen, wer die beiden seyn, so sage ich dir, daß ihr
Vater Albert und sie jenes Thal, aus welchem der By-
senzfluß herabfließet, als ihr Eigenthum besaßen. Ein
Leib hatte beide '⁴²) zur Welt gebohren. Und durchsu-
che ganz Caina, du wirst keinen einzigen Schatten finden, der so sehr verdient hätte, in diesem Eißsee einge-
senkt zu seyn. Nicht der, dem durch die Hand des Arthur '⁴') mit einem Stoße Brust und Kreuz zerbrochen
warb:

142) Diese beiden Brüder hintergiengen einer den andern so
verrätherisch, daß sie sich am Ende schrecklich umbrachten.

143) Dieser Arthur war König von Engelland, dessen Prinz
ihm verrätherisch nach dem Leben trachtete, und einst an
einem verborgenen Orte auf ihn lauerte, daselbst ihn zu ermorden. Allein der Vater, hiervon benachrichtiget, kam
ihm zuvor, und durchbohrte ihm mit einer Lanze seine verrätherische Brust, daß er seinen lieblosen Geist unverzüglich
aufgeben mußte.

Focaccia war aus dem adelichen Geschlechte der Cancel-
lieri zu Pistoja, und ein Sohn von einem der drey Brüder,
die im Jahr 1300. als Vornehme von Adel daselbst lebten,
und die alle drey Familie hatten. Einst spielten die jungen
Focac

warb: Nicht Focaccia: Auch dieser hier nicht, der
mit seinem Kopfe mir so im Wege steht, daß ich nicht
weiter vor mich hin sehen kann, welcher den Namen
Saffol Mascheroni führte, und den du, wenn du ein
Tosca-

Focaceia und andere fremde junge von Adel mit einander,
wo der Vater des gedachten Focaccia einem seiner Neffen
mit der Hand einen Schlag gab, weil er einem andern
Kinde im Spiele zu viel gethan hatte. Der Bestrafte fand
sich äuserst beleidiget, verbarg jedoch seine Rachbegierde unter einem sehr freundlichen Bezeigen, bis er eine Gelegenheit fand und seinem vermeynten Beleidiger winkte, als
wolle er ihm etwas ins Ohr sagen, ihm aber im Herabneigen eine
derbe Ohrfeige gab. Der Vater dieses jungen Bösewichts
betrübte sich äuserst hierüber und schickte seinem Bruder dieses Kind ins Haus, es dafür selbst nach Belieben
abzustrafen, der es aber als ein Kind betrachtete, statt der
Bestrafung küßte und so wieder zurückschickte. Allein oben
gedachter junge Focaceia ward über die seinem Vater zugefügte Beleidigung äuserst aufgebracht, hieb seinem jungen
Vetter die Hand ab, und gieng in seiner Rache so weit,
daß er auch zu dessen Vater, als seinem Oheime, hineilte,
und diesen hinterlistiger Weise gar ermordete. Und diese
Umstände sind die ursprünglichen Ursachen, woraus die beiden weltbekannten Parteyen der Weissen und Schwarzen kurz
darauf entstanden, die in Toscana so viel Aufruhr, Bluts-
vergiessen, Einäscherungen und Verjagungen verursacht
haben.
Saffol Mascheroni, Camicione und Carlino, waren
Bösewichter, die ihre Blutsverwandten verrätherischer Weise

Q umge-

Toscaner bist, nunmehr wohl kennen wirst. Und damit du zu mehrern Reden mich nicht weiter veranlassest, so wisse endlich auch, daß ich jener Camicione der Pazzi war, und jenen Carlino erwarte, der mich hier rechtfertigen soll.

Hierauf sah ich noch mehr als tausend Gesichter, welche die ewige Kälte zu lauter Hundsgesichtern gefroren hatte, vor denen mir die Haut noch schauert, und vor deren Eislachen sie mir ewig noch schauern wird. Indem wir nun so gegen die Mitte zu giengen, wo der centralische Sammelplatz aller Schwere ist, und wo ich Sterblicher in diesem ewigen Froste mich so fortzittern mußte; so weiß ich nicht, geschah es mit Willen, oder aus einem Verhängnisse, oder zufälliger Weise, daß ich, so im Fortschreiten zwischen den verdammten Köpfen, einen darunter mit dem Fuße stark ins Gesicht stieß. Grausamer, so schalt und weinte er auf mich zu, warum trittst du mich so mit Füßen? Und kommst du nicht etwa hieher, um der wegen Monte Aperto wider mich hier wütenden Rache neuen Zu-

umgebracht hatten. Und Camicione war vermuthlich zur Ermordung seines Oheims verführt worden, welches eben Carlino bezeugen, und wodurch er ihn entschuldigen und rechtfertigen sollte. So sucht ein Verbrecher in seinem Unglücke immer die Schuld auf andere zu schieben, und will gar zu gerne das Ansehen haben, als leide er unschuldig. Elende Ausflucht! Leidiger Trost! Arglistige Bosheit!

Zuwachs zu bringen, warum plagst du mich also noch
mehr? O mein Lehrer, so bat ich itzt den Virgilius,
o! warte hier ein wenig auf mich, damit ich mir aus
einer Ungewißheit wegen dieses Schattens heraushel-
fe, und hernach eile so geschwind mit mir fort, als es
dir nur immer gefällt. Mein Führer blieb stehen; und
darauf sagte ich zu dem Höllenbürger, dessen verdammte Zunge noch immer harte Lästerungen wider mich aus-
stieß: Wer bist du, daß du einen Fremden hier so aus-
schiltst? — Und wer bist du, antwortete er, daß du
durch Antenora unter solchen Stößen auf fremde Gesichter durchgehst, die, wenn du gleich noch lebendig wär,st,
nicht durchdringender verwunden könnten? — Ich
bin noch am Leben, erwiederte ich, und solches kann dir nicht
unangenehm seyn, da du doch nach Ruhm ein Verlangen trägst, und ich daher vermuthlich auch deinen Namen werde mit aufzeichnen sollen. Von allem diesem,
versetzte er, ist vielmehr das gerade Gegentheil mein
Wunsch und Verlangen. Und mache dich nur von hier
fort, und verursache mir nicht noch mehr Schmerz und
Klagen. Denn mit dergleichen Kunstgriffen werden deine Schmeicheleyen sehr übel hier angebracht. Hierauf
faßte ich ihn ins Genicke bey den Haaren und sagte:
So mußt du nunmehr entweder deinen Namen sagen,
oder es bleibt dir hier oben kein Haar mehr auf dem
Kopfe. O! schrie er, warum raufst du mich so? Denn
ich sage dir nicht, wer ich bin, ich gebe dirs auch nicht zu
erkennen, und wenn du mich gleich tausendmal auf den
Kopf umstürztest. Schon hatte ich die Haare um die
Hand umwunden, und ihm schon mehr, als eine gute
Hand voll herausgerissen, wobey er immer wie ein Hund

bellte

bellte und heulte, aber kein Auge aufschlug, als eben da
ein andrer Verdammter schrie: O Bocca ¹⁴⁴) was ficht
dich

144) Bocca war aus der Familie der Abbati und ein Floren=
tiner, und befand sich mit bey Monte Aperto, wo die Flo=
rentinischen Welfen von den Gibellinen, unter dem listi=
gen Anerbieten, ihnen Siena in die Hände zu spielen, hin=
gelockt, hier aber, wider Vermuthen, von den Sanesern
angegriffen wurden, und von den Gibellinen eine gänzliche
Niederlage erlitten. Bocca handelte überhaupt, und in die=
ser Schlacht vorzüglich, verrätherisch an seinem Vaterlande.
Denn als die Florentiner, die wie Löwen fochten, sich im=
mer noch aufs tapferste hielten, näherte sich dieser treulose
und meineidige Bösewicht einem von Adel, der die
Standarde führte, und hieb ihm hinterlistiger Weise
die Hand ab, daß jene mit dieser zur Erden fiel, wel=
ches eine gewaltige Unordnung verursachte, zumal, da
gleich anfänglich viele Florentiner zu den Gibellinen bereits
übergegangen waren.
    Der von Duera war Bosio und ein Gibelline, welcher
sich anfänglich dem Einmarsche der Französischen Armee Carls
des Ersten, in Neapel wider Manfreden, äußerst entgegen
setzte, hernach aber sich mit Gelde bestechen ließ, und,
als ein Verräther seines Vaterlandes, es dahin vermittelte,
daß die Franzosen ihren Zweck erreichten.
    Der von Becchiera war ein Abt, und machte in Flo=
renz landesverrätherische Anstalten, den Florentinischen Staat
den Welfen zu entreissen, und ihn den Gibellinen in die Hän=
de zu spielen, worüber ihm die Wut des Volks den weltli=
chen

dich aber an? Haft du etwa an dem Schalle deiner Kinnbacken nicht gnug? Mußt du auch noch bellen und
heulen? Was für ein Teufel plagt dich denn so? — O!
wie? sagte ich, nun sollst du nicht einmal reden, du boshafter Verräther; denn zu deiner ewigen Schande
werde ich nun Wahrheiten von dir erzählen. Geh
nur fort, antwortete er, und erzähle was du willst. Allein, wenn du hier wieder heraus bist, so schweige auch
nicht von dem, dessen Zunge nur eben itz so voreilig
war, und der jenes französische Geld nun hier beweinet.
Auch den von Duera, so kannst du dann ohngefähr sagen, sah ich da, wo die Sünder in einem ewigen Eise
eingefroren sind. Wirst du auch noch weiter gefragt,

O 3 wer

chen Kopf von seinem geistlichen Leibe auf öffentlicher Straße
herunterriß.

Johann Soldanieri war ein Gibelline und aus einer alten adelichen Gibellinischen Familie. Als einst die Gibellinen mit gewaffneter Hand die höchsten Richter von Florenz,
die Welfen waren, absetzen wollten, so warf er sich zum
Oberhaupt des Volks auf, und hintergieng seine eigene Partey so verrätherisch, daß er selbst sie nicht allein schlug, sondern auch aus Florenz verjagte, um nur dadurch in der Ge-
schwindigkeit sich einen großen Namen zu erwerben.

Tribaldello war ebenfalls ein Verräther des Vaterlandes,
der dem vom Pabste Martin wider den Grafen Guido nach
Romagna geschickten Französischem Kriegsheere damals in der
Nacht ein Thor der Stadt Faenza verrätherisch öffnete. Und
die meineidige Treulosigkeit des Gano offenbaret die 134. Anmerk. zum 31. Gesange.

wer sich mehr daselbst befand, so siehst du hier dir zur
Seite den von Becchiera, den Florenz eine Spanne kür-
zer machte. Und Johann Soldanieri, der die Thore von
Faenz in der Nacht, da alles schlief, verrätherisch öffne-
te, dieser, glaube ich, wird sich, dort weiter hin, mit dem
Gano und Tribaldello auch hier befinden.

Nun hatten wir uns schon von ihm entfernet,
als ich zween Eingefrorne in einem Loche, und in einer
solchen Lage gewahr wurde, daß der Kopf des einen auf
dem Kopfe des andern wie ein Hut aufsaß. Und wie
man aus Hunger in trocknes Brodt einbeißt — eben
so begierig biß der obere Kopf auf den untern da mit
den Zähnen ein, wo das Gehirn mit dem Genicke in
Verbindung steht. Schrecklicher kann einst Tydeus ¹⁴⁵)
vor Unwillen und Rachgier dem Menalippus die Schläfe nicht zernagt haben, als dieser hier die Hirnschale
und das Uebrige des Kopfes zurichtete.

O, du,

---

145) Tydeus war im Thebanischen Kriege ein Held von der
Armee des Polynices, und der Thebanische Held Menalippus befand sich unter der Armee des Eteocles, von denen
einst, in einer schrecklichen Schlacht, jener Held diesem den
Tod, und dieser jenem eine tödtliche Wunde zukämpfte.
So bald diese Wunde dem Gefühle des Tydeus seinen unvermeidlichen Tod anmeldete, ließ er sich das todte Haupt
des Menalippus vor seinem Ende noch reichen, welches er
vor Unmuth und Rache grausam mishandelte, und mit seinen
wütenden Zähnen, bis er darüber starb, gräßlich zernagte.

O du, rief ich hier, der du durch ein so bestialisches Verfahren einen gräßlichen Haß wider den verräthst, den du so grausam zerfrißt, o! sage mir, warum du so wütest. Und ist deine Klage über ihn gerecht, und weiß ich nur erst sein Verbrechen, und wer ihr seyd, so verspreche ich dir, daß ich auf der obern Welt deinen Ruf dafür noch ändern will, wovon mich nichts, als der Tod des Werkzeugs, durch welches ich rede, abhalten soll.

Drey

Drey und dreyßigster Gesang.

Inhalt.

Der äuserst betrübte Ugolino erzählet, auf was für eine grausa=
me Art er und seine Kinder haben sterben müssen. Dann
gehen die Dichter zum dritten oder Ptolomäischen Bezirk,
wo sich die Bösewichter befinden, die ihre vertrauten Freun=
de verrätherischer Weise hintergangen haben. Dante redet
mit dem Mönche Alberigo und erfährt von ihm, daß die
Seele eines Verräthers oft schon vorher, noch ehe er stirbt,
in diesen Bezirk herabfalle.

Nun erhob sich der wilde Rachen des gräßlichen
Sünders von dem grausamen Fraße in die Hö=
he, wischte sich an den Haaren des Kopfes ab,
den er hinten auf eine grause Art zugerichtet hatte, und
brach hierauf in folgende Jammerreden aus:

So soll ich dann so schmerzende, ja bis zur Ver=
zweiflung schmerzende Wunden mir wieder aufreissen,
deren bloßes Andenken, noch ehe ich davon rede, mein
Herz schon ganz beklemmet? — Wohlan! so höre mei=
ne Worte, und siehe meine Thränen, aber nicht anders, als
daß beide schlechterdings Saamenworte und Saamen=
thränen seyn sollen, die in Früchte ewiger Schande für
den Verräther, den ich hier zernage, aufgehen und auf=
wachsen müssen! — Ich weiß zwar nicht, wer du bist,
und wie und warum du hier herunter kömmst, wie=
wohl du mir, wann ich dich reden höre, ein Florentiner
zu seyn scheinest. Allein du mußt nunmehr wissen, daß

ich

ich ehedem der Graf Ugolino [146]), und dieser hier der
Erzbischoff Ruggieri war. Auch sollst du aus meinem
Munde die Ursache nunmehr erfahren, warum ich in
dieser grausamen Nähe bey ihm nuch hier befinde.
Denn daß ich in meinem Vertrauen auf ihn zu sicher
gieng, und meine Gefangenschaft und mein hierauf er-
folgter Tod Wirkungen seiner verruchten Denkungsart
waren, dieß brauche ich nicht mehr zu sagen. Darum
sollst du nur das, was du nicht kannst erfahren haben, nämlich die grausame Art meines Todes, itzt von mir hören,
und dann urtheilen, ob er mich beleidiget habe.

Q 5   Schon

146) Der Graf Ugolino von Gherardesca, ein edler Pisaner
und ein Gibelline, hatte durch einen landesverrätherischen Ver-
gleich mit dem Pisanischen Erzbischoffe Ruggieri, sich zum
Regenten von Pisa erhoben, und war damals schon in dem
Verdachte, als habe er ein heimliches Verständniß mit den
Florentinischen und andern Toscanischen Welfen, die den
Pisanern, als Gibellinen, einen Ort nach dem andern im
Kriege wegnahmen. Hierzu kam, daß ein Enkel des
Ruggieri von einem Anverwandten des Grafen, die beide ein
Frauenzimmer liebten, aus Eifersucht ermordet ward. Die-
ser tragische Umstand brachte den Ruggieri äußerst auf. Er
verstärkte daher nur erwähnten Verdacht auf alle mögliche
Art, wiegelte die drey vornehmsten Familien der Gualandi,
Sismondi und Lanfranchi, und das ganze Volk wider ihn
auf, daß sie endlich zusammen öffentlich aufzogen, den Ugo-
lino mit seinen vier Kindern gefangen nahmen, sie in den
Thurm warfen, und, nachdem sie endlich die Thüre verna-
gelt und die Schlüssel in den Arno geworfen hatten, sie alle
Fünfe darinnen verhungern ließen.

Schon hatte in dem Gefängnißthurme, der nun
meines Schickfals wegen der Hungerthurm heißt, und
noch gnug Unglückselige einschließen muß, schon, sage
ich, hatte ein kleines Loch darinnen durch seine Oeffnung meinen betrübten Augen verschiedene Monden sehen lassen, als ich einst vor Wehmuth in einen Schlaf
sank, in dem ein unglücksvoller Traum mir den Vor-
hang der Zukunft schrecklich aufzog. Es träumte mir,
ich sah dort an dem Berge, vor dem die Pisaner Lucca
nicht sehen können, einen großen Prälaten, der mit aus-
gezehrten und gierigen Hunden einen Wolf und seine
Jungen jagte; und die Grafen Gualandi, Sismondi
und Lanfranchi hatten sich vorne an die Spitze gestellet.
Nach kurzem Jagen schien mir der Wolf mit seinen
Jungen ganz ermattet, und da kam mirs vor, als sähe
ich ihnen von den Fangzähnen der Hunde die Bäuche
in den Dünnungen grausam aufspalten. Hier erwachte
ich, so gegen die Morgenstunde, und hörte meine Kinder, die bey mir lagen, im Traume erbärmlich weinen
und jämmerlich um Brodt bitten. Wie grausam wärest
du, wenn du nicht schon in deinen Gedanken, über das,
was da das Gefühl meines Herzens mir ankündigte,
dich schmerzlich betrübtest! — Und wenn du hier nicht
weinest, worüber willst du sonst weinen? — Nun lagen wir alle erwacht auf der Erde, und die Stunde, da
das Essen gebracht zu werden pflegt, nahete heran, und
einen jeden beunruhigten wegen seines Traums die
traurigsten Zweifel, bis ich plötzlich die Thüre unten an
dem erschrecklichen Thurme vernageln hörte, daßer ich
meinen Kindern, ohne den mindesten Laut von mir zu
geben, nur ins Gesicht sah. Ich weinte nicht, so

zwang

zwang ich mich, mein Vaterherz zu verhärten. Sie
hingegen weinten alle; und mein Anselmo kam, unter
den beweglichsten Thränen, zu mir und sagte: Mein
Vater, du stehst ja so starr, was fehlt dir denn? —
Dennoch weinten meine Augen die Thränen meines
Herzens noch nicht heraus, auch gab mein Mund, weder den ganzen Tag, noch die ganze folgende Nacht,
nicht die mindeste Antwort von sich, bis endlich die
neue Sonne auf der Welt wieder zum Vorschein kam.
Allein so bald nur einige Lichtstrahlen in das traurige
Gefängniß hineingedrungen waren, und ich auf den vier
Gesichtern meiner Kinder das Gesicht ihres Vaters erblickte, übermannte mich der Schmerz, daß ich
mir beide Hände zernagte. Und hier erhoben sich die
guten Kinder, die glaubten, ich thäte solches aus Begierde zu essen, von ihrem Lager und sagten: O liebster Vater, alles Unglück soll uns weit weniger schmerzen, iß nur von uns! — Du hast uns ja mit diesem
unglückseligem Fleische bekleidet, so kannst du uns
ja auch davon wieder entkleiden! — O! wie
mußte ich mich nur beruhigen, um sie nicht noch weh-
müthiger und trauriger zu machen! — Und so blieben wir diesen und den folgenden Tag alle ganz
stumm. Ach! warum thatst du dich hier nicht auf, du
harte Erde? — In solchem Zustande hatte unser
Leben nun schon den vierten Tag erreichet, an welchem aber Gaddo sich zu meinen Füßen hingestreckt danieder warf und sagte: Mein Vater! — ach! —
hilf mir! — Hier starb er. — Und so wie deine Augen mich hier vor dir sehen, so mußten diese Va-
teraugen meine übrigen drey Kinder den fünften und

sechsten

sechsten Tag, eines nach dem andern, vor mir hinfal-
len und jämmerlich sterben sehen. Nunmehr verlor
ich mein Gesicht; daher ich kriechend, mit den Händen
auf ein jedes Kind noch herumtappte, und sie drey
Tage lang nach ihrem Tode noch rief, bis der Hunger,
auch durch meinen Tod, endlich den Schmerz be-
siegte. —

Kaum hatte er hier ausgeredet, als er, unter
gräßlicher Verdrehung der Augen, die Hirnschale des
elenden Kopfes mit den Zähnen schon wieder anfiel,
welche gleich starken Hundszähnen, in die Knochen gewaltsam einbissen.

Aber ach! Pisa, du Abschaum von aller Schande
für jene Völker des dortigen schönen Landes, wo ihr
anmuthiges Sì (Ja) so liebreich klinget; da deine
Nachbarn dich, barbarische Stadt, zu bestrafen, so langsam sind, o! so müssen Capraja und Gorgona [47]
aus ihren Meergründen sich erheben, und diese Inseln
als ein Zaunwerk sich vor die Mündung des Arno hin-
stürzen, und durch solchen Aufwurf die Ströme dieses
Flusses in die Höhe dämmen, damit die ganze Fluth zu-
rücktrete, und durch ihre Ueberströmung dich und alle
deine Einwohner plötzlich und schrecklich ersäufe! Denn
war gleich der Graf Ugolino in dem Rufe, als habe er
dich

[47] Diese beiden Inseln liegen, nicht weit von der Mündung
des Arno, der durch die Stadt Pisa fließt, in dem tyrrhe-
nischen Meere.

dich in Ansehung deiner Festungen verrätherisch hintergangen; so hättest du wenigstens die Kinder einer solchen Marter nicht aussetzen sollen, Kinder, deren zartes Alter den Ugoccione und den Brigata und die beiden andern, die dieser Gesang oben benennet, deren
zartes Alter, o! du andres Theben, sie alle Viere unschuldig machte.

Nun waren wir schon bis dahin weiter gegangen,
wo die gefrornen Thränenlachen ein andres Volk auf
eine rauhe und wilde Art in sich fassen, welches nicht
hinunter stand, sondern ganz umgestürzt auf dem Rücken da lag. Selbst das Weinen läßt hier nicht weinen,
und die vordringende Wehmuth, die aber Hindernisse
auf den Augen nie durchlassen, muß stets innerlich sich
wieder zurück walzen, und die Angst und Bangigkeit
des Herzens ewig so vermehren. Denn die ersten Thränen fließen allezeit anfänglich häufig heraus, und dann
füllen und frieren sie, in Gestalt eines erhabenen Au-
genglases, beide Hölungen der Augen unter den Augen-
braunen aus.

Ob nun schon an meinem da sich verweilendem
Gesichte, so wie an einer verhärteten Haut, alle Empfindung vor Kälte erstorben war, so schien mir es dennoch, als wenn ich einigen Wind verspürte, daher ich
sagte: Mein Lehrer, wer erregt den Wind hier? und
liegen nicht alle Dünste hier unten erloschen? — Bald
wird dort, antwortete er mir, dein eigenes Auge dir auf
deine Frage die Antwort selbst ertheilen, dort, wo es
die fürchterliche Ursache sehen wird, die hier diesen Wind
erzeuget.

O ihr

O ihr Seelen, so schrie hier ein Verdammter von
den harten Eisfeldern auf uns zu, o! seyd doch nicht
so grausam, und nehmet mir doch, ehe euch euer letzter
Ort hier angewiesen wird, die harten Schleyer von
dem Gesichte hinweg, damit meine Augen ein wenig vorher, ehe die Thränen frieren, den Schmerz nur einmal
gebähren können, mit dem mein Herz immer noch
schwanger geht! — Soll ich dir helfen, gab ich ihm
hierauf zur Antwort, so sage mir auch, wer du ehedem
warest; und helfe ich dir dann nicht, so will ich, daß ich
so fort in den tiefsten Eisbezirk hinunter gehen
müsse!

Ich war der Mönch Alberigo [148]), antwortete er
hierauf, ich war der Austheiler jener schlimmen Gartenfrüchte, und empfange nun hier Höllendatteln für jene
Mordfeigen. O! so bist du, sagte ich zu ihm, nun auch
todt?

[148]) Alberigo war einer von den Manfreden, Herren von Faenza, der noch in seinem hohen Alter ein so genannter freyer
Mönch wurde, und mit verschiedenen dieser Ordensbrüder
in Uneinigkeit gerieth, so, daß er den Entschluß faßte, sie
in die andre Welt zu schicken. Er stellte sich also, als wollte er sich mit ihnen aussöhnen, und that es auch wirklich.
Nach so wieder hergestelltem Frieden ließ er sie zur Tafel
nöthigen. Sie erschienen, und speisten ungemein vergnügt
mit einander. Endlich rief Alberigo selbst mit lauter Stimme: Die Gartenfrüchte herein! — Auf diese verabredete
Losungsworte traten plötzlich die bestellten Mörder ins Ta-
felzimmer, welche, nach den Befehlen des regierenden
Mönchs, einen nach dem andern umbringen mußten.

todt? — Wie es sich auf der Oberwelt, war seine
Antwort, mit meinem Körper verhalte, davon habe ich
hier keine Kenntniß. Denn dieß Vorzügliche ist dem
Ptolomäischen Bezirke hier eigen, daß oft die Seele
schon vorher hier herunter fällt, ehe noch Atropos [149]
den Lebensfaden ihrer Menschheit abschneidet. Und
damit du mir diese Thränenglasur besto williger vom
Gesichte losarbeitest, so wisse, daß, so bald die Seele, so
wie ich that,verrätherisch handelt, ihr von einem Teufel ihr Körper genommen, und solcher hernach von
ihm so lange regieret wird, bis die Uhr seines Lebens
völlig ausgelaufen ist. Und sie, die Seele, stürzt dann
in eine so wie hier gestaltete Eislage herab. Ja, vielleicht ist auf der obern Welt der Körper des Schattens
noch sichtbar, der hier hinter mir schon ewigen Frost
leiden muß, welches du, da du nur herunter kömmst,
am besten wissen mußt. Es ist der gnädige Herr von
Branca Doria [150], und es sind schon verschiedene
Jahre

149) Die Alten dichten drey Parcen, die drey Schwestern,
und deren Verrichtungen diese seyn sollen: Clotho, die
jüngste, hält den Spinnrocken mit Wolle und zieht den Faden heraus, oder, diese giebt dem Menschen das Leben.
Lachesis drehet die Spindel herum und spinnt, oder, diese
bestimmt die Schicksale des Menschen. Und Atropos, die
älteste, schneidet den gesponnenen Faden mit ihrer Scheere
ab, oder, diese endiget durch den Tod das Leben des
Menschen.

150) Branca Doria war der Schwiegersohn des Michael
Zanche,

Jahre verflossen, als er hier im Eise so eingeschlossen
ward. Ich glaube wirklich, sagte ich zu ihm, du suchst
mich zu hintergehen. Denn Branca Doria ist noch
keinesweges gestorben, sondern isset, trinkt, schläft,
kleidet sich an und aus, und lebt ja immer noch so fort.
Allein, antwortete er, Michael Zanche war dort oben
in dem Graben der Malebranken, wo das zähe Höllen-
pech siedet, noch nicht angelanget: Und eben darum
hinterließ Branca, an die Stelle seiner Seele, einen
Teufel in seinem Körper, der mit einem Anverwandten
des Doria zugleich, den verrätherisch beschlossenen
Mord hernach am Zanche erst vollbrachte. So strecke
nun aber auch deine Hand hier nach mir aus, und öffne
mir die Augen! Allein ich öffnete ihm solche keinesweges. Und Härte war hier Güte.

O Genueser, Menschen, die ihr allen guten Sitten
so abgeneigt, allen Lastern hingegen so völlig ergeben
seyd, o! warum kommet ihr nicht, als unzeitig verlorne Geburten, auf der Welt zum Vorschein? Denn ein
solcher Genueser war es, den ich in jener Höllentiefe
antraf, ja, der von einer noch weit ärgern, als Roma-
gnolischen [51]) Gemüthsart war, und, wegen seines
ver-

Zanche, Herrn zu Logodoro, der seinen Schwiegervater zur
Tafel nöthigte, und ihn hernach, um zur Herrschaft zu gelangen, verrätherischer Weise umbrachte.

151) Es war sonst eine allgemeine Sage, daß die Romagner
Menschen von den bösartigsten Gesinnungen und Sitten
wären.

verrätherischen Vorhabens, der Seele nach, sich unten im Cocyt schon badet, und, dem Leibe nach, oben auf der Welt noch ein vollkommen lebendiger Mensch zu seyn scheinet.

wären. Sollen nun die Genueser noch ärger seyn, so müssen sie so vorzügliche Bösewichter seyn, daß sie in Lastern nicht höher steigen können. Zwar pflegt man immer noch von den Genuesern zu sagen, daß sie und die Tugend über hundert Meilen weit von einander wohnen.

R Vier

Vier und dreyßigster Gesang.

Inhalt.

Endlich gehen die Dichter in den Judaischen, oder in den vier= ten und letzten Bezirk des neunten und letzten Kreises der Hölle hinunter, in welchem die verruchten Seelen gestraft werden, die ihre Wohlthäter auf eine verrätherische Art hintergangen haben. In der Mitten dieses tiefsten Abgrun= des befindet sich Lucifer. Von hier brechen sie, gegen die Abendstunde, zur Abreise aus der Hölle auf, begeben sich über den Mittelpunkt der Erde fort, und steigen dann durch eine Höle nach der andern Halbkugel heraus, wo sie endlich den gestirnten Himmel wieder erblicken.

Nun kommen, uns gegenüber, die höllischen Flaggen zum Vorschein. Richte also dein Ge= sicht vor dich hin, und stehe, ob du ihn, den König der Hölle, mit deinen Augen entdecken kannst. So sprach mein Lehrer zu mir. Allein, so wie, wann ein starker Nebel fällt, oder wann auf unsrer Halbkugel die Nacht herein bricht, von weitem ein Mühlwerk sich zeiget, das der Wind herum treibet —— eben ein solches Gebäude glaubten meine Augen hier zu erblicken. Hierauf mußte ich mich wegen des Windes, vor Frost, ganz hinter meinem Führer zusammen schmiegen, weil irgend eine andre Zufluchtshöle, als hinter ihm, da nir= gends zu finden war.

Schon

Schon war ich nunmehr da angelanget, wo alle
Schatten — ich zittre vor Furcht, indem ich diesen Anblick beschreibe — ganz im Eise verschlossen
waren, und wie ein Halm im Glase durchschienen.
Ein Theil davon lag auf dem Boden, ein andrer
stand aufgerichtet. Hier standen einige auf den Köpfen,
dort andre auf den Füßen, und noch andre waren,
wie ein Bogen, mit ihrem Gesichte bis zu den Füßen
hinabgebeugt.

So bald wir endlich bis dahin fortgegangen waren, wo es meinem Lehrer gefiel, mir die Creatur zu
zeigen, die ursprünglich mit so schönglänzendem Ansehen prangte, nahm er mich hinter sich hervor, ließ mich
vor sich hin treten, und sagte darauf zu mir: Hier
siehst du nun den Monarchen der Hölle, und hier ist der
Ort, wo du dich itzt mit Muth und Tapferkeit waffnen
mußt. Wie ich nunmehr vor Kälte erstarrte, und wie
sprachlos ich bey diesem Anblicke wurde, o! verlange
es nicht, mein Leser, daß ich dir diese Lage meiner Empfindungen beschreiben soll, weil doch alle Ausdrücke
und Reden viel zu wenig sagen würden. Ich starb
nicht, und blieb nicht lebendig. Nun sammle den
Kern deines Verstandes und Witzes, und denke dir
selbst den Zustand, in den ich, bey so einer Beraubung
des Lebens und des Todes, unumgänglich gerathen
mußte.

Bis an die Mitte der Brust stand der höllische
Beherrscher dieses traurigen Reichs aus dem Eissee
heraus. Und ich getraue mich, in Ansehung der Grös-
se, mich allezeit eher mit einem Riesen zu vergleichen,
als die ungeheuren Riesen, nur mit seinen Armen sich

vergleichen können. Urtheile nun, wie groß der, seiner ganzen Länge nach, seyn müsse, dessen einem Theile
eine so ungeheure Riesengröße nicht einmal beykommt.
Und war dieser Engel ursprünglich so schön, als häß-
lich er nun ist, und erhob er seine stolzen Augen so re-
bellisch wider seinen allmächtigen Schöpfer; so muß
wohl von ihm alles Weh der ganzen Welt herkommen.

O! was für ein großes Wunder schien es nicht
für meine Augen, als sie drey Gesichter an seinem Kopfe sahen! Das vordere Gesicht war feuerroth, und
die andern beyden Seitengesichter, die diesem mitten
über jeder Achsel angefugt waren, und bis oben an den
Kamm hinauf reichten, sahen, das zur Rechten bleich-
gelb, und das zur Linken wie jene Gesichter aus, die
von der Gegend herkommen, wo der Nil in Egyptens
Tiefen hinabfließet. Unter einem jeden giengen zween
große Flügel hervor, so wie sie für einen so ungeheuren Cherub sich schickten, und so groß ich noch nie
Schiffssegel auf dem Meere gesehen habe. Sie hatten
keine gewöhnlichen Federn, sondern waren von der Art,
wie das Gefieder der Fledermäuse. Und mit solchen
flatterte er blos, doch so, daß dadurch drey Winde ursprünglich von ihm, dem Lucifer, sich erhoben, von denen der ganze Cocyt. überfelsenhart zufror. Aus sechs
Augen weinte er, und sein breyfaches Kinn triefte von
abscheulichen Thränen und blutigem Geifer. Ein jeder Rachen zermalmte mit seinen Hauern, wie mit einer Hanfbreche, einen Sünder, daß also drey Verdammte zugleich von ihm so schmerzlich zugerichtet wurden.
Das schreckliche Zubeissen des vordern Rachens auf

der

den ersten Sünder schien wie nichts gegen die Grausamkeit, mit der die Zähne über ihn herstreiften, so, daß
zuweilen der ganze Rücken völlig enthäutet blieb. Dieser elende Schatten, sagte hier mein Lehrer, der mit
dem Kopfe in dem Rachen steckt, und mit den Beinen
außer demselben einen solchen Jammer treibt, und eine
so vorzügliche Strafe leidet, ist Judas Ischarioth. Von
den andern beiden, die mit den Köpfen unterwärts hän-
gen, ist der, welcher aus der schwarzen Schnauze herab hängt, Brutus [152]). Siehe nur, wie er sich nun zer-
brehet, und nicht den mindesten Laut von sich giebt. Und
der dritte, der so stark von Gliedern scheint, ist Caßius.
Allein wie ich sehe, so steigt die Nacht schon wieder herauf, und der Zeitpunkt unsrer unverzüglichen Abreise aus
der Hölle ist nun endlich erschienen. Denn nunmehr haben wir alles gesehen.

So schlung ich dann meinem Führer und Lehrer,
nach seinem gütigen Verlangen, meine Arme um den
Hals. Hierauf nahm er die rechte Zeit und den gehörigen Ort sehr wohl in Acht. Denn so bald er die
Flügel Lucifers weit gnug ausgebreitet sah, hieng er
sich mit einem Male an seinem zotigten Seitengefieder
an, und stieg hernach zwischen dem dicken Haar und
den gefrornen Hautrinden von einem rauchen Ort zum
andern an ihm so herunter. Als wir endlich dahin
waren, wo die Oberschenkel gerade in das dicke Fleisch

R 3   herum-

---

152) Brutus und Caßius waren jene Römer, die den Julius Cäsar, ungeachtet seiner Gnade, auf eine verrätherische,
mörderische und grausame Art umbrachten.

herumgehen, da wandte mein Führer mühsam und
ängstlich den Kopf nach der Stelle herum, wo er die
Beine hatte, und hielt sich an dem Haar fest an, wie
ein Mensch, der in die Höhe steigt, so, daß ich wieder
in die Hölle zurück zu kehren glaubte. Halt dich nun
wohl an, so sagte hier, unter schwerem Athemholen,
gleich einem ermatteten Menschen, mein Lehrer zu mir,
denn auf so gestalteten Stufen muß man von so grossen Uebeln sich endlich entfernen. Hierauf fuhr er zuletzt durch eine Steinhöle heraus, und setzte mich daselbst auf den äußersten Rand nieder, zeigte mir auch
hernach den, nicht ohne kluge Vorsicht, gewagten Schritt
umständlich.

Nun schlug ich meine Augen auf, und bildete mir ein,
den Lucifer noch so zu sehen, wie ich ihn verlassen zu
haben glaubte, sah aber, daß er vielmehr ganz umgekehrt mit den Beinen in die Höhe stand. Und ob dieses
mir eine unruhige Verwunderung verursachte, solches mag
das Nachdenken ungelehrter Personen entscheiden, welche die Natur des centralischen Punkts nicht kennen,
über welchen gerade hinüber ich herausgefahren war.
So erhebe dich denn, sagte darauf mein Lehrer, und
tritt nun wieder auf deine Füße. Denn wir haben
noch eine lange Reise und einen sehr bösen Weg vor
uns, und die Sonne kömmt auch schon wieder dort
oben auf diese Halbkugel zurück. Es waren auch wirklich da, wo wir uns befanden, keine erleuchtete Galle-
rien, wie in Schlössern oder Pallästen, sondern eine
blos natürliche Wildniß von einem ganz unwegsamen
Boden war diese lichtbedürftige Gegend.

Allein,

Allein, mein Lehrer, sagte ich, als ich schon aufgerichtet stand, zu ihm, ehe ich hier von dem Abgrunde der Hölle mich gänzlich entfernen muß, so gieb mir nur noch einige Erläuterung auf wenige Fragen, um mir aus einiger Ungewißheit herauszuhelfen. Wo ist das Eis? — Warum steht Lucifer so ganz umgekehrt? — Und wie hat die Sonne ihren Lauf vom Abend bis zum Morgen in so weniger Zeit vollbracht? —

Vermuthlich glaubst du, antwortete er mir, noch jenseit des Mittelpunkts zu seyn, da, wo ich mich an dem zotigten Haar des ungeheuren Höllenwurms anhieng, der die Welt so durchhöhlet. Du warest so lange noch jenseits, so lange ich hinabstieg. Als ich mich aber umwandte, giengst du über den Punkt hinüber, nach welchem sich alle Schwere von allen Seiten hinabsenkt. Also befindest du dich nunmehr unter dem halben Himmelskreise, der demjenigen gerade entgegen steht, welcher ebenfalls, gleich einer schwebenden Decke, sich über jene große Sandwüste [153]) herum ausbreitet,

R 4   unter

---

153) Diese große Sandwüste ist das Land der bosheitsvollen Juden, wo der Heiland der Welt gekreuziget wurde.

Christus ward, kraft der ewigen Liebe Gottes zu den Menschen, zur bestimmten Zeit ohne Sünde gebohren, und trat hernach, zu ihrem wahren Wohl, unter ihnen auf. Seine Lehre von Gott, der Welt und der Ewigkeit ist so natürlich, als vernünftig. Er selbst erfüllete ihre Pflichten durch ein vernünftig gottesdienstliches, vollkommen tugendhaftes und wohl=

unter deren gewölbter Höhe der Mensch, welcher ohne Sünde gebohren ward, und ohne Sünde lebte, umgebracht
wurde.

wohlthätiges Leben. Dieses heilige Leben, um dessen willen
selbst heidnische Kaiser ihn als einen Gott verehret und ange-
betet haben, und diese göttliche Lehre, deren Wahrheit er
noch mit Wundern bestätigte, waren schon unstreitige Beweise, daß er der große Gesandte des unerschaffenen Jehovah
sey. Allein um hiervon die Menschen aufs vollständigste zu
überzeugen, und eine hochstverkehrt denkende und lebende
Welt zur Annehmung und Ausübung seiner Lehre zu bringen,
so gab er ihnen noch die Versicherung, daß seine göttliche
Sendung und Lehre so gewiß wären, als alle die Erfolge,
die er ihnen vorherverkündigte, sich wirklich und gehörig
zeigen würden, welche auch, einer nach dem andern, so zum
Vorschein kamen. Ja, er sah die Nothwendigkeit seiner
schmähligen Leiden und Todesmartern, als eine unausbleibliche Folge der herrschenden Vorurtheile und Laster voraus,
von denen sich die erhabenen priesterlichen und obrigkeitlichen
Ungeheuer seiner Feinde wider seinen ganzen heiligen Cha-
rakter dahin reissen liessen. Dennoch entfloh er, der heiligste
und unschuldigste Wohlthäter des menschlichen Geschlechts,
seinem Blutgerichte nicht. Standhaft, und unter den er-
habensten Aussichten nach Gottes Liebe und dem Heile der
Welt, erwartete er es vielmehr, und starb, aus frurigster
und großmüthigster Menschenliebe, und in den zuverläßig-
sten, herrlichsten und unendlich seligen Hoffnungen, freywillig, um, nach der unveränderlichen Absicht des mit wun-
derbarer Weisheit regierenden Gottes, Menschen glücklich
zu machen, welche der Allmächtige, als ihr gütigster Schöpfer,

zu

wurde. Und du stehst itzt mit deinen Füßen auf dem kleinen Oberkreise, dessen untere jenseitige Gegenfläche die Oberfläche des Judaischen [154]) Bezirks ausmacht.

N 5

Und

zu ihrem Glücke hervorgebracht hat. Erkühnen sich also noch Menschen, ihren göttlichen Erlöser so gar zu schmähen, so verhindert sie blos ihr ausschweifendes und böses Herz, als christliche Menschen zu denken, zu leben und zu sterben. Und nur sunliche, unruhige und Gottes Gericht befürchtende Spötter zweifeln an dem Daseyn ihrer Seele, deren Unsterblichkeit Christus gelehret und außer allem Zweifel gesetzt hat.

> Der Schwarm der Spötter leugnet sie;
> Du lehrst die Welt, daß sie dir fehle,
> Und stirbst und fühlst sie, la Mettrie!
>
> Cramer.

Zweifelst du aber, verwegenes Geschöpf, gar an dem Daseyn eines höchsten Wesens, in dessen Namen Christus erschien:

> So höre Gott im Donner schelten;
> Er spricht aus seinem Bau der Welten;
> Der Ewige spricht laut: Ich bin!

> Laßt dann die Spötter sich erfrechen,
> Gott und dem Sohne Hohn zu sprechen;
> Bald breche ihr Todestag herein:
> Dann wird Gerichte, Gericht wird seyn!
>
> Cramer.

154) Der Judaische Bezirk führt diese Benennung von dem größten Sünder des ganzen Erdkreises, vom Judas Ischarioth, diesem lieblosesten Verräther seines liebreichsten

Herrn

Und eben hier oben ist es Morgen, wenn es jenseits dort unten Abend ist. Endlich befindet sich derjenige, dessen Haare uns statt der Stufen dienten, noch unverändert in eben der Stellung, so wie wir ihn zuvor gesehen haben. Allein hier auf dieser Seite fiel er einst vom Himmel also gestaltet herunter. Und die Erde, die sich anfänglich hier herum überall ausbreitete, bedeckte sich, aus Furcht vor ihm, mit dem Meere, wie mit einem Schleyer, und flüchtete gerade nach unsrer Halbkugel hin. Und, allem Vermuthen nach, ließ sie auch damals, auf der ängstlichen Flucht vor ihm, hier diese

Herrn und Wohlthäters. Der Ptolomäische Bezirk vom Ptolomäus, der den Hohenpriester und Fürsten der Juden, seinen Schwiegervater und vertrauten Freund, den Simon, und dessen beide Prinzen und ganzes Gefolge verrätherisch umbrachte, wovon das letzte Kap. des ersten B. der Maccabäer umständliche Nachricht ertheilet. Der Antenorische Bezirk von dem Trojanischen Prinzen, Antenor, der sein Vaterland verrathen haben soll. Und der Cainische Bezirk vom Cain, der als der erste Brudermörder bekannt ist.

Diese alles Feuers der Liebe beraubten und gegen alle Menschlichkeit eiskalten Verräther verdienen, mit allem Rechte, in einem ewigen Eise gemartert und gestraft zu werden. Und einen Verräther gesalbter Häupter, dieser Götter der Erden, o! einen solchen größten Sünder der Welt müsse auch nur der größte Sünder des Himmels, selbst Lucifer müsse ein solches Ungeheuer bestrafen!

Ein Fürstenmörder ists, den ihre Rächer suchen,

Und ein Rebell vor Gott, dem alle Himmel fluchen.

Gellert.

diese Höle zurück, und erhob sich jenseits in jene auf
unsrer Oberwelt sichtbare Berghöhe ¹⁵⁵) heraus.

Ganz unten in dieser Höle befand sich endlich ein
Ort, der so weit vom Beelzebub entfernt ist, so weit sich das
ganze lange düstre Grab erstreckt, und der sich nicht dem
Gesichte, sondern blos dem Gehöre, durch das rauschende
Getöse eines kleinen Flusses, zu erkennen giebt, welcher
hier durch die Oeffnung eines Felsensteins herabfließet,
den er mit seinem herumschlängelnden und wenig ab-
schößigem Laufe ganz durchhölet hat. Diesen verborgenen Weg giengen mein Lehrer und ich immer fort,
um durch denselben in die heitre Welt zurück zu kehren.
Und ohne an die geringste Erholung zu denken, stiegen
wir, mein Lehrer voran und ich ihm nach, so lange aufwärts, bis meine Augen einen Theil der schönen Sachen, mit denen der Himmel pranget, plötzlich durch
eine runde Oeffnung erblickten, durch welche wir endlich auf jene Oberwelt heraustraten, wo der freye Anblick ihrer gestirnten Höhe uns wieder entzückte ¹⁵⁶).

155) Diese Höhe ist der Berg Zion, welcher in gerader Li-
nie dieser leeren Höle entgegen stehen soll, deren Erde, nach
der witzigen Beschreibung des Dante, er anfänglich war,
die aber vor Schrecken über den durchdringenden Fall Lucifers, der sie dort unmittelbar traf, in sich zurück schoß, und,
in einer solchen bergigten Gestalt, auf die Oberfläche unsrer
Halbkugel heraustrat.

156) So ruft dann Italiens großer Dichter, in diesem lehrreichen Gedichte von der unseligen Ewigkeit, der ganzen Welt
die größten Wahrheiten und Pflichten, edeldenkend und tugendhaft ruft er ihr zu:

O Men-

O Menschen, fliehet das Laster, es hat die traurigsten Fol=
gen! Der Zustand eines Lasterhaften ist schon hier seine Höl=
le! Ueberwindet euch dann mit eurem ganzen Geiste! Neh=
met Vernunft, Religion und Erfahrung zu euren Führern
und Lehrern! Schränket damit eure sinnlichen Begier=
den gehörig ein! Und so durchreiset die düstern Grüfte der
Unwissenheit, des Irrthums, des Aberglaubens, der Bos=
heit und aller menschlichen Unordnungen, und machet von ihren
höchstunglücklichen Folgen, zu eurer höchsten Glückseligkeit,
zu eurem Himmel, einen vernünftigen Gebrauch! Dienet
eurem Schöpfer, seyd menschlich, und führet ein tugend=
haftes Leben! Dieß, dieß mache euer wahres Glück, eure
wahre Ehre, und euch zu nützlichen und würdigen Zierden
der Menschheit!

Und eben so ruft auch Deutschlands großer Dichter, als
ein vorzüglicher Beförderer des wahren Glücks der Menschen,
der Welt noch itzt edeldenkend und tugendhaft zu:

Kein Mensch ist edel und frey, der den Begierden
        gehorchet,
Noch groß, wofern er dem Schöpfer nicht dient;
Er sey das Wunder der Welt, er sey der König der Helden,
Stets ist er ohne die Tugend ein Knecht.

                         Gellert.

Ende des Gedichts von der Hölle.

Druckfehler.

Seite 34. Zeile 5. lies Tochter.

S. 36. Z. 7. des Inhalts, l. Erde.

S. 52. Z. 1. für: sich terarbeiten, l. kämpfend arbeiten.

S. 53. Z. 9. l. deren willen.

S. 60. Z. 7. l. dem.

S. 71. Z. 1. l. dessen willen.

S. 99. Z. 3. l. weißt.

S. 136. letzte Z. l. nähere.

S. 148. Z. 23. l. Felsensplitter.

S. 168. Z. 26. und 27. für Da hiernächst, l. Allein da.

S. 193. l. Z. Die Notenzahl 110) gehört zu dem Worte Adler in der 9. Zeile.

Für sahe, siehest, siehet, l. sah, siehst, sieht.

Für kommst, kommt, lauft, stoßt u. s. w. l. kömmst, kömmt, läuft, stößt u. s. w.

Für dieserwegen, deshalb und weshalb, l. deswegen oder daher, und weswegen.

www.ingramcontent.com/pod-product-compliance
Lightning Source LLC
Chambersburg PA
CBHW031345070726
47496CB00017B/1789